岩 波 文 庫
38-123-1

何が私をこうさせたか

——獄中手記——

金 子 文 子 著

岩 波 書 店

目次

忘れ得ぬ面影

忘れもせぬ一九二六年七月二十七日――金子ふみ子の冷たくなった身体が、栃木県宇都宮刑務所栃木支所の冷たい監房の窓際《まどぎわ》に発見された。ふみ子はその前日二十六日の暁《あけ》方《がた》、数え年二十三歳の真夏、この世に永遠の訣別《けつべつ》をとげてしまったのだ。越えて三十一日の暁方、その母親と布施《ふせ》〔辰治〕弁護士、馬島《まじま》〔僩〕医師が立会い、自分ら一行の十数名は栃木町はずれの合戦場《かっせんば》墓地に仮埋葬されたふみ子の屍体発掘に取りかかった。

ちょうど三時――月の明るい夜明けのこと――しっとりと降りた夜露は合戦場墓地一帯の雑草の上に蒼白《あおじろ》く光っており、あたり一面の稲田は物凄《ものすご》いばかりに沈黙して、キラキラと葉末を光らせ、文字通り死の墓場、一行の足音のみが、異様な緊張と亢奮《こうふん》にかられて墓地深く深くと進んで行った。

それから――数輪のエゾ菊を手向《たむ》けたばかりの墓所を発《あば》いて、地下四尺の湿地の中から、水気にふくらんで、ブヨブヨにはれ上り、腐爛したふみ子の屍体、むくれ上った広い額《ひたい》と、厚く突出した唇、指をふれればスルスルと顔面の皮がはがれた腐爛体……そして異色ある額と短く鋏《はさ》んだ髪の毛の特徴がなければ、これがふみ子の屍体だとは、知っていた誰にもが思われないような、二目と見られない無残なふみ子を——古綿とオガ屑《くず》に埋もれた棺桶の中のふみ子を見出したのである。その上、腐爛体特有の悪臭を放って、ダラダラと水のしたたっている棺《ひつぎ》を荷車に乗せて、ようやくの思いで二里近くも離れている火葬場に運び込んだのは黎明《れいめい》、東の空合《そらあい》一帯が、ほのぼのと明け初めた一日の朝五時である。

かくて一九三一年——ふみ子が自ら縊《くび》れてから五周年、その月の七月が来た。しかもこの七月、ふみ子が捕われて市ヶ谷刑務所入所中の四年、その間にものした手記、ふみ子の全生涯を物語るところの手記が纏《まと》った書物となって、この世に送り出される。ふみ子はこの書を宅下《たくさ》げた当時、書をよせて言う、「この手記は天地《てんち》神明《しんめい》に誓って（もしそうした誓いが出来るなら……）私自身のいつわりない生活事実の告白であり、ある意味では全生活の暴露《ばくろ》と同時にその抹殺《まっさつ》である。呪《のろ》われた私自身の生活の最後的記録であり、この世におさらばするための逸品《いっぴん》である。何ものも財産を私有しない私の唯一のプレゼントとしてこれを宅下げする」と。

その五年の後、とまれこの世にこの書が贈り出されたということは、ふみ子生前の在所中四年間の宿望であり、同時に自分にとっても生涯忘れることの出来ない一出来事である。

が、ふみ子は遠く去って、その面影は淡らぎつつあるが、人間ふみ子――この世に生まれ、二十三歳の青春を最後に自ら縊れて逝《い》ったふみ子――性格的にも大きな謎を残して逝ったふみ子――そのふみ子に対する全社会の耳目《じもく》は断じてこれを忘却してはいない。『何が私をこうさせたか』まことにかくなったふみ子は、何故にかくあらねばならなかったか。この手記は自らこの質問に答えて委細《いさい》をつくしている。しかもかくあった自分をいつわりなく大胆に、率直に、一切を白日の下に暴露している。

生前は、すこぶる感情家で、よく話し、よく笑ったが、話がたまたま朝鮮時代のことに及んだ時など、ボロボロと涙を流しながら、大声を上げて泣きさけぶ。そして朴烈《ぼくれつ》が傍《かたわ》らにいて顔をしかめて制止しているのにもかかわらず、その陰惨で不幸だった生活を最後まで物語ってしまわなければきかなかった。感情的なふみ子――。

一つの仕事をやり出したら、食事も忘れて没頭し切った、だが人生に対しては何ものの期待も持たず、むしろ絶望して、その絶望のどん底に苦笑していたふみ子――その生活、意地の強い、頑張りやの、それでいて非常に涙もろい赤裸に自分を解放していた人間ふみ子――等々……これらに関聯《かんれん》して自分の述べたいことはあまりにも豊富にありすぎる。しかしこの手記中、人としてのふみ子は自らの筆によって充分に書きつくされていると思う。

自分はこの上稚筆を弄《ろう》することをやめて、恐らく何人《なんびと》も涙なしには読まれないであろうこの手記を全日本の心ある人々に贈りたいと思う。

一九三一年七月　ふみ子の死後五周年にあたり

栗原一男

添削されるについての私の希望

金子ふみ

栗原兄

一、記録外の場面においては、かなり技巧が用いてある。前後との関係などで。しかし、記録の方は皆事実に立っている。そして事実である処に生命を求めたい。だから、どこまでも『事実の記録』として見、扱って欲しい。

一、文体については、あくまでも単純に、率直に、そして、しゃちこ張らせぬようなるべく砕いて欲しい。

一、ある特殊な場合を除く外は、余り美しい詩的な文句を用いたり、あくどい技巧を弄したり廻り遠い形容詞を冠せたりすることを、出来るだけ避けて欲しい。

一、文体の方に重きを置いて、文法などには余りこだわらぬようにして欲しい。

何が私をこうさせたか

手記の初めに

大正十二年九月一日、午前十一時五十八分。突如、帝都東京を載せた関東地方が大地の底から激動し始めた。家々はめりめりと唸《うな》りを立て、歪《ゆが》められ、倒され、人々はその家の下に生き埋めにせられ、辛《かろ》うじて遁《のが》れ出たものも狂犬のように吠《ほ》えまわり走りまわり、かくて一瞬の間に文明の楽園は阿鼻叫喚《あびきょうかん》の巷《ちまた》と化してしまった。

ひっきりなしに余震が、激震が、やって来る。大火山の噴煙のような入道雲がもくもくと大空目がけて渦を捲《ま》いて昇る。そして帝都は遂《つい》に四方から起った大火災によって黒煙に閉《とざ》されてしまった。

激動、不安、そして遂にあの馬鹿気きった流言《るげん》と騒擾《そうじょう》だ。

それから間もなくであった。私達があの、帝都の警備に任じているものの命令によって警察に連行されたのは。

何のためであったか。私にはそれを語る自由がない。私はただ、それからしばらくして、東京地方裁判所の予審廷に喚《よ》ばれて取調べを受けたということだけを語り得る。

看守に導かれて予審廷のドアをくぐると、そこにはもう、一人の法官が書記を従えて私を待っていた。私の姿を見ると、廷丁《ていてい》は私のために被告席を用意し始めた。その間私は、冠《かむ》っていた深編笠《ふかあみがさ》を手に、部屋の入口のところに黙って立っていなければならなかった。判事はそれを、冷静な態度でじっと瞶《みつ》めていた。

やがて私は被告席につかされた。判事はなおしばらくの間、私を腹の底まで観察しなければ止《や》まぬといった風に眺めてから静かに口をきった。

「君が金子ふみ子かね」

そうだと私が答えると、彼は案外やさしい態度で、

「僕が君の掛《かか》りでね、予審判事立松というものです」と自分を名乗った。

「そうですか。どうかお手柔らかに」と私も微笑をもってこれに答えた。

型のような予審訊問が始まったのはそれからであった。が、その型のような訊問の間にも判事は、これから取調べ上重要な契機を握ったようであった。で、私は今その時の会話をここにそのままに記しておくこととする。それはこの後につづく私の手記についての理解を最初から手ッ取り早くわかってもらえると思うからである。

判事は始める。

「まず、君の原籍は？」

「山梨県東山梨郡諏訪《すわ》村です」

「汽車で行くとどこで降りるんだね」

「塩山《えんざん》が一番近いようです」

「うむ、塩山？」と判事はちょっと首を傾《かし》げて「では君の村は大藤《おおふじ》村の方でないかね。実は僕は大藤村をよく知っているんだ。あそこに僕の知合いの猟師がいてね、冬になるとよく出かけて行くんだ……」

私にはその大藤村がわからなかった。

「さあ、そう言われると少し困りますね。実はそこは、つまり諏訪村はですね、私の原籍地とは言い条《じょう》、今までに一年とはいなかったんですから」

「ふむ。君はその原籍地で生れなかったんだね」

「そうです。私の生れた処は父や母の話によると横浜だそうです」

「なるほど。で、君の両親は何という名前で、どこにいるんだね」

既に大体のことを警察の調書によって知っていた判事は、わざとこれを訊《き》きたかったのだろうと思って、私は内心苦笑せざるを得なかった。私は正直にそして率直に答えた。

「少しこんがらかっているんですが、戸籍面では父金子富太郎《とみたろう》、母よし、となっていますが、事実はそれは母の両親、つまり私の祖父母に当っているんです」

判事は驚いたような顔をして見せた。そして私の本当の父と母とのことを訊ねた。

私は答えた。

「そうですね。父は佐伯文一《さえきふみかず》といって多分今静岡県の浜松にいると思いますし、母は金子きくのといって、委《くわ》しい消息はわかりませんが多分郷里《くに》の実家の近所におることと思っています。戸籍面で私との関係は、母は姉、父は義兄ということになっています……」

「ちょっと待った」判事は私を遮《さえぎ》った。「少しおかしくきこえるね、お母さんが姉になっているのはわかったが、お父さんとお母さんとは姓も違い所も違っていて他人になっているように思えるのだが……」

「そうです」暗い心で私は答えた。「父と母とはずっと昔別れました。けれども、母の妹、つまり私の叔母が父の後妻になって現に父と一緒に暮しているんです」

「ふむ、なるほど、そこに何かわけがあったんだね。で、君のお父さんとお母さんとの別れたのはいつ頃のことだね」

「もうかれこれ十三、四年も昔でしょう。父と別れたのは私がたしか七つぐらいの時のことです」

「そして？　その時君はどうなったんだね」

「父と別れて母に引きとられました」

「ふむ、それでそれからはずっと母の細腕《ほそうで》一本に育て上げられたというわけだね」

「ところがそうじゃないんです。私は父とわかれてから程なく母ともわかれたんです。そしてそれからはほとんど父や母のお世話にはなっていないんです」

こう答えた時私は、私の今までの全経歴、全経験を、私の胸の中にぱっと展《ひろ》げられたのを感じた。不覚《ふかく》にも私は、微《かす》かな涙を私の眼に宿《やど》した。それを見たのか見ないのか、判事は幾分私に同情を寄せたように「大分苦しんだらしいね。ではその辺のことはいずれゆっくり訊くとして」と、書記のテーブルの前に置かれてあった書類を自分の眼の前にひき寄せながら、さていよいよ事件の審問に入った。

しかし前にも言ったようにそれはここに書き記すわけにはいかない。また、そんな必要もない。

ただしかしその後判事は、私に、私の過去の経歴について何か書いて見せろと命じた。何でも法律には、被告の不利なことばかりでなく有利なことをもよく訊《たず》ぬべしという条文があるそうだが、あるいはその滅多《めった》に用いられない条文に従って、私がかくの如《ごと》き大それたことをしたからには、そうさせるような何かの理由が私の境遇のうちにあったということを知りたかったのかも知れない。無論また、そうではなく、ただ新聞記者的な興味でそれを命じたのかも知れない。それはどうでもよい。ただ私は、命じられたままに、私の生い立ちの記を書いた。それがこの私の手記である。

この手記が裁判に何らかの参考になったかどうだかを私は知らない。しかし裁判も済んだ今日判事にはもう用のないものでなければならぬ。そこで私は、判事に頼んでこの手記を宅下《たくさ》げしてもらうことにした。私はこれを私の同志《とも》に贈る。一つには私についてもっと深く知ってもらいたいからでもあるし、一つには、同志にしてもし有用だと考えるならこれを本にして出版してほしいと思ったからである。

私として何よりも多く、世の親たちにこれを読んでもらいたい。いや、親たちばかりではない、社会をよくしようとしておられる教育家にも、政治家にも、社会思想家にも、すべての人に読んでもらいたいと思うのである。

父

私の記憶は私の四歳頃のことまで遡《さかのぼ》ることができる。その頃私は、私の生みの親たちと一緒に横浜の寿《ことぶき》町に住んでいた。

父が何をしていたのか、無論私は知らなかった。後できいたところによると、父はその頃、寿警察所の刑事かなんかを勤めていたようである。

私の思い出からは、この頃のほんの少しの間だけが私の天国であったように思う。なぜなら、私は父に非常に可愛がられたことを覚えているから……。

私はいつも父につれられて風呂に行った。毎夕私は、父の肩車《かたぐるま》に乗せられて父の頭に抱きついて銭湯の暖簾《のれん》をくぐった。床屋《とこや》に行くときも父が必ず、私をつれて行ってくれた。父は私の傍《そば》に附《つ》きッきりで、生え際や眉《まゆ》の剃《そ》り方について何かと世話をやいていたが、それでもなお気に入らぬと本職の手から剃刀《かみそり》を取って自分で剃ってくれたりなんかした。私の衣類の柄《がら》の見立てなども父がしたようであったし、肩揚《かたあ》げや腰揚《こしあ》げのことまでも父が自分で指図《さしず》して母に針《はり》を採らせたようであった。私が病気した時、枕元に附きッきりで看護してくれたのもやはり父だった。父は間《ま》がな隙《すき》がな私の脈を取ったり、額《ひたい》に手をあてたりして、注意を怠《おこた》らなかった。そうした時、私は物を言う必要がなかった。父は私の眼差《まなざ》しから私の願いを知って、それを充《み》たしてくれたから。

私に物を食べさせる時も、父は決して迂闊《うかつ》には与えなかった。肉は食べやすいように小さく挘《むし》り魚は小骨一つ残さず取り去り、御飯やお湯は必ず自分の舌で味わってみて、熱すぎれば根気《こんき》よくさましてからくれるのだった。つまり、他の家庭なら母親がしてくれることを、私はみな父によってされていたのである。

今から考えてみて、無論私の家庭は裕福であったとは思われない。しかし人生に対する私の最初の印象は、決して不快なものではなかった。思うにその頃の私の家庭も、かなり貧しい、欠乏がちの生活をしていたのであろう。ただ、何とかいう氏族《うじぞく》の末流《まつりゅう》に当る由緒《ゆいしょ》ある家庭の長男に生れたと信じている私の父が、事実、その頃はまだかなり裕福に暮していた祖父のもとで我儘《わがまま》な若様《わかさま》風に育てられたところから、こうした貧窮《ひんきゅう》の間にもなお、私をその昔のままの気位《きぐらい》で育てたのに違いなかったのである。

私の楽しい思い出はしかしこれだけで幕を閉じる。私はやがて、父が若い女を家へつれ込んだことに気づいた。そしてその女と母とがしょっちゅういさかいをしたり罵《ののし》り合っているのを見た。しかも父はその都度、女の肩をもって母を撲《なぐ》ったり蹴《け》ったりするのを見なければならなかった。母は時たま家出した。そして、二、三日も帰って来ないことがあった。その間私は父の友だちの家に預けられたのである。

幼い私にとっては、それはかなり悲しいことであった。殊《こと》に母がいなくなった時などは一層そうであった。けれどその女はいつとはなく私の家から姿をかくした。少くとも私の記憶にはなくなってしまっている。が、その代り私は、自分の家に父の姿を見ることもまた少くなった。

私は母につれられて父をある家へ――今から考えて見るとそれは女郎屋《じょろうや》である――迎えに行ったことを覚えている。そして、父が寝巻き姿のまま起き上って来て、母を邪慳《じゃけん》に部屋の外へ突き出したことをも。でもたまには父は、夜更《よふ》けた町を大きな声で歌をうたいながら帰って来ることもあった。そうしたとき母は従順に父の衣類を壁の釘に掛けたりなんかしていたが、袂《たもと》の中からお菓子の空袋《からぶくろ》や蜜柑《みかん》の皮などを取り出して、恨《うら》めしそうに眺めながら言うのだった。

「まあ、こんなものたくさん。それだのに子供に土産《みやげ》一つ買って来ないんだよ……」

父は無論、警察をやめていたのだ。ではこの頃彼は何をしていたのだろう。今に私はそれを知らない。ただ私は、いろんな荒くれた男がたくさん集まって来て一緒に酒を呑んだり「はな」を引いたりしていたことや、母がいつも、そうした生活についてぶつぶつ呟《つぶや》き、父といさかいをしていたことを知っているばかりだ。

恐らくこういう生活がたたったのであろう。父はやがて病気になった。そこで何でも母の実家からの援助で入院したとかで、母はその附添《つきそ》いになり、私は母の実家に引きとられた。そして半年余り、私は実家の曽祖母や小さい叔母たちに背負われて過した。父母に別れたのにもかかわらず、その幼い私は、この間、割合幸福であったように思う。

父が快復すると、私はまた父の家に引きとられた。その時は私達は海岸に住んでいた。それは父の病後の保養もあり、弱い私の健康のためでもあったのである。

そこは横浜の磯子《いそご》の海岸だった。私達は一日じゅう潮水《しおみず》に浸《つか》ったり潮風に吹かれたりして暮した。そしてその時を境として、私の肉体は生れ変ったように健康になったということである。それは私を幸福にしたのだろうか、それとも、私を来《きた》るべき苦しみの運命に縛りつけるための、自然の悪戯《いたずら》であったのだろうか、私にはわからない。

私達の健康が快復すると、私達はまた引越した。それは横浜の街はずれの、四方を田に囲まれた、十四、五軒一叢《むら》のうちの一軒だった。そしてその家へ引越した冬のある雪の降る朝、私に初めての弟が生れた。

私が六つの年の秋頃だった――その間私は、私達の家が無闇《むやみ》に引越したということだけしか覚えていない――私達の家に、母の実家から母の妹が、だから私の叔母がやって来た。叔母は婦人病かなんか患《わずら》っていたが、辺鄙《へんぴ》な田舎では充分の治療が出来ないというので、私達の家から病院に通うためだった。

叔母はその頃二十二、三であったろう。顔立ちの整った、ちょっと小綺麗《こぎれい》な娘だった。気立てもやさしく、することなすことしっかりしていて、几帳面《きちょうめん》で、てきぱきした性質であった。だから人受けもよく、親達にも愛せられていたようでもある。だが、いつの間にかこの叔母と私の父との仲が変になったようである。

父はその頃、程近い海岸の倉庫に雇われて人夫の積荷《つみに》下荷《おろしに》をノートにとる仕事をしていたが、例によって何かと口実をつけては仕事を休んでいた。そんな風だから私の家の暮し向きの裕《ゆたか》であるはずはなく、そのためであろう、母と叔母とは内職に麻糸《あさいと》つなぎをしていた。毎日毎日、母はそうしてつないだ三つか四つの麻糸の塊《たま》を風呂敷《ふろしき》に包んで、わずかな工賃を貰《もら》いに弟を背負っては出かけるのだった。

ところが不思議なことに、母が出かけるとすぐ、父は必ず、自分の寝そべっている玄関脇の三畳の間へ叔母を呼び込むのであった。別にたいして話をしているようでもないのに、叔母はなかなかその部屋からは出て来ないのが常《つね》だった。私はこまちゃくれた好奇心にそそられないわけには行かなかった。私は遂《つい》にあるとき、そっと爪立《つまだ》ちをして、襖《ふすま》の引き手の破目《われめ》から中を覗《のぞ》いて見た……。

だが、私は別にそれほど驚かなかった。なぜなら、こうした光景を見たのは今が初めてではなかったからである。私のもっと小さい時分から、父や母はだらしない場面を幾度か私に見せた。二人は随分不注意だったのだ。そのためかどうか、私はかなり早熟で、四つぐらいの年から性への興味を喚《よ》び覚《さ》まされていたように思う。

母は火の消えたような女で、ひどく叱《しか》りもしなければひどく可愛がりもしない。が、父は叱る時にはかなりひどい叱り方をしたが、可愛がる時にはまた調子外れの可愛がり方をした。この二つの性格のいずれが子供の心をより多く捉えたであろうか。小さい時には私はより多く父になついていた。父のために母がひどい目にあっているのを見なかったならば、恐らく私はいつまでも父に親しんでいたろう。けれどいつの間にか私は父よりも母に親しんでいた。で、この頃は私は、どこへ行くにも母の袂《たもと》にぶらさがって跟《つ》いて歩いていたが、叔母が来てからというもの、父は、私が母に跟いて出かけるのを妨げた。いろいろとすかして私を家にひきとめた。今から思うとそれは叔母に対する母の不安を取り除かせて自分達の行為をごまかすためであったに相違ない。なぜなら母が出かけるとすぐ、父は私に小遣銭《こづかいせん》を握らせて外に遊びに出したからである。いや、むしろ追い出したからである。私は別に小遣銭をねだったのではなかった。だのに、父はいつもよりはたくさんの小遣をくれて永く遊んで来いと言うのだった。しかも母が帰って来ると父は、母にこう言って私のことを訴えるのだった。

「この子はひどい子だよ。わしの甘いことを知って、あんたが出かけるとすぐ、お小遣をせびって飛び出すんだからね」


そのうちに年も暮になった。

大晦日《おおみそか》の晩のことを私は覚えている。母は弟をおぶって街に出かけた。父と叔母と私とは茶の間で炬燵《こたつ》にあたっていた。

何とはなしにしめっぽいいじめじめした夜だった。いつもに似ず、父も叔母も暗い顔をしていた。そのうち父はうつぶせにしていた顔をあげてしんみりとした調子で言った。

「どうしてわしの家はこうも運がわるいだろう。わしにはまだ運が向いて来ないんだね、来年はどうかなってくれればいいが……」

人には運というものがある。それが向いて来ないうちはどうにもならないものだ。これが迷信家の私の父の哲学であった。父がしょっちゅうそんなことを言っているのを私は小さい時から知っている。

二人は何かしきりに話し合っていたが、そのうち叔母は立ち上って押入れから櫛箱《くしばこ》を出して来た。

「これにしましょうか」叔母はそのうちの一つの櫛を取って見まわしながら言った。「でも少し好《よ》すぎるわねえ。惜《お》しい気がするわ」

父は答えた。

「どうせ捨てるんだ。どんなものを捨ててはならんということはない。櫛でさえあれば……」

叔母はそこで歯の折れた櫛を髪に挿《さ》して、頭から振り落す稽古《けいこ》をした。

「そんなにしっかり挿す必要はない。そっと前髪の上に載っけておけばいいんだ」と父は言った。「うちの玄関口から出て前の空地《あきち》を少し荒っぽく走ればすぐ落ちるよ」

言わるるままに叔母はその折れた櫛を挿して出かけて行った。そしてものの五分と経たないうちに櫛を振り落して叔母が帰って来た。

「それでよし、悪運が遁《に》げてしまった。来年からは運が向いて来る」

父がこう言って喜んでいるところへ、母が戻って来た。

母が泣いている弟を背からおろして乳を呑ませている間に、叔母は買い物の風呂敷包みを解いた。何でも、切餅《きりもち》が二、三十切れと、魚の切身《きりみ》が七、八つ、小さい紙袋が三つ四つ、それから、赤い紙を貼った三銭か五銭かの羽子板《はごいた》が一枚、それだけがその中から出て来た。

これが私達の楽しいお正月を迎えるための準備だったのである。

翌年のお正月に母の実家から叔父が遊びに来た。叔父が帰ると、すぐにまた祖母がやって来て叔母に一緒に帰れと言った。けれど、叔母は帰らずに祖母だけが帰って行った。何でもそれは、後で人にきくところによると、正月に遊びに来た叔父は父と叔母とのことを知って、家に帰って話すと、祖母が心配して、お嫁にやるのだからとの理由でつれに来たのだそうである。

だが、父は無論それを承知するはずがなく、かえって、叔母の病気がまだよくなっていないのに、今お嫁になどやると生命にもかかわるとおどかしたそうである。

「何、それはいいんだよ。先方は金持ちなので、貰ったらすぐ医者にかけるという約束になっているんだから」

祖母はこう答えたけれど、父は今度は、いつもの運命論をかつぎ出して、自分が不運続きのため叔母の着物を皆質に入れた、だからこのまま還《かえ》すわけには行かぬとか、叔母は身体が弱いから百姓仕事はとてもできない、自分もいつまでもこうしてはいないいつもりだから、そのうちきっといい縁先を都会に見つけて、自分が親元となって縁づけるなど、いろいろの理窟《りくつ》をつけて還さなかったのだそうである。

哀れな祖母よ、祖母は無論父のこの言葉を信じなかったに相違ない。けれど、祖母は無智な田舎の百姓女である。この狡猾《こうかつ》な都会ものの嘘八百《うそはっぴゃく》に打ち勝つことがどうしてもできなかったのである。

祖母は空しく帰って行った。父は厄介神《やっかいがみ》を追っ払って安堵《あんど》の胸を撫《な》でおろしたことであろう。ひとり胸の苦しさを増したのは母であったに違いない。実際それから後の私の家は始終ごたついていた。では叔母は？

叔母とても決して晴やかな気持ちでいたわけではなかろう。叔母が時々、二月《つき》も三月《つき》も家にいなくなったのを私は覚えている。そして、それは後からきいたことではあるが、叔母が父を遁《のが》れて独《ひと》りこっそりと他人の家に奉公《ほうこう》に行っていたのであった。が、その度《たび》に父は根気よく尋ねまわって、しまいにはとうとう探しあてて来るのであった。

二度目に叔母がつれ戻されたとき、私達はまた引越した。それは横浜の久保山《くぼやま》で、五、六町奥に寺や火葬場を控えた坂の中程にあった。

父は相変らず何もしていないようであったが、そのうちどうして金をつくって来たのかその坂を降りたとっつきの住吉町の通りに今一軒商店向きの家を借りた。父はその家で氷屋を始めたのだった。

氷屋の仕事は叔母の役目だった。母と子供達は山の家に残り、父は昼間だけそこに行って帳面をつけたり商売の監督をするのだと言っていた。が、それはただ初めの間だけのことで、ほどなく滅多《めった》に山の家には帰って来なくなった。つまり体《てい》よく私達母子を、父と叔母との二人の生活から追ん出してしまったのである。

私はその時もう七つになっていた。そして七つも一月生れなのでちょうど学齢に達していた。けれど無籍者《むせきもの》の私は学校に行くことができなかった。

無籍者！　このことについては私はまだ何も言わなかった。だが、ここで私は一通りそれを説明しておかなければならない。

なぜ私は無籍者であったのか。表面的の理由は母の籍がまだ父の戸籍面に入ってなかったからである。が、なぜ母の籍がそのままになっていたのか。それについてずっと後に私が叔母からきいたことが一番本当の理由であったように思う。叔母の話したところによると、父は初めから母と生涯つれ添う気はなく、いい相手が見つかり次第母を捨てるつもりで、そのためわざと籍を入れなかったのだとのことである。ことによるとこれは、父が叔母の歓心を得るための出鱈目《でたらめ》の告白であったかも知れない。ことによるとまた、父のいわゆる光輝ある佐伯家の妻として甲州の山奥の百姓娘なんか戸籍に入れてはならぬと考えたのかも知れない。とにかく、そうした関係から、私は七つになる今までも無籍者なのであった。

母は父とつれ添うて八年もすぎた今日まで、入籍させられないでも黙っていた。けれど黙っていられないのは私だった。なぜだったか、それは私が学校にあがれなかったことからであった。

私は小さい時から学問が好きであった。で、学校に行きたいと頻《しき》りにせがんだ。余りに責められるので母は差し当り私を母の私生児として届けようとした。が、見栄坊《みえぼう》の父はそれを許さなかった。

「ばかな、私生児なんかの届けが出せるものかい。私生児なんかじゃ一生頭が上らん」

父はこう言った。それでいて父は、私を自分の籍に入れて学校に通わせようと努めるでもなかった。学校に通わせないのはまだいい。では自分で仮名《かな》の一字でも教えてくれたか。父はそれもしない。そしてただ、終日酒を飲んでは花をひいて遊び暮したのだった。

私は学齢に達した。けれど学校に行けない。

後に私はこういう意味のことを読んだ。そして、ああ、その時私はどんな感じをした

ことであろう。曰《いわ》く、

明治の聖代《せいだい》になって、西洋諸国との交通が開かれた。眠れる国日本は急に眼覚めて巨人の如《ごと》く歩み出した。一歩は優《ゆう》に半世紀を飛び越えた。

明治の初年、教育令が発布されてから、いかなる草深い田舎にも小学校は建てられ、人の子はすべて、精神的にまた肉体的に教育に堪え得ないような欠陥のない限り、男女を問わず満七歳の四月から、国家が強制的に義務教育を受けさせた。そして人民は挙《こぞ》って文明の恩恵に浴した、と。

だが無籍者の私はただその恩恵を文字の上で見せられただけだ。私は草深い田舎に生れなかった。帝都に近い横浜に住んでいた。私は人の子で、精神的にも肉体的にも別に欠陥はなかった。だのに私は学校に行くことができない。

小学校は出来た。中学校も女学校も専門学校も大学も学習院も出来た。ブルジョアのお嬢さんや坊ちゃんが洋服を着、靴を履いてその上自動車に乗ってさえその門を潜《くぐ》った。だがそれが何だ。それが私を少しでも幸福にしたか。

私の家から半町ばかり上に私の遊び友達が二人いた。二人とも私と同い年の女の子で、二人は学校へあがった。海老茶《えびちゃ》の袴《はかま》を穿《は》いて、大きな赤いリボンを頭の横っちょに結びつけて、そうして小さい手をしっかりと握り合って、振りながら、歌いながら、毎朝前の坂道を降りて行った。それを私は、家の前の桜の木の根元に踞《しゃが》んで、どんなに羨《うらや》ましい、そしてどんなに悲しい気持ちで眺めたことか。

ああ、地上に学校というものさえなかったら、私はあんなにも泣かなくって済んだだろう。だが、そうすると、あの子供達の上にああした悦びは見られなかったろう。

無論、その頃の私はまだ、あらゆる人の悦びは、他人の悲しみによってのみ支えられているということを知らなかったのだった。

私は二人の友達と一緒に学校に行きたかった。けれど行くことができなかった。私は本を読んでみたかった。字を書いてみたかった。けれど、父も母も一字だって私に教えてはくれなかった。父には誠意がなく、母には眼に一丁字《ていじ》もなかった。母が買い物をして持って帰った包紙の新聞などをひろげて、私は、何を書いてあるのか知らないのに、ただ、自分の思うことをそれに当てはめて読んだものだった。

その年の夏も恐らく半ば頃だったろう。父はある日、偶然、叔母の店から程遠くない同じ住吉町に一つの私立学校を見つけてきた。それは入籍する面倒のない、無籍のまま通学のできる学校だったのだ。私はそこに通うことになった。

学校といえば体裁《ていさい》がいいが、実は貧民窟《ひんみんくつ》の棟割長屋《むねわりながや》の六畳間だった。煤《すす》けた薄暗い部屋には、破れた腸《はらわた》を出した薄汚ない畳《たたみ》が敷かれていた。その上にサッポロビールの空函《あきばこ》が五つ六つ横倒しに並べられていた。それが子供達の机だった。私のペンの揺籃《ようらん》だった。

おッ師匠《ししょう》さん――子供達はそう呼ばされていた――は女で、四十五、六でもあったろうか、総前髪《そうまえがみ》の小さな丸髷《まるまげ》を結《ゆ》うて、垢《あか》じみた浴衣《ゆかた》に縞《しま》の前掛けを当てていた。

この結構な学校へ私は、風呂敷包みを背中に斜めに縛りつけてもらって、山の上の家から叔母の店の前の往来を歩いて通った。多分私と同じような境遇に置かれた子供たちであろう。十人余りのものが狭い路地のどぶ板を踏んで通って来るのであった。

父は私をその私立学校に、貧民窟の裏長屋に通わせるようになってから、私に噛《か》んで含めるように言いきかせるのだった。

「ねえッ、いい子だからお前は、あすこのお師匠さんのところへ行ってることをうちに来る小父《おじ》さんたちに話すんじゃないよ。それが他人《ひと》に知れるとお父さんが困るんだからね、いいかい」

叔母の店は非常に繁昌《はんじょう》したようである。がそれでいて些《すこ》しも儲《もう》けがなかったようである。いや儲けがあったのか知れないけれど、何分父が毎日お酒を呑んだり、はなをひいたりしているのだからうまく行くはずはなかったのだろう。のみならず、父と叔母とはその頃、世間の噂《うわさ》にのぼるようなのぼせ方であったらしい。

それでも叔母の家はまだよかった。困っていたのは私達母と子であった。ある日のことである。私達は何も食べるものがなかった。夕方になっても御飯粒一つなかった。そこで母は、私と弟とをつれて父を訪ねて行った。父はお友達の家にいた。が、母がどんなに父に会いたいと言っても父は出て来なかった。

恐らく母はもう耐《こら》えきれなかったのだろう。いきなりその家の縁側《えんがわ》から障子《しょうじ》をあけて座敷に上った。明るいランプの下に、四、五人の男が車座《くるまざ》に座って花札《はなふだ》をひいていた。

母は憤《いきどお》りを爆発させた。

「ふん、大方こんなことだろうと思ってた！　うちにゃ米粒一つだってないのに、私だってこの子供たちだって夕ご飯も食べられないって始末だのに、よくもこんなにのびのびと酒を呑んだり花を引いたりしていられたもんだね……」

父も腹立たしそうに血相《けっそう》を変えて立ち上った。そして母を縁《えん》から突き落し、自分も跣足《はだし》のまま飛び降りて母に撲《なぐ》りかかって来た。もし居合わせた男たちが父を後から抱き止めて、母をすかし宥《なだ》め、父を部屋に連れ戻してくれなかったなら、憐《あわ》れな母は父にどんなめに合わされたかも知れなかった。

人々のおかげで母は撲られなかった。その代り、米粒一つも鐚《びた》一文も与えられずに、私達はその家をすごすごと立ち去らなければならなかった。

悲しい思いを胸におさめながら私達は黙々と坂道を上っていた。

「おいちょっと待て」

父の声である。私達は父が米代をもって来てくれたのだと思って急に明るい心になった。ところが実際はそうではなかった。何と残酷な、鬼見たような男で父はあったろう。立ち止まって救いを待っている私達に近寄ると、父は大きな声で怒鳴りたてた。

「きくの、よくもお前は人前で俺に恥をかかせたな。縁起でもない、おかげで俺はすっかり負けてしまった、覚えてろ！」

父はもう片足の下駄《げた》を手に取っていた。そしてそれで母を撲りつけた。その上、母の胸倉《むなぐら》を摑《つか》んで、崖下《がけした》に衝《つ》き落すと母を脅《おど》かした。夜だから見えないが、昼間はよくわかる、あの、灌木《かんぼく》や荊《いばら》が搦《から》み合って繋っている高い崖下へである。

弟は驚いて母の背中で泣きわめいた。私はおろおろしながら二人の周囲を廻《まわ》ったり、父の袖《そで》を引いて止めたりしたが、そのうちふと、そこから半町ばかり下の路傍《ろぼう》の木戸の長屋に小山という父の友人のいることを憶《おも》い出した。おいおい泣きながら私はその家へ駈け込んだ。

「やっぱりそうだったのか……」とその家の主人は、食べかけていた夕飯の箸《はし》を投《ほう》り出して飛んで来てくれた。

私立学校へ通い始めて間もなく盆が来た。おっ師匠さんは子供に、白砂糖を二斤《にきん》中元に持って来いと言いつけた。恐らくこれがおっ師匠さんの受ける唯一の報酬《ほうしゅう》だったのだろう。けれど私にはそれができなかった。生活の不如意《ふにょい》のためでもあったろうが、家のごたごたは私の学校のことなどにかまってくれる余裕を与えなかったためでもあろう。とにかくそんなわけで私は、片仮名の二、三十も覚えたか覚えないうちに、もうその学校からさえ遠ざからなければならなかった。叔母の店は夏の終りまで持ちこたえられなかった。二人はまた山の家へ引きあげて来た。家は一層ごたつき始めて、父と母とは三日にあげず喧嘩《けんか》した。

二人が争うとき私はいつも母に同情した。父に反感を持ちさえもした。そのために私は母と一緒に撲られもした。ある時などは、雨のどしゃぶる真夜中を、私は母と二人で、家の外に締め出されたりなどした。

父と叔母とは相変らず睦《むつま》じかった。けれど、実家からはいつも叔母の帰宅を促してきた。そしてとうとう、叔母も帰ると言い、父も帰すと言い出した。母も私も明るい心になったのは言うまでもなかった。

父はしかし、叔母を帰すについては、叔母をまさか裸では帰されないと言った。そして、店を畳んだ金で、その頃十七、八円もする縮緬《ちりめん》の長繻絆《ながじゅばん》や帯《おび》や洋傘《こうもり》などを買ってやった。ちょうど私の小さい時に私の世話を一切自分でしたように、父は叔母のそれらの買い物を一切自分でしてやった。以前、子に向けた心遣いが今は女に向けられたのである。

もう秋だった。父は叔母のために、旅に立つ荷造りをし、私の家にあった一番上等の夜具《やぐ》までもその中に包み込んだ。

母は弟をおぶって私と一緒に叔母を見送った。

「お嫁入り前のあんたを裸にして帰すなんてほんとにすまない。だけど、これも運がわるいんだとあきらめて……」

母は幾度《いくたび》か幾度かこんなことを繰り返して途々《みちみち》叔母に詫《わ》びた。その眼には涙さえ浮んでいた。

私達は途中まで送って帰って来た。停車場《ていしゃば》まで送って行った父は夕方になって帰って来た。

ああ何という朗《ほが》らかな晩だったろう。子供心にも私はほっと一安心した。静かな、静かな、平和な晩だ!! けれど、やがて私達は余りにも静かな生活を余儀なくされなければならなかった。なぜなら、すぐその翌日だったか四、五日経ってからだったか、父もまた私達の家から姿をかくしたからであった。

「ああ、くやしい。二人は私達を捨てて駈け落ちしてしまったんだ」

と母は歯を噛《か》みしばって言った。

胸に燃ゆる憤怨《ふんえん》の情を抱きながら、藁《わら》すべにでも縋《すが》りつきたい頼りない弱い心で、私達はそれから、二人の在所《ありか》を探して歩いた。そしてとうとうある日、私達の家から持って行った夜具を乾してある家を目あてに二人を見出すには見出したが、私達はまた、例の下駄の鞭《むち》に見舞われただけで、何一つそこからは救いを得なかった。

母

父に捨てられた私達はただ途方にくれた。初めのうちはまだ、売り食いをするだけのものがいくらか残っていたけれど、それもすぐになくなってしまった。父からはもとより鐚《びた》一文の仕送りもなかった。

だが、私達は生きなければならない。で、母がその後、中村という鍛冶《かじ》職工と同棲《どうせい》するようになったことを私は、非難すべきではなかろう。

「その人はいい日給取りなんだよ。何でも一日一円五十銭だってことだから……そうすりゃ、今までよりはずっと楽にもなるし、お前を学校にやることもできるからね」と母が私に、何も知らぬ頑是《がんぜ》ない私に、宥恕《ゆうじょ》を乞《こ》うような口調《くちょう》で言ったのを私は覚えている。

中村は小さな風呂《ふろ》敷包《しきづつみ》を抱えて来て、いつの間にか私達の家で寝起きするようになっていた。毎朝彼は、菜っ葉服を着て、弁当箱をさげて、少し離れた工場へ通った。

中村はその頃四十八、九歳だったろう。胡麻塩頭《ごましおあたま》に、底意地わるく眼が窪《くぼ》んで、背が低くて猫背で風采《ふうさい》のわるい男だった。若い頃はかなり上品で貴公子然としていた私の父、しかもいやに労働者風情を軽蔑した父、その父に知らず知らず感化されていた私には、この風采のわるい中村に親しむことはおろか口をきくのもいやであった。で、私は、かりにも養父であるこの中村を、まるで他所《よそ》の人のように、いつも「小父《おじ》さん、小父さん」と呼んでいた。母は別にそれを改めさせようともせず、自分でも蔭では「ヒゲ」という綽名《あだな》で侮蔑的に彼を称《よ》んでいた。

私は中村の言葉には何かにつけて口答えをした。そして中村もまた、何かにつけて私を苛《いじ》めた。母がいない時などは、自分だけこそこそと御飯を食べて、飯櫃《おはち》を私の手の届かぬ高い処へ載せておいたり、私を蒲団《ふとん》の中にくるんで押入れの中に投げ込んだり、ある夜などは私を細曳《ほそびき》で手鞠《てまり》のように搦《から》げて、近くの川の水際《みずぎわ》近くの樹の枝に吊《つる》したりさえした。

母はもちろんそれを知っていたようである。だけどどうすることもできなかった。そしてただ、私達をこうした境遇におとした父と叔母とを呪《のろ》った。「あいつらは今に罰が当って野垂《のた》れ死《じに》するよ」と母はいつもこう言っていた。

中村と一緒に生活していた間に私の最も悲しかったことはしかし、中村に苛められ責《さいな》まれたことではない。それは弟と訣《わか》れたことであった。

ある日私は、母と中村との話を、それとなくちらちらと耳にした。

「それじゃなるべく早くつれて行ってやる方がいいね、どうせ先方《むこう》の子なら余り大きくならないうちの方がいいよ」

こう中村が言う。

「あんな男にやるなあ心配でならないけれど、といってどうすることもできないし」

こう母が言った。

私にはそれが何のことだかよくわかった。私は不安になった。

「ねえかあちゃん、賢《けん》ちゃんをどこかへやるの」ととうとう私は耐《こら》えられなくなってきいた。

母は私に、母と父とが別れるのについて、子供を一人ずつ、私を母が、弟を父が、育てることに約束しているのだということを説明した。だが、私は悲しかった。今のところ私の本当のお友達が弟一人であるようにも思っていたし、第一、私は私の愛するものをもっていたかった。私は熱心に母に願った。

「ねえ母ちゃん。私明日からお友達と遊ぶのをよして、朝起きてから晩寝るまできっと賢ちゃんを見るから、ちょっとも泣かせないように一生懸命お守《もり》をするから、お父さんのとこへ連れて行くのは止《よ》してよ。ねえ母ちゃん、そうしてね、私ひとりぼっちになると寂しいから……」

けれど母は私の願いをきき入れようとはしなかった。

「そんなわけには行かないんだよ、ふみや。あの子がいるとわしもお前も年中苦労しなきゃならないんだよ。それにちょうどお前のお父さんからあの子を寄越《よこ》せって言って来ているんだから……」

私が何と言って頼んでみても母は頑《がん》として応じないのを見た私は、とうとう、次ぎの日、中村のいないときに母にこう言った。

「ねえ母ちゃん。賢ちゃんがどうしてもお父さんのとこへ行かなきゃならないんなら、私も一緒につれてってくれない？　賢ちゃんがいなくなって私独りぼっち小父さんのところにいるのが怖いんだから……」

だが、大人には大人の理由があって、子供のそうした感情なんかてんでわからないかのように母は冷酷に私の願いを却《しりぞ》けた。それは私には運命のようなものであった。私はとうとうその力の前に屈従しなければならなかった。

それから間もなく弟は母の背に負ぶわれて父の所へ連れて行かれた。父達はその頃、汽車に乗らなければ行けぬ静岡に住んでいた。

弟がいなくなって程なく、私たちはまた引越した。引越したと言ってもそれは他人の家に間借りしたのに相違なかった。線路脇の焼いた枕木《まくらぎ》の柵《さく》に接近した六畳と四畳半ぐらいの小さな家だったが、その六畳の方には五人家内《かない》の沖仲士《おきなかし》か何かの一家族が住み、私達は四畳半の間に住むことになっていた。恐ろしく汚い部屋で、障子《しょうじ》に貼った新聞紙は煤《すす》けて真っ黄色に染まり、畳は破れて腸《はらわた》をはみ出していた。

中にも窓下の畳は一番大きな穴を見せていたが、母はその上に長火鉢《ながひばち》を載せた。その他のにはボール紙をあてて上から白い糸で畳に縫《ぬ》いつけた。そうしてやっと穴から出て来る埃《ほこり》を防いだ。

中村は相変らず工場に通っていた。母は少し離れた河岸《かし》の倉庫に豆選《まめよ》り仕事を見つけた。でも私は独りで家に取り残されることはなかった。母の熱心な願いがきき届けられて、私も附近の小学校に、無籍のまま通うことを許されたからであった。

無論私は嬉しかった。弟と別れた悲しみも学校に行くことによって忘れられた。第一その学校は、この前のような日蔭者《ひかげもの》の学校ではなかった。設備の整った堂々たる学校であったように私には思われる。子供達も総じて良家の子弟らしく、女の子などはみんな美しい衣物《きもの》を着、毎日変ったリボンを着けて来、中には女中や小僧に送り迎いされるものもあった。

だがそれがまた私を苦しませた。

通い始めていくらも経たぬ間に、石版《せきばん》を使ってはならぬ——それは肺にわるいからというのであった——その代り鉛筆とノートをもって来いということになった。ところが、私にはそれがなかなか思うに任せなかった。中村は無論私にはかまってくれない。といって母にはおいそれとそれを買ってくれる余裕がない。で、私はその一冊のノートと一本の鉛筆とを買えるまで二、三日も学校を休まなければならなかった。

母は私を、もっと費用のかからぬ学校に転校させたかった。けれど住居地の関係上それは不可能だった。

ある日、父がふと私達を訪ねて来た。

父はその頃、何か商売でもしていたらしく、何か大きな風呂敷包みを背負っていた。が、その顔は子供の眼にも驚かれるほどやつれていた。

あれほど反感をもっていた父である。けれどやっぱり私は何となく嬉しかった。父が、持って来た荷物を部屋の隅《すみ》に置いて、長火鉢《ながひばち》の脇に座って中村と何か話している間にも、私は何となく父の方が遥《はる》かに偉いような気がしたばかりでなく、甘えたいような心にさえもなった。で、中村がちょっと席をはずした時、私は父の耳に口を押しつけて小さな声で、「ゴム毬《まり》を買って」と頼んだ。ああ私は、学校の遊び仲間の誰もが持っているそのゴム毬をどんなに欲しいと常々思っていたことか。

その夜、父は私を縁日《えんにち》につれて行ってくれた。家の前の路地を出外《ではず》れると、「さあおんぶしてやろう」と父は往来《おうらい》にしゃがんで私をその背にのせた。ちょうどもっと小さい時分に肩車にのせてくれたように。

縁日の屋台店で私はゴムまりを見つけた。どれでも好きなのを取れと父は言った。私は紅《あか》い花の模様のある毬を大きいのと小さいのと二つを取った。屋台店の上にはまだいろいろなのがあった。私はそれらにぼんやりと見とれた。

「まだ何か欲しいかい」と父は訊《き》いた。

私は黙ってかぶりを振った。

「かわいそうに……」と父は急いでそこを離れてから声をうるませて言った。「お前はまだいろんなものが欲しいだろう。お父さんも買ってやりたいが……お父さんは今非常に貧乏をしているんだ……どうか我慢《がまん》してくれ、ね、ふみ子や……」

胸から何かこみ上げて来るのを私は感じた。けれど、やっと私はそれをおさえつけた。子供心にも大勢の人の前で泣くのが恥かしかったのだ。

私達はなおしばらく夜店の街を歩いてから帰った。明るい町を通りすぎて暗い寂しい路地に這入《はい》ると父は言った。

「ねえふみ子や、父さんが悪かったんだ。堪忍《かんにん》しとくれ！　父さんが心得違《こころえちが》いをしたばっかりに何にも知らないお前にまで苦労をさせて、ほんとうに済まない。だけどねふみ子、お父さんはいつまでもこんなに貧乏してはいないよ。その時は一番さきにお前を楽にしてやるよ。それまで待っててておくれ……」

父は明らかに泣いていた。声をうるませて、涙をすすっていた。私も泣いた。

私はしかし子供のようではなかった。義理人情をわきまえた大人のように私は言った。

「そんなことどうでもいいの。どんなに貧乏してもいいの。ただ、お父さんの家へ連れてって……賢ちゃんとこへ連れてって……」

「わかってる、わかってる」父は一層しゃくり上げて言った。「出来るなら父さんは連れて行ってやりたい。いくら困るからって、お前一人ぐらいは飢え死にはさせぬ。けれど、今お前を連れて行ってはお母さんが寂《さび》しい。お母さんはお前をばかり頼りにしているんだから。だから今しばらく我慢おし。そして母さんや今のお父さんの言うことをよくきいて温和《おとな》しく待っていておくれ、そしたらお父さんが迎えに来る。きっと迎えに来る……」

父は歩くのをやめていた。路傍《ろぼう》に立ったまま声をしぼって泣き続けた。私も父の背にしがみついて、しゃくり上げながら泣いた。

だが、父はいつまでもそうしてはいなかった。やがてはっきりとした口調《くちょう》で「さあ帰ろう、お母さんが待っているだろう」と強い足どりで歩き出した。そして家の側の路地の入口まで来たとき、私を背から下ろして、白いハンカチで私の涙を拭《ふ》いてくれた。

その夜おそく父は再び荷を負うて、とぼとぼと帰って行った。

それからというもの、私は夕方にさえなれば路地を駆《か》け出して行って表の人通りを眺《なが》めた。それは父が迎えに来てくれているように思われたからであった。だけど父はもうそれっきり、私を迎えに来てはくれなかった。

私達はまた引越した。

引越すと、母は何よりもさきに私を小学校に通わせるために学校の校長に泣きついた。そしてやっとその願いが叶《かな》えられた。

その学校は前の学校から見るとずっと身窄《みすぼ》らしかった。生徒にも貧乏人の子が多くて私にはまず相当した学校であった。だのにそこでは明らさまに私は邪魔もの扱いにされた。

朝、授業が始まると、教師は子供らの名前をいちいち呼んで出席簿をつける。けれど同じように出席していながら私の名だけは呼ばれない。私の隣の子まで来て私がはねられる。今考えると何でもないことだが、でも子供にとってはかなり肩身の狭い辛《つら》いことだった。そのために私はわざと遅れて行くか、でない時は、教師が子供らの名を呼んでいる間じゅう机の蓋《ふた》をあけてその中に顔を突っ込んでいたり、要《よう》もない本を披《ひら》いて読んでいたりした。そして教師に叱られると前掛けの下に手を入れてもじもじしていた。

入学した翌月——多分——のことだった。

ある朝、私は月謝の紙袋を先生に渡した。すると程なく私は職員室へ呼び出された。何のためだか私にはわからない。私は平気な顔をして職員室に這入《はい》った。

受持ち教員は私に、私の渡した紙袋を見せて、こう言った。

「これは袋ばかりじゃないか。中に何も這入っていない。どうしたんだね」

無論、どうしたもこうしたもない。私はただ母が月謝を入れてくれたのをもって来たばかりだ。

「どうもしません」

こう答えるよりほかはなかった。

「どうもしないのに中のお金がなくなっているはずはない。途中で何か買ったんだろう」

「いいえ」

「それでは途中で落したんではないか」

「いいえ、鞄《かばん》の中に入れてあったんですから……」

校長も恐い眼をして私を責めた。買い食いでもしたろうと私を脅《おど》かした。遂《つい》には私の鞄までもしらべられた。けれど、鞄の中にはお金もなければ買ったらしいものもなかった。

校長と受持ち教員の眼はますます光った。彼らは私が何か買ったのに違いないときめているらしく、そんなことをする不心得を詰《なじ》った。私はしかしいくら責められても知らぬことは知らなかった。何も知らないと私は言い張った。

小使《こづかい》が私の家に走って、母が呼び出された。校長の前に呼び出された母は、初めはちょっと面喰《めんく》らったような風だったが、母にはすぐ事の真相が摑《つか》めたらしかった。

「それはあの娘がしたのではありますまい。大丈夫そんなことはしません」

こう言って母は、私のために弁解してくれた。母は言った。

「月謝は昨晩、私が入れて、落すといけないから鞄の中に入れておいたのです。それを良人《たく》が見ていました。鞄は壁に掛けておいたんですが、多分良人がそれを、工場に行くときに抜き取って持って行ったんでしょう。そんなことは今日が初めてではないんです」

そうして母はなお、そうしたいろいろの実例を話してくれた。実際私もそれを知っている。雑記帳の中に入れておいた鉛筆が、学校に行ってあけてみるとない。私は泣きながら家に帰った。そうしたことは二度や三度ではなかった。

母の話が校長の心を動かしたに相違なかった。私はその時校長が私の母に話したことを傍《そば》できいて憶えている。

「こんなしっかりした娘をそんな境遇に置いとくのは可哀相《かあいそう》だ。どうだね。できるだけ世話を見てあげるから、いっそのこと私の養女にくれないかね」

今から考えて見て、それは校長が本当に私に同情したためであったか、それとも校長に子がなかったのでちょうどいいと考えたためであったか、それはわからない。けれど、とにかく私には、いやな疑いから解き放たれて、かえって私のために考えてくれるようになったのが嬉しかった。

「ありがとうございます」と母は校長に感謝した。けれど、母は無論私を手放すことはできなかった。母はつづけた。「けれどこの娘は私のたった一人の子で、私もこの子ばかりが楽しみなんですから、どんな苦労をしても自分の手で育てあげたいと思っているんでございます……」

校長はそれでも無理にとは言わなかった。私はまた母の手にひかれて私達の巣に帰った。

このことから、母と中村との間にいさかいがあったに相違なかった。中村は今までにも外で酒を呑《の》んでいたらしかったが、そのために私の月謝までも必要だったのかも知れないが、その後は一層それが甚《はなは》だしくなったようだった。中村の脱ぎ捨てた仕事着のポケットの中からは時々、小料理屋の勘定書《かんじょうがき》や請求書などが出てきた。その癖《くせ》彼は、台所の入費《にゅうひ》を節約しろの、炭《すみ》の使い方があらいだのと母に小言《こごと》を言っているのだった。

母はまた悩ましい日を送り始めた。思うにそれは、私の父に対するが如《ごと》くに好いて一緒になったわけでもなく、ただ、生活の便宜《べんぎ》のためにのみ一緒になった中村との間のことだから、一層つらかったのに相違ない。が、そのうち中村は、何でも工場の機械か何かを盗み売ったとかいうので、会社から解雇《かいこ》された。

それをしおに、母は中村と別れた。

中村と別れてから、私達はひとまず世帯を畳《たた》んで、知合いの家に身を寄せた。母は私をその家に預けておいて、自分は毎日、働き口を探してまわった。そして朝出かけるたびに母は私にこう言うのだった。

「ねッ、表の往来なんかに出て遊ぶんじゃないよ。中村に見つかるかも知れないからね」

察するところ母は、中村が不承知なのを無理にわかれたものらしかった。

母は毎日仕事を探してまわった。が、市内には好ましいのが見つからなかった。ただ、母の知合いのおかみさんの兄が、郊外の田舎の製糸場で監督をしているとかで、母はそこへ行くことにきめたらしかった。

母は嬉しそうに私に話してきかせた。

「その人は何しろ、監督さんだっていうことだからね。監督さんならばもきくから、その人を頼って行けば、わしらに同情してくれるに違いないよ。きっと何とかなるよ」

子供の私にさえはがゆいほど、母は依頼心が強かった。母は、独りでは一歩も踏み出し得ない女だった。一足歩むにも何か自分を支えてくれるものがなくてはならぬ女であった。といって私は子供である。私は母に従わなければならなかった。

製糸場に行っても、しかしいいことはなかった。第一、頼って行った人は監督でも何でもなかった。実はごく下っ端の釜番《かまばん》だったのにすぎなかった。でも私達はそこで三ヶ月ほどを過した。その間の記憶は不思議に何も残ってはいない。たった一つ残っているのは、ある日、朝鮮飴《ちょうせんあめ》をもって父がひょっくりと姿を現わしたことだった。

ああ私はその時どんなに喜んだであろう。約束を守って父は私を迎えに来てくれたのに相違ない。父は私を迎えに来てくれるほど、楽な生活をしているに違いない。私はそう思った。

けれど、実際はそうではなかった。父には相違なかった。けれど何とまあ身窄《みすぼ》らしくなった父であったろう。彼はもうゴム鞠《まり》を買ってくれた父ではなかった。

父が来ると母は工場を休んで父と暮した。別れなかった前のように二人は暮した。が、いつとは知らず、父の姿はまた見えなくなった。何日ぐらい父がいたのか、いつ去ったのか、それさえ印象されてないほど、私も父もお互いに無関心になっていたように思われる。

私達はまた町に舞い戻って来た。母は紡績工場に職を見つけたらしかった。私達は長屋の一軒を借りて住み、私はまた、以前の同情ある校長を戴《いただ》く学校へ通い始めた。もともと何もないので楽だとはいわれないが、今度は二人っきりで、何も足手纏《まと》いもないので、生活は比較的順調だった。二人の上に何か災難でも振りかかって来ない限り、私たち母子は、淋《さび》しいながらも親しみ深い生活を続け得るだろうと考えられた。

いつまでもこのままでいてくれればいい。子供心にも私はこう祈りたいような気がした。ところがやっぱりそれが駄目だった。依頼心の深い母だ。それに、男なくてはいられぬ女だったに相違ない――今から考えて見て――母はまた若い男と同棲《どうせい》した。

その男は母よりも七、八つも年下で、その頃何でも二十六、七だったろう。母の知合いの後家《ごけ》さんの家に下宿しているというので、私も無論その男を見て知ってはいる。髪を長くのばして油をこてこてに塗って綺麗《きれい》に分け、青い絹《きぬ》のハンカチを首に捲《ま》いて、そして巻煙草《まきたばこ》をふかしながらよくそこいらをふらついていた。

この男と同棲することに決めたらしい時に、母は私に言った。

「とても働き者だっていう評判だよ。それに何しろ若いんだからね、うまく働いてくれさえすれば今度こそお前もわしもずっと楽になるよ」

私はいやだった。何となく悲しくさえあった。私は少しこまちゃくれてはいたがそれとなく母に反対してみた。

「あまり働きものでもないらしいよ母ちゃん、昨日だって、一昨日《おととい》だって、先《せん》だって、いつでもぶらぶら遊んでいるのを私見て知ってるわよ」

母はしかし私の抗議には耳をかさなかった。昨日や一昨日遊んでいたのは風邪《かぜ》をひいたので工場へ勤められなかったのだとその男のために弁解して、何しろ稀《めず》らしい働き者だと、後家の小母《おば》さんが話したということを力説《りきせつ》するのだった。

こんな話があってから三日とは経たぬうちに、その男は私達の家に来て、そのまま、ずるずるべったりに私達の家で寝起きすることになった。

その男は小林といった。小林は沖人夫《おきにんぷ》であったが稀《まれ》に見る怠《なま》け者だった。で、彼を下宿させていた――事実は夫婦だったのだが――前科二、三犯もある年増《としま》の後家さんも手にあまして、それを私の母に押しつけたのだった。後のたたりのないように母をそそのかして母に乗りかえさせたのであった。

小林は家に這入《はい》り込んだきりちょっとも外へは出なかった。たまに仕事に出かけて行っても、時間が遅れてあぶれてしまったとか何とか口実をつけてはぶらりと帰って来た。母もまた、いつの間にか工場をやめて、二人はただ寝て暮した。そしてなるべく私を遠ざけようとした。

ある夜のことだった、もう九時も過ぎたが、私はまだ起きていて、たった一つしかない六畳の部屋の片隅で学課の復習か何かしていた。

小林と母とはすぐ脇の布団の中で、無遠慮にふざけ散らしていたが、そのうち突然母が私に、焼芋《やきいも》を買って来いと言いつけた。寝たまま腕をのばして、母は枕もとの蒲団《ふとん》の下から蟇口《がまぐち》を引きずり出して私の方へぽいとそれを投げた。中から五銭の白銅貨と銅貨が三つ四つばらばらと畳の上にころがり落ちた。

「今ごろ焼芋だって母ちゃん」私は不服で母に抗議した。「あそこの焼芋屋は早仕舞《はやじま》いだからもう寝ているわよ」

母はじれったそうに荒っぽく言った。

「焼芋屋はあそこ一軒じゃないよ。裏通りのお湯屋《ゆや》の隣へ行けばまだ大丈夫起きている、はやく行っといで……」

裏通りのお湯屋の脇の焼芋屋。それをきくと私は、子供の私は、身震《みぶる》いするのを感じた。そこに行くには八幡様《はちまんさま》の森の大樹の下を通らねばならない。

「ねえ母ちゃん、お菓子にしようよ、お菓子屋ならすぐそこの明るいところにあるから」

「いけない！　焼芋でなけりゃいけない」母は疳声《かんごえ》をたてて怒鳴《どな》りつけた。「お前は親の言うことを聴《き》かないのかい。早く行っといで、この意気地なしめ。何が怖いものか」

母の権幕《けんまく》に怖れて私は決心した。

「じゃあいくら買って来るの」

「ちゃぶ台の脚のところに五銭ころがっている。それだけ買っといで」

母は蒲団の中から顎をしゃくって言った。私は不精不精《ふしょうぶしょう》白銅を取り上げて起《た》ち上った。そして台所の風呂敷を持って勝手元《かってもと》の土間へ降りた。

戸を開けて恐る恐る外を見て私は躊《ため》らった。ヒューヒュー風が吹いていて外は真《ま》っ闇《くら》だった。遠くの方からかちかちと火の番の拍子木《ひょうしぎ》の音が聞える。斜め左の方に真黒な八幡様の森が聳《そび》えている、その森は昼間見るよりも近くに拡がっていて、どしんとおっかぶさっていた。その樹の下を私は一人で通らねばならないのだ。けれど仕方がない。私は行かねばならぬ。

閾《しきい》の外に立ちすくんで私はもじもじしていた。と、いきなり母は起き上って来て「はやく行かないか」と私を外へ突き出して、ぴしゃりと戸を締めた。こうなればもう運命だ。私はありったけの勇気を出して、死んだ気になって息もつかず駆け出した。森の下をいつどうして通ったのか私は覚えていない。焼芋屋で温かい芋を風呂敷に包んでもらって、再びまたもとの森の下を何物かに追っかけられるような気に追い立てられながら、ひた走りに走って家の中に飛び込んだ。

だが、ああその時！　私は思わず顔をそむけて再びまた暗い戸の外へ跳ね返されないではいられなかった。

母は焼芋が食べたくはなかったのだ。ただ私を追ん出したかったのだ。

春になって学校の修業式が来た。

が、お慈悲《じひ》で通わせてくれている私には免状《めんじょう》など与えられないとのことであった。それでは私は進級することもできないわけだ。母はまた校長のところに行って私のことを頼んでくれた。その結果、私は、尋常《じんじょう》一年の課程をおさめたという証明書がもらえることになった。そこで私は、母の知合いの家の男の子の絣《かすり》の筒袖《つつそで》に鬱金縮《うこんちぢ》みの兵子帯《へこおび》を結んでもらって終業式に出た。

式場の正面の、白い布で覆《おお》うたテーブルの上には免状やら賞品やらが高く積み上げられている。左右には白襟紋《しろえりもん》つきの子供の母達や教師たちが虔《つつま》しやかに居並《いなら》んでいる。テーブルを前にして、それ相当の晴衣《はれぎ》を着た子供達がずらりと並んでいる。

式が始まった。校長は何か話をしてから、テーブルの前にいちいち子供達を呼んで免状や賞品を渡した。子供達は嬉しそうにニコニコと笑いながら誇らしげに賞品や免状をもらって引きさがった。

最後に私の番が来た。呼ばれるままに私は、子供達の列の間をぬけて、やはりニコニコとしてテーブルの前に立った。最敬礼をして、私は両手を高く上げた。校長は私に紙を渡した。

ああ、実際それは紙だったのだ。ほかの子供達には四角で堅《かた》くてぴんとした紙に活字《かつじ》で刷った修業証をくれたのだが、私のだけは、半紙を二つ折にして、筆で何か小さく書いたものだったのだ。校長の手からそれを受け取ると、それはぐにゃりと折れ下がってしまうのだった。

私はどんなに侮辱《ぶじょく》を感じたことだろう。仲間の皆が手にした上等な免状も賞品も、左右に並んでいる父兄や教師たちも、一体、修業式が行われるというそのことさえも、すべて私を侮辱するためのものだとしか私には思われなかった。こんなことならむしろ来なければよかった。男の子の着物まで借着《かりぎ》して来た自分が恨《うら》めしかった。


それはまだいい。私の家の暮し向きは日一日と苦しくなって行った。私達はただ売り喰いをしていたのだった。で、鼠入《ねずみい》らずももうなくなった。長火鉢《ながひばち》も売られてしまった。金に替えられるものは片っ端から売りとばされた。そしてとうとう、私の番になって来た。つまり、私を女郎屋《じょろうや》の娘としてだ。


ある日のことだった。

私の家は食うにも困っているということが子供の私にさえわかっているのに、母は私にビラビラの下った赤い梅の花簪《はなかんざし》を買って来てくれた。それはかねて私の欲しがっていたものだったので、私の喜びようッたらなかった。

母は私の髪を梳《と》きつけて、それを頭に挿《さ》してくれた。着物は無論不断着《ふだんぎ》一つしかないのだから新しいのには更《か》えてくれなかったけれど、でも、きちんと格好よく着せなおしてくれた。そうしてくれながら、母は私に、うちはどんなに困っているかとか、お前をこんな風にしておくのは可哀相だとか、いったような話をしみじみと話した。私はついつまされて涙が出そうであった。

だが、そのうち母は、急に言葉の調子をかえて晴々《はればれ》しく私に言うのだった。

「だがねふみや、仕合《しあわ》せなことに、お前を貰《もら》ってくれるところがあるんだよ。そこは、うち見たいに貧乏でないし、しまいには玉の輿《たまのこし》にさえ乗れるかも知れないんだよ」

私は母と離れて余所《よそ》の家にやられることが寂《さび》しかった。けれど、子供ではあっても、私のために母がどんなに苦労するかを知っていたので、そういったところがあるなら行ってもいいと思った。私は無論「玉の輿」って何だか知らなかった。けれど、そんなものに乗れるということは、きっといいことに違いないと思った。そうして私は悲しいような嬉しいような何ともいえぬ気持ちで母について家を出た。

母は私を、ちょっと小意気《こいき》な家につれて行った。私達はその家の上り框《あがりがまち》に腰を掛けて、しばらく待った。すると黒襦子《くろじゅす》の帯を引き抜きに締めた年増《としま》の女が出て来て横柄《おうへい》に私の母に挨拶《あいさつ》を返した。

今から考えると、それは芸妓《げいしゃ》や娼妓《しょうぎ》の世話をする、つまり人身売買業ともいうべき口《くち》入屋《いれや》だったのである。年増女はじろじろと私の顔を眺《なが》めた。そしてこの一箇の商品を前に置いて二人の間に取引きが始まった。

「何といってもこの娘は余り小さすぎるじゃないかね、これがものになるまでには、どんなに割引きして見積《みつも》っても五、六年はかかる。その間の費用が大変だ。第一ただ遊ばせておくわけにも行かんから学校にもやって、せめて尋常小学校だけでも卒業させにゃならん。その上、お客の前に出て応待のできるように仕込まにゃならん。だから、それまでにするにゃ、かなりのもとでがいるというわけだからね……」

これが先方の懸引《かけひき》であった。

母は……母は、真実悲しい思いをしたに違いなかった。泣きじゃくりしながら母は答えた。

「私は、……私は、ほんとうは金が欲しくてこの子を娼妓にしようというんではないんです。だからお金のことなんかはどうでもいいんです。ただ、私が余り貧乏しているので、そうした方がむしろこの娘《こ》の仕合せになると考えたからなんです」

「それはそうだろう。いくら娼妓でも出世すればまたたいしたものだから……」

と、買い手は私の母の弱点につけ込んで、それに相槌《あいづち》を打つと、母はここぞとばかりに持って来ていた私の父の戸籍謄本《こせきとうほん》や系図の写し見たようなものを見せて、私の家が、父のいわゆる何とかいう氏族《うじぞく》の末裔《まつえい》に当るということを対手《あいて》にわからせようと努めた。

そして附け加えるのだった。

「そうすれば何かにつけて肩身が広いだろうと思いまして、そして、出世にも都合がよかろうと思いまして……」

多分対手の女はいい小鳥が網《あみ》にかかったと思ったのだろう。お金のことは母もさほど不服そうでなく話は大体きまったようだった。

私は無論、母がつれ出すときと話が大分違っているのを知っていた。けれど私にはまだ娼妓はどうの芸妓はどうのといったようなことがわからなかった。その上、学校にもやってくれ、行儀作法《ぎょうぎさほう》も教えてくれるのだと思えば、さほどいやでもなかった。

ところが、それでは私がどの方面にやられるのかということになってから、母が考え出した。年増女は私を、東海道の三島《みしま》にやるのだと言った。三島と聞いて母は急に憂鬱《ゆううつ》な顔になった。

「もっと近いところへやってもらえないでしょうか」母は嘆願《たんがん》するように言った。「三島といえば余り遠すぎて時々会うこともできませんから……」

「そうねえ」相手もちょっと当惑した顔をして答えた。「生憎《あいにく》近いところには口がなくて、ただ三島からだけ口がかかっているんでねえ……」

母は幾度か、もっと近いところを主張したが、相手はそれでは駄目《だめ》だと言った。そこで母はとうとう断念したらしかった。

「それではまた、いつかお願いすることにしましょう」

こう母は残念そうに断って、そして私達は、また暗い寂しい家に帰った。今から考えてそれはどんなにか私の幸福だったろう。のみならず、母が私を、そうする方が私の幸福だと考えたからだと言ったこともうそのような気がする。なぜなら、ほんとにそうだったら、私にたびたび会えないからといって断る理由がないと私は考えるからである。


最後のものいを売り損《そこ》ねた一家はどうにもこうにもならなくなった。家主は毎日のように家賃の居《い》据《すわ》り催促《さいそく》をする。近所の小店《こみせ》は何一つ貸売りしてくれない。そこで、母と小林とはこっそり相談をしたのであろう、ある夜私達は家財道具のありったけをてんでに背負って夜逃《よに》げをした。落ちついたさきは、ずっと場末《ばすえ》の木賃宿《きちんやど》だった。私達はとうとう「どん底」生活に落ち込んだのである。

私達は三畳の部屋を借りていた。他の部屋には人夫《にんぷ》や蝙蝠傘《こうもりがさ》直しや易者《えきしゃ》や手品師《てじなし》や叩《たた》き大工といったような手輩《てはい》が一緒くたにゴタゴタ住んでいた。多くは雨が降ろうが日が照ろうがブラブラ遊んでいて、いよいよ切迫《せっぱ》つまって初めて不精不精に印袢纏《しるしばんてん》をひっかけたり破れ袴《ばかま》の皺《しわ》をのしたりして出かけた。そして、帰りには安酒を呷《あお》ってぐでんぐでんに正体もなく酔っ払って来た。するとまた乱《らん》ちき騒ぎが始まる。ばくちを打ち、辻褄《つじつま》の合わぬちぐはぐな駄《だ》ぼらを吹き合う、そしてその揚句《あげく》のはては恐ろしい喧嘩《けんか》だ。

こうした空気の中に在って、怠け者の小林が働こうはずはない。子供の私にさえじれったくなるほど、そして、しまいにはよくもこんなに飽きないものだとほとほと感心したほど、来る日も来る日も小林は、朝から晩まで部屋の隅《すみ》にころがってぐうぐう眠っていた。

私達は一日に三度の飯を食べたことは滅多《めった》になかった。まるっきり食べない方がかえって多かった。私はいつも空腹であった。今でも私は空腹の時には思い出す。私が空っぽの胃を曳《ひ》きずってひょろひょろ街を歩いているうちに、ある家の芥溜《ごみた》めの中に、焦《こ》げついて真黒な飯《めし》が捨ててあるのを見て、そっとそれを口に入れたことを。そしてそれをどんなに美味《おい》しいと思ったかを。

「ほんとにお前に苦労をかけてすまない」と母は常に面目なさそうな顔をして私に詫《わ》びた。

私が、「あんな男と一緒にいるからだわ」と言うと、母は一層困ったような顔をして言うのだった。

「今少し働き者だろうと思っていたのに、ほんに呆《あき》れた奴だ。もう懲々《こりごり》だ、ほんとにこりた。誰が何と言っても、石にかじりついても独りで暮した方がよかった。あの時からずっとお前と二人きりでいたら、こんなにも落ちぶれはしなかったろうに」

　母は悲しそうに首を垂《た》れた。しばしは言葉もとぎれた。もう一度顔をあげたときには諦《あきら》めたように、ややはきはきとものを言った。

「だけど今じゃもう別れたくっても別れられない破目《はめ》になっている。こんなことだったら、いつか別れかけたときに一思《ひとおも》いに思い切ってしまえばよかった……」

　私には何のことだかわからなかった。ただ母の意気地《いくじ》なさがはがゆかった。

　母はしょっちゅう小林に文句を言いつづけた。けれど小林は挽臼《ひきうす》のように動かなかった。母は諦めたように独りで麻糸つなぎの内職をしていた。そのうち母さえもそれを止《や》めてしまった。どこか悪いらしく生気《せいき》のない顔をしていつも寝転んだり起きたりしていた。

　でも私は何といっても子供だった。そんな苦しい目にあっていても、やはり外に出て遊びたかった。ある日も私は近所の子供と附近の土手下で遊んでいると、そこへ母がひょっくりと大儀《たいぎ》そうな足どりでやって来て、私を呼びとめた。

「なあに母ちゃん」と私が答えると母は力のない声で、そこいらに鬼灯《ほおずき》の木がないかと訊いた。子供は親切である。みんなしてそこいらを探してくれた。そして容易にそれをすぐ側《そば》の橋の下にあるのを見つけた。中にはとっくからそれを知っていて、それの大きくなるのを待っているものもあったのだが、自分でそれをひっこ抜いてくれた。

「ありがとう」と母は言って、根もとからぽっきりと折って根を袂《たもと》の中に入れて帰って行った。

その夜私は、その鬼灯の黄色い根だけが古新聞にくるまれて、部屋の棚の豆ランプのわきに載せてあるのを見た。

今から察すると、母は妊娠していたのだ。鬼灯の根で堕胎《だたい》しようとしたのだ。

小林の生れ故郷

やがてもう秋であった。

母と小林とはどうして金をつくったのか、とにかく二人は私をつれて小林の郷里へ帰って行った。

小林の郷里は山梨県北都留《きたつる》郡の、村の名は忘れたがかなり遠い山奥だった。小林の家は農家でまあどうやらこうやら困らぬ程度に暮してはいたが、三人の兄弟のうち一人としてまともな奴がなく、二男の小林がそのうちでも一ばん悧巧《りこう》な方であった。で、父が死んでからは小林は兄に代って家の経済をきりまわしていたが、そのうちいくらかの金を掻《か》っ浚《さら》って家出をしたのだった。身内のものは小林のことを案じていたが長い間何らの音沙汰《おとさた》もなかった。そこへひょっくり小林が年上の妻をつれて帰ったので、みんなは驚きもし喜びもした。そして小林のためにできるだけの便宜《べんぎ》を計ってくれた。

前にも言ったように村の名は忘れたが、そこは小袖《こそで》という部落であった。氏族社会のような縁続きから成る十四、五軒の小さな静かな部落だった。私達がその部落に帰ったとき、そこには私達の住むべき家がなかった。そこで、みんながいろいろと相談の上、小林の嫂《あによめ》の実家の西にある薪《まき》小屋を片づけて私達の住家《すみか》としてくれた。

何しろ薪や藁《わら》をどさくさと積み込んであったので、床板は腐り、壁は落ち、雨はもり、ちょっと手もつけられないほどだったが、でもともかく古板を打ちつけたり、泥を捏《こ》ねて壁を塗ったり、藁をおし込んだりしたので、どうやら寝起きぐらいはできるようになった。部屋は十畳の四角な板の間であって、奥の方に古畳二枚を敷いたきりだった。つまりその二畳が私達の寝間《ねま》であり居間《いま》であり食堂であった。炉《ろ》は入口に近い板の間に切ったが、もともと田舎の薪小屋のことなので戸もなければ閾《しきい》もなかった。夏の夜はその入口に筵《むしろ》を吊《つ》って戸代りにしたが、冬はさすがに余りに寒いので他家《よそ》から戸板を二枚貰《もら》って来て入口に押しつけて縄《なわ》で縛《しば》りつけた。それでも吹雪《ふぶき》の晩などは、雪交《まじ》りの冷い風が遠慮なく部屋の中に吹き込んで、朝起きて見ると炉の脇に雪が積っているようなことがたびたびであった。おまけに荒壁《あらかべ》一重のすぐ左隣は馬小屋で、右側は大家との共同便所だったので、不潔この上なしだった。

小林はその家に落ち着いてから、不思議に思われるくらい仕事に精を出し始めた。さし当り彼の仕事は実家の炭を賃焼きすることであった。母は母で、近所の家のお裁縫《さいほう》をしてやったので、そのお礼に大根や芋《いも》やその他の野菜ものが始終持ち込まれて食うだけの保証はまずこれで安心であった。そして私は、例の終業式以来ずっと御無沙汰《ごぶさた》していた学校へ再び通えるようになった。

そこでまた私は、私のこの憧《あこが》れの国のことを話さなければならないが、その前にまず、この小袖部落の生活振りを一通り示さなければならない。

都会にいて七層八層のビルディングを見、銀座の眩《まぶ》しいショウ・ウィンドウを見ている人には自家用自動車で待合《まちあい》通いやカッフェー入りをする人には、夏は扇風機《せんぷうき》、冬は暖《だん》炉《ろ》に、思うようしたい放題のことのできる人には、この話は嘘としか思われないだろう。しかしこれは決して嘘でも誇張《こちょう》ですらもない。私は考える、都会の繁栄は田舎と都会との交換で、都会がすっかり田舎をだましつつ取ったからであると。

小袖部落は、前にも言ったように十四、五軒の縁続きの家から成る、いわゆる原始社会という種類のものである。

部落はかなり勾配《こうばい》の急な山裾《やますそ》の、南向きの日当りの好《よ》い谷間にあった。田というものは一枚もない。あるのは山と、それを開墾《きりひら》いた畑とだけであった。だから部落としての産業は、春から夏にかけて主として養蚕《ようさん》で、畑には少しばかりの麦と桑《くわ》と自家用の野菜と、そして砂地にはわさびを植えることで、冬は、男は山に登って炭を焼き、女は家にいてその俵《たわら》を編むのがその役目だった。が、この村人の収入は何といっても、部落が山間部落である関係上、そのほとんど全部——七、八割がこの炭からあがる代金であった。

こんな風だから部落民が非常に粗末な食事しかとれないのが当然で、御飯は私が今食べさせられているような挽割麦《ひきわりむぎ》であるが、実はその監獄飯《かんごくめし》よりも劣《おと》っていた。というのは監獄のはいわゆる四分《ぶ》六飯《めし》とかで南京米《なんきんまい》が四割入っているようだが、部落には白い米などはただの一粒もなかったからである。もっともその代りには、監獄の御飯のように虫だの石だの藁屑《わらくず》だのは入れてなかった。野菜の煮物は監獄と同じだと言っていいだろう。なぜなら、どちらもそれを煮る時一塊《いっかい》の砂糖すら入れられはしないのだから。部落で食べる魚といえば飛び上るほど塩辛い鮭《さけ》、ただそれだけであった。それも一ヶ月に一度ぐらいしか食べられないのだった。

しかし、こんな粗食で健康が保たれるはずはないなどと思ってはいけない。なぜなら、一度山にわけ入って見るがいい。そこには近頃流行のいわゆるビタミンを多量に含んだ、そして常食で欠乏している糖分やカロリーのたくさんなあけびだの梨《なし》だの栗《くり》だのが、素晴らしく豊かにみのっているからである。私達子供はもちろん、大人でさえもこれを採って食べる。それでもなお余ったのが烏《からす》や鼠《ねずみ》の餌《えさ》となるのだが、中にはそれらの動物の目にも触れないで、撓《た》わんだ枝のまま地に埋《うずま》って腐っているのもあった。それだから、子供達が追いまわすほかに、誰も殺しはしなかったが、もし狩猟さえすれば多分に食料となるべき野生の動物が、殊《こと》に兎《うさぎ》が、村のすぐ後ろの山や、学校往復の途中の林などにはしょっちゅう跳ねまわっていた。

私が本当に自然に親しんだのはこの頃である。おかげで私は村の生活がどんなに理想的で、どんなに健康で、どんなに自然であるかということを今日も感じている。それにしても村の人の生活をこんなに惨《みじ》めにするものは何であろう。遠い昔のことは知らない。徳川の封建時代、そして今日の文明時代、田舎は都市のために次第次第に痩《や》せこけて行く。

私の考えでは、村で養蚕《ようさん》ができるなら、百姓はその糸を紡《つむ》いで仕事着にも絹物《きぬもの》の着物を着て行けばいい。何も町の商人から木綿《もめん》の田舎縞《いなかじま》や帯を買う必要がない。繭《まゆ》や炭を都会に売るからこそそれよりも遥かにわるい木綿やカンザシを買わされて、その交換上のアヤで田舎の金を都会にとられて行くのだ。

ところが、部落はもちろんそんなことをし得なかった。お金という誘惑があるものだからお金欲しさに炭や繭を売る。すると町の商人は、これにつけ込んでこんな部落にまで這入《はい》って来る。行商人は、半襟《はんえり》を十枚ばかり入れたのが一函《ひとはこ》、昆布《こんぶ》や乾物《かんぶつ》類が一函、小間物《こまもの》が一函、さまざまの乾菓子《ひがし》を取りまぜて一函といった工合に積み重ねた高い一聯《いちれん》の重ね箱に、なお、下駄や昆布や乾物等をも加えて、大きな背負包みに包んで背負って来るのであるが、それが一軒一軒に立ち寄って荷物を開くのではない。比較的裕福な家の炉端《いろりばた》がその臨時の店棚《みせだな》となる。

「商人《あきんど》が来た」

誰言うとなく部落じゅうに伝えられる。すると部落じゅうの女どもが集まって来て、いずれも欲しそうに手に取っては見、手に取っては見して値段をきいては、

「まあ高い、おまささんは十日ほど前に町でこんなのを二十銭で買って来たわ」などと言う。

行商人はそうした取引にいちいち叮嚀《ていねい》に、何か理窟《りくつ》をつけては、決して高くないとか、品が違うなどと言いくるめてしまう。いやただにそう言いくるめるばかりでなく、ぜひ買いたいと思わせてしまう。随分気永《きなが》な取引である。だがそれも別に不思議はない。どんなに永くかかってどこかの家に泊らなければならなくても、泊賃《とまりちん》は町の商人宿の四分の一、五分の一ぐらいですむ。ことによると旅人として歓待されて宿賃などは取りもしない。そんなのだから永びくことは何でもない、ただ、そうしている間に少しでも多く売れればいいのだ。

娘達は父親に内緒で半襟や簪《かんざし》を買う。母親達はあるいは繭を、あるいは手繰《てぐり》の生糸《きいと》を、

あるいは乾柿《ほしがき》を、あるいは藁《わら》つと
に入れた泥だらけのわさびなどをそっと持ち出して来ては、その三分の一にも値いしないものと交換する。そうして部落は毎年これらの旅商人に自分の丹精《たんせい》こめた労力の結果を奪われて行くのである。

郵便配達は五日に一度、七日に一度ぐらいしか来なかった。冬などは靴を投げ出しては炬燵《こたつ》にあたり込み、家人とお茶を飲みながら世間話をしたり、他家《よそ》へ来た端書《はがき》を、いちいち読んで聴かせたり、写真をあけて見せたりして時をつぶし、時分時《じぶんどき》には御飯をよばれては悠々と立ち帰るのだった。時たま寺に郵便でもあるときには、庫裡《くり》に上り込んで和尚《おしょう》さんのザル碁《ご》の相手になっては日の暮れるのをも忘れることもあった。

さていよいよ学校であるが、学校は鴨沢《かもざわ》と呼ぶ小さな町のはずれにあった。尋常科だけで、児童は六、七十ぐらいはあったろう。お師匠《ししょう》さんの学校以来初めて見た不備な学校であったが、先生というのは大酒呑《おおざけの》みでひどく乱暴な男だった。

小袖からは淋《さび》しい山道を一里ばかりも離れていたが、冬になると雪がひどいので、男の子も女の子も竹の皮で拵《こしら》えた靴見たいな物を履《は》いて、手拭《てぬぐい》ですっぽりと頬冠《ほおかむ》りをして、毎日毎日同じ道を往復するのだった。

わずかではあるが、筆とか、紙とか、墨とかがやはり必要だった。けれど部落には現金というものは一つもない。そこでそれらの必要品のある時には、子供らは自家製の炭俵を一、二俵《ひょう》背中に背負って、朝登校がてらに、学校のすぐ隣の店まで運んで行くのだった。子供たちはその代価《だいか》のなくなるまでは、ちょいちょいとその必要品を貰《もら》うことができるのであった。つまりこれもやはり物々交換である。

だが、私は今一つの重要なことを書き落すことはできない。それはこの一里にも余る山道を一俵の炭を背負って登ったり降りたりするのは一体、いくつぐらいの子であるかということである。それは実に九つぐらいの女の児なのである。私も実はやって見たかった。けれど都会に生れた私にはどうしてもそれは不可能だった。第一、私の家には背負って行く炭がなかった。

ついでだから私は今一つの事実を記しておこう。些事《さじ》といえば些事だが、都会に育ったものには、これこそほんとに想像も出来ないことであろう。それはこの部落では決して便所で紙を使わないということである。部落民にとっては、便所で紙を使うなんて何という贅沢《ぜいたく》なことであろう。手紙を書くにも彼らは、煤《すす》けた破障子《やぶれしょうじ》の不用なのを用いるくらいであった。だが、紙の代りに一体何が用いられるのであろう。彼らは竹のきれや、木の枝を箸《はし》ぐらいの長さにきって便所の箱の中に入れておく。そしてその御用済《ごようずみ》の分は別の箱の中に入れておく。溜まると一纏《ひとまと》めにして山裾《やますそ》の清流で洗ってまたそれを使う。これが嘘も偽りもない事実なのである。

早春のある日、私の家には子供が生れた。小林の家のお婆さんは大喜びだった。そして春生れたというので「春子」と名をつけ、初児《はつご》のお祝いをした。

五、六俵の炭が馬の背に載せられた。馬は馬子《まご》と一緒に五、六里離れた街を指して行った。帰りには米や煮乾《にぼし》や着替やが炭に変ってちょんぼり馬の背にあった。それが初児の誕生祝いであった。でも春子は丈夫に育った。

三月の終りになって私はまた終業式に出ることになった。いつもいつも辱《はずか》しめられる終業式に。でも今年は何らの苦痛もなかった。なぜなら、教師が私達にたとい無籍者でも田舎のことであるからほかの子と同様に免状を下げてくれると言ってくれたからである。

母はその日のために苦しい中から工面して木綿の縞《しま》の筒袖《つつそで》と、対《つい》の羽織《はおり》とをつくってくれた。私はそれを着せてもらって、みんなと一緒に、喜び躍りながら学校に行った。

型ばかりの寂しい式が始まった。みんなは免状《めんじょう》をもらってニコニコしていた。けれど私にだけは、教師の約束があったのにもかかわらずくれなかった。今か今かと最後まで私は待った。そしてとうとう待ちぼうけであるのを発見した。

式が済んでみんなはもう帰り仕度《じたく》をした。けれど私はまだ観念がしきれずにぼんやりと立っていた。するとそこへ、教師がやって来て、普通の免状と優等賞状との二枚を鼻先に見せびらかした。

「お前の免状はこの通りここに、ちゃんと二枚出来ているんだよ。欲しきゃお母さんが貰いにくればやるって、そうお言い」

終業式の前頃に、子供達の家からは何かと教師に贈られるのが常だった。中にも一番多いのは酒だった。つまり酒と免状とを交換しようと教師は言うのだった。

私の家では教師に何も贈らなかった。贈ろうにも贈るものがなかった。一つには、母が気がきかなかった所以《ゆえん》もあったろう。

でも、そう言われたとき私は口惜《くや》しかった。仲間をはずれて口惜しまぎれに独り裏道から帰った。帰って炉《いろり》の傍《そば》で、私は思う存分泣き通した。母は見かねて、

「心配することはないよ。わしがお酒を持って行って、免状をもらって来てやるから」

と私を宥《なだ》めてくれた。

けれど、どうしても私はあの侮辱《ぶじょく》を忘れられなかった。

「いいよ母ちゃん、いやだよ」

私はただこう言い張った。そして、とうとう、学校を無断でさがってしまった。

私は寂しかった。私は今その時の心持ちを充分に説明することはできない。ただ強い

て言えば、駄々っ子が泣きくたびれて泣き止《や》んだ時のような状態だったと思う。

そうした幾日を過ごしているある日、思いがけもなく実家の叔父が――母の弟が私達二人を訪ねてくれた。

叔父がどうして私達の住所を知っていたのか、私はそれを知っている。それは私がここに来てから初めてのお正月に、実家への年賀状を母に代って書いたのを覚えているからである。その時母は言った。

「今さら迎えに来てくれとも言えないが、この年賀状を見たら連れに来てくれるだろう」

それから後も母は時々言った。

「うちへ帰れば悪口も言われようが、何といってもこんな貧乏しなくてもすむ、そればかりでない、お前の祖父《おじい》さんも祖母《おばあ》さんもどんなに喜ぶか知れん」

母はだから、あの年賀状を出しさえすれば、父と別れた私達のことを心配している実家のものがきっと迎えに来てくれると信じていたのである。

「おお、姉さんいたか」と叔父は閾《しきい》をまたぐなり言った。

「よく来てくれた」と母はもう涙をぼろぼろと流していた。

それから二人は、ほんとに嬉しそうに立てつづけに話しつづけた。私にわかったのは、年賀状を見てすぐにもとんで来たかったのだが——そこは女でも二日とはかからぬ所なので——雪が深くて三度も途中から引き返し、雪の解けるのを待ってやっとのことでやって来たのだということと、叔父が来たのは母を実家へ連れ帰すためだったということとであった。

小林が仕事場から帰って来る。すぐ談判《だんぱん》が始まる。小林の父も母も、近しい親戚も、寄って来る。

随分長い談判の結果、母は帰ってもいいが、乳呑児《ちのみご》をどうするということに悶着《もんちゃく》が起きた。

小林の老母は母に詰め寄って詰《なじ》った。

「こんなことになるのならどうしてもう少し早く言ってくれなかったんだい。そう言ってくれればくれるで何とかするのだったのに……」

何とかする？　それは何を意味するのか、最初のほどは私にはわからなかった。けれど私にも次第にそれがわかってきた。

母は言った。

「わしも気はついていたにはいたのだけれど、でも可哀相で……」

母のこの言葉で私は一つ思い出したことがあった。それは隣村に片づいている西隣の家の娘と母との談話から知り得た一つの知識である。

「大きな声じゃ言えんがね、それは造作《ぞうさ》なくやれるんだよ」とその女は、炉《いろり》の側《そば》で小さな声で母に話し始めたのだった。「いいかね、×××××××××××××××××××××××××××、×××××××、××××××××××××××××××××××。×、××××××××××××××××××××××××××××××。××××××子《す》をじっと瞶《みつ》めながら、まだかまだか××××××××××。××××××××××××××××、×××××、××××××××××××××××××××××……。現に隣の嫂《ねえ》さんは娘時代に父無し児を生んだのを、家同志の情けから、その子をそんなにして闇《やみ》に葬《ほうむ》ってしまったのよ」

黙ってきいていた母の顔は土色になってむしろ何かに怯《おび》えているようだった。そしてただ最後に、「まあ可哀相に……」と呻《うめ》いたばかりであった。

春子も「何とかされるのではないか」と私は心ひそかに心配した。けれど三、四日のすったもんだの揚句《あげく》、ともかくも春子は小林の許《もと》に置いて行くでけりがついた。けりがついた翌朝、私と母とは叔父につれられて村を出た。大家の末娘の雪さんがねんねこで春子をおぶって村はずれまでと言って送って来てくれた。情に脆《もろ》い雪さんは途々《みちみち》泣いて泣いて眼を紅くしていた。が、春子は何も知らずに、ねんねこにくるまって眠っていた。心地よさそうに、すやすやと。

村はとうに出はずれていた。けれど私達はまだ別れ得ない。小山の裾《すそ》を繞《めぐ》って道の曲がるところでやっと私達は別れることができた。

が、母の足はどうしても進まなかった。別れて四、五歩したかと思うと母はふらふらと後ろへ引きかえした。そして雪さんの背から子供をおろして、路傍《みちばた》の土手《どて》の芝生《しばふ》の上に腰をかけ、まだ眠っている子を揺り起して、しゃくり込むように泣きながら乳首《ちくび》を無理に子供の口に押し込んだ。そうして母は、乳を呑んでいる子の顔を撫《な》でたり、頬《ほお》ずりしたりしながら、側《そば》で泣きながら立っている雪さんに、

「頼みますよ、雪さん、頼みますよ」と、今までにもう幾度《いくたび》となく言った同じ言葉を繰り返した。

母はいつまでも子供を離そうとはしなかった。それを叔父が一町もさきから、大きな声で呼びたてた。母はやっとのことで立ち上った。そして春子を雪さんの背におぶわせた。せき来る涙を止めもあえずに。

母と私とは二足《ふたあし》歩いては立ち止まり、三足歩いては立ち止まって、後を振りかえって見た。雪さんはいつまでも元の道の廻りかどにじっと立っていた。

二、三町歩いて道が再び曲がろうとする所で、私達はまた後ろを振り向いて見た。そ

の時は雪さんの姿は濃い朝霧《あさぎり》に包まれて朦朧《もうろう》としか見えなかった。ただ、夢を破られたらしい春子の泣き声だけが、捨てて行く母と姉とを怨《うら》むようにはっきりと、朝の山のしいんとした静けさを破ってきこえていた。いつまでも、いつまでも……。

この時を限りに、私は一人妹の春子と訣《わか》れた。そしてそうだ。別れたきりだった。あれからもうかれこれ十年の余になる。春子はまだ生きているだろうか。それとももう死んでしまったろうか。

母の実家

小袖《こそで》を発《た》って二日目の昼すぎ、私達は母の実家から一里足らずのところにある窪平《くぼたいら》という小さい町に着いた。そこからはもう一息である。けれど母はそこで足が鈍《にぶ》った。昼の日中、村に帰るのは恥かしいというのである。そこで叔父だけが先に帰って、私達は久し振りに床屋《とこや》に行って顔を剃《そ》ったり、祖母への手土産《てみやげ》を買ったりなどした。母の実家に帰ったのは日もとっぷり暮れて暗くなった頃であった。

祖父母は無論喜んだに相違なかった。けれどもその喜びのうちには悲しみも秘《ひそ》んでいたに相違なかった。そしてそれは私達にも同様に。

実家では、祖父母は母屋を仕切って裏の方に隠居《いんきょ》し、母から三番目の叔母は二里ばかり離れた町の商家に嫁《かた》づき、小さい叔父は出家し、大きい叔父——私たちを迎えに来てくれた——が後を嗣《つ》いで戸主《こしゅ》となり、二つになる子供さえあった。

私は叔父の家に引きとられた。母は私の大きくなるのを待つ間、若かったときに通った製糸場に稼《かせ》ぎに行った。

私はもう寂《さび》しさを知ってはいたが、それでも何とはなしに心に安心があった。落ち着いた気持ちで日が過ごされた。

ところが、ああ、何という不幸で私はあったろう、その夏のある夜、ぐっすり眠り込んでいた私は突然叔母に喚《よ》び起こされた。睡《ねむ》い眼をこすりながら叔母について行くと、思いがけなくも母が来ていた。帯をといたまま台所続きの茶の間で御飯を食べていた。

母は私にモスリンの単衣《ひとえ》と丈長《たけなが》とを買って来ていた。無論私は嬉しくなかった。けれど私は同時にまた、「また母が仕事をやめて帰って来たのかしら」と心のうちでおどおどした。家には別段変ったことはない。母は遠い町に働きに行っていたはずだ。どうして今時分帰って来たのだろう。私にはわからなかった。けれど私は母にも叔父にも叔母にも何も訊《き》かずにまた眠った。

真相はしかしすぐわかった。

母は「チチキトクスグカエレ」という電報を見て急いで帰って来たのであった。けれど祖父はもちろん危篤どころかピンピンしていた。

その翌日、危篤であるはずの祖父も交って、祖母も叔父夫婦も母も寄って何か重要な話をし始めた。私は外で遊んでおいでと言われたのにもかかわらず、その側《そば》を離れなかった。

「子供が三人あるというけれど、みんなもう大きいちゅうことだから手もかかるまい」

祖父がこう言うと、祖母はすぐにそれを引きとって、

「家の暮し向きはいいちゅうし、それに第一こんな田舎でなく町家だから、今までそこいらうろついて来たお前にはもって来いの縁だよ」

と言った。

よくきくと、それは何でも塩山《えんざん》の駅の近くに雑貨店を営んでいる割合暮し向きのいい、古田という家の主人から、母を後妻にと望んで来たことからの話らしかった。

母がそんなところへ行ったらどうしよう……こう思って私は、おろおろしながら黙って母の顔を瞶《みつ》めた。それだのに母は、そんなことには気もつかぬように、「それもそうだねえ」と答えて、別に何か考えるらしい様子をしていたが、しばしばすすめられると、

「じゃ行って見るか。げに嫌だったら無理に苦労して御厄介になっていなくても、そうとなりゃこの子がいるから心丈夫《こころじょうぶ》だあね」

とこともなげに承諾してしまった。

私はびっくりして跳び上った。心細さが胸にこみあがって来た。

「母ちゃん後生《ごしょう》だから行かないでちょうだい。行かないで……」

母の首っ玉にしがみついて私は泣いた。

「お前にはすまないが」と母は言った。

母がお嫁に行ってもそこは近いのだからいつでも逢《あ》える。お前も町に行く機会が多くなってかえってよい、こんな理由を並べたてて、祖父母たちは私を宥《なだ》めた。そして母は遂《つい》に行くことになった。

そうだ。母はとうとう行ってしまったのだ。自分の幸福を求めて私を置き去りにして、また、かつて私の父が私や母に対してしたように……、

私達を捨てて去った父が突然やって来て、私にゴム鞠《まり》を買ってくれた時のことを私は既に話した。その時私はどんなに父を懐《なつか》しく思ったろう。ところが私はその後、私に約束した「きっと迎えに来てやる」を少しも実行してくれなかった。私はもう父を、父の愛を断念していた。たった一人、母をのみたよりにして来た。ところがその母もとうとう、私を捨てて行ってしまったのだ。私は母が私を女郎屋《じょろうや》に売ろうとしたことを思い出さずにはいられない。母はその時、私の幸福のために私を売りたいのだと言った。だが、何でそんなことがあろう。母はただ自分の苦しい暮し向きを救おうと思って私を売ろうとしたに違いないのだ。

ああ、できるなら私は、声をかぎりに世の中に向って叫びたい。殊《こと》に世の父や母に呪《のろ》

いの声をあげたい。

「あなた方は本当に子供を愛しているのですか。あなた方の愛は、本能的な母性愛とやらのつづく間のことで、あとはすっかり御自分達の利益のためにのみ子供を愛するような風を装《よそお》っているのではないのですか」と。そして「私の母のように、真実その子を愛するのでなく、自分の幸福のために子供を捨てて置きながら、げに嫌だったらもう一度帰って来てその子の世話になろうといったような横着《おうちゃく》な心でのみ子供を愛しているのではないのですか」と。

思わず私は感情的なものの言い方をした。けれどこれも、私のその時の、そしてそれからずっとの、私の絶望的な気持ちから出た言葉であると許してもらわねばならない。

母は行った。私はやはり叔父の家に在って小学校に通った。

私はもう小学校にもさほどの憧れをもっていなかった。そして事実またここでもまた余計者《よけいもの》として取り扱われただけのことである。

体操の時などは、私より背の低い子がまだ幾人もあるのに、私は「お前は余計者だ」と言わぬばかりに、一番最後に立たされた。偶数番に当ったときはまだよかった。けれどそうでないときはたった一人、余計者としてその後にくっついて行かねばならなかった。教室では私が一番よくできたのに――書き方と図画とは一番上手とは言われなかったけれど――私はみんなの貰《もら》う通知簿さえもらえなかったのだ。

もうそろそろ涼しくなりかけた頃、母は一ばん小さい継子《ままこ》をつれて遊びに来た。あれほど呪った母ではあったが、母がやっぱり懐《なつか》しくはあった。けれど私は、母が私を縁先の家へ連れて行こうとしたときにはいいやと言った。ただ無理に言われるので跟《つ》いて行ってみた。

母の家は食料品や荒物《あらもの》や文房具などを売っていた。私はそこの子供達とすぐ仲よしになった。けれど母の夫となった人にはどうしても親しめなかった。二晩ほど泊ったきりで私はもう帰りたくなった。

「まあ、もう帰りたいのかい」と母は寂しい顔をした。そしていろんなことを言っては私を引き止めようとした。が、私はどうしても帰ると言い張った。

母もとうとう断念したらしく、鏡台《きょうだい》を縁側《えんがわ》に持ち出して私の髪を結《ゆ》ってくれたり、簞《たん》笥《す》の一ばん上の抽斗《ひきだし》から赤い支那《しな》緞子《どんす》の片《きれ》でつくった巾着《きんちゃく》と細紐《ほそひも》とを私にくれたりした。

それを私に渡しながら母は、

「この間見たら簞笥の底にこんな片《きれ》があったからね、お前にやろうと思って、内緒で拵《こしら》えておいたんだよ」と言った。

それから店へ行っては、罐詰《かんづめ》を三つと、白砂糖を一袋と赤いレザーの緒のついた麻裏《あさうら》を一足、すばやく風呂敷にくるんで、袂《たもと》の影に蔽《かく》すようにして私をつれて家を出た。そして街はずれの竹藪《たけやぶ》の側《そば》の水車の前まで来ると、その風呂敷包《ふろしきづつみ》をしっかりと私に背負わせ、近所の菓子屋から駄菓子を買って私にくれた。

「途々《みちみち》喰べながらお出《い》で、遠いから路を間違っちゃいかんよ、そのうちわしもまた隙《すき》をみてあがるからって家に帰ったら言っておくれ」

母は今にも泣き出しそうにしていた。私も何だか泣きたいような気持ちで、ただ黙って頷《うなず》いた。そうだ、私はたしかに泣きたかった。けれど、何者かが私の涙をせき止めた。何と悲しい性格に私はその時分からなっていたことだろう。

家に帰った私はまた学校に通い始めた。どんなに余計者にされても私は学校はいやではなかった。学校に通う。それが唯一《ゆいいつ》の私の楽しみのようでもあった。

やがてもう冬も来ようとしている頃だった。朝鮮の父方の祖母が私の村にやって来た。

この祖母はこちらの祖母と同い年で、その時はもう五十五、六歳であった。が、こちらの祖母よりは元気でもあり、血色もよかった。それに何よりもまずその服装は、大島《おおしま》紬《つむぎ》の被布《ひふ》などを着込んでどこかの大家《たいけ》の御隠居《ごいんきょ》さんとでもいいたいようないでたちなので、田舎の百姓家のこちらの母などとは大違いで、年もよっぽど若く見えた。

用件は、私を朝鮮につれて行って育てるというのであった。それには理由があった。朝鮮にはこの祖母と私の別れた父のすぐの妹が住んでいたのだが、その叔母には子供が生れそうになかった。そこで、私が三つ四つの頃から、もしいつまでもその叔母に子供がなかったら、私を育てるということになっていた。ところが父と母とはあんな工合になって別れて、その後母の行衛《ゆくえ》がわからなかったのでどうしようもなかったのが、母が実家に帰って来たので、急にまたその話をもとに戻したためだった。

先方では、たとい私の叔母が父と一緒になっているとはいえ、父と母とがあんな風になってしまったということにも多少の責任を持ってはいたろうし、第一、朝鮮の叔母にはもう子供を待ち望むことができなくなったというところから、ちょうどいい、哀れな私を育てようという気になったし、私の今の家でも、今度こそは母も縁附先《えんづきさき》に落ち着きそうなので、それに何しろ先方は金持だからそんな家で育てられるのは仕合《しあわ》せに違いないと考えて、早速話がきまったらしかったのである。

朝鮮の祖母は私に美しい衣裳《いしょう》を持って来てくれた。三十五円もしたという赤い繻珍《しゅちん》の丸帯や、それまでは見たこともないような縮緬《ちりめん》の長袖や、被布や、袴《はかま》や、紋附《もんつき》や、肩掛《かたかけ》や、下駄《げた》や、リボンなどがそれであった。祖母の話によると、なおこのほかにたくさんなものがあるのだけれど、荷物になるからうちに置いて来たということであった。

朝鮮の祖母は、祖母の家柄上、私が無籍者《むせきもの》であるのは困るというので、私を母方の祖母の第五女ということにして私をつれて行くことにした。

私にとって、こうした衣裳は何という華やかさであったろう。こんなものは少し大袈《おおげ》裟《さ》に言えば私などは拝んだこともないものだった。私はそれを着せられた。何ともいえぬ恥しさと喜ばしさとを一緒に感じながら、私は幾度《いくたび》も幾度も自分の着ている着物の袖をあげて見たり、帯のあたりを眺めて見たりした。

「さあ、もうすぐ朝鮮に行くんだから、そのおべべを着てそこいらへ挨拶に行って来るんだ」

と、みんなのものに言われて、私は叔母と一緒に学校や近所の家へ暇乞《いとまご》いにまわった。私の着たのは縮緬の重ねに、繻珍の帯、大きな赤いリボン、そういったものであった。あまり綺麗《きれい》だから見せてくれと、附近の女達はそっと裏口から私の家に集まって来た。そして、

「ほんにふみさんは仕合せなことで……」

と、今までの私の苦労を帳消《ちょうけ》しにして、口を揃えて言った。

母ももちろん来てくれた。そして同じように喜んでくれた。

「この服装《なり》で写真を撮っとくといいんだがなあきくのさん」と叔母が言うと、

「ほんになあ、近所に写真屋があるといいだがなあ」と母も答えた。

「なあに写真ぐらいはうちへ帰ったらすぐ撮って送りますよ」と朝鮮の祖母はみんなの驚き方に満足したように「わしの家へは月に一回や二回はきっと写真屋が来ますからなあ、すぐおくりますよ」とつけ足して言った。

「それではぜひそうして！」とみんなが揃って言うと、祖母はなおそれにつけ加えて、「でも、逢えんのもほんのしばらくの間で、尋常を卒業しさえすればすぐ女学校にも入れ、成績がよかったら女子大学にも入れにゃならんが、そうするのにゃ、やっぱり東京へ寄越さなきゃならんから、いつでも逢えるというものですよ」と、ますます大きな希望を私にもたせるように話すのだった。

いや、それればかりではない。私をつれて行った限り、決して何不自由をさせぬこと、必要なものはもちろんのこと、ただの玩具《おもちゃ》でも、思う存分買ってやるから決して心配しないようにといったようなことまでも話した。

みんなが涙を流して喜んだのは言うまでもない。私も無論嬉しかった。

降り続いた雨も上って空はからっと晴れて、少し冷たさを覚える朝、みんなに送られて、みんなの祝福の言葉を浴びて、祖母と一緒に私は旅に立った。

新しい家

私は遂《つい》に朝鮮に来た。私の幸福を待っていてくれる希望の光に充ちた朝鮮に来た。だが、朝鮮は果して、その約束したものを私に与えてくれたであろうか。それは以下私の記すところを読んでくれれば自然とわかることだが、私は今、ここへ来るまでの途中での私の感じだけを述べておかねばならぬ。なぜと言うに、それを述べておかない限り、読者は恐らく余り唐突《とうとつ》な変化に判断の心を掻《か》き乱されるかも知れないと思うから……。

で途中での私の感じは？

一言《いちげん》でそれは述べられる。それは、祖母に私が期待していたものを——孫としての祖母の愛を——私ははなはだわずかしか与えられなかったという微《かす》かな失望の感じと、祖母もまた、私に期待していたものをはなはだ些《すこ》ししか私のうちに見出し得なかったに相違ないという私の不安と、これである。私はしかし、これくらいのことで決して私の希望を失ってはいないのだ。私は私を待っていてくれる幸福の神を摑《つか》まねばならぬ。

私はいよいよ朝鮮に着いた。朝鮮の私の家に着いた。そこは忠清北道《ちゅうせいほくどう》の芙江《ふこう》というところで、家は岩下とよばれていた。

岩下？　読者は恐らく、ここで疑惑の眼《まなこ》を私に向けるであろう。なぜなら、私の家は佐伯《さえき》であるのに父の母の家が佐伯ではなくして岩下となっているからである。私はまずそれを説明しておかねばなるまい。

祖母は十五、六の年に広島で結婚した。ところが、二十七の年に九つを頭に四人の子供を残して祖父に先立たれ、引き続いて、末二人の子供に死なれた。しかも長男――私の父――はやがて家を飛び出してしまったので、家にはたった一人の女の子、今の叔母が、残ったばかりであった。その私の叔母は広島で女学校を卒業した。するとすぐある海軍軍人から求婚されたが、祖母は考えるところあってこれを断った、次ぎの求婚者は今までかつて知らなかった一人の官吏《かんり》であったが祖母は一目見て「この男なら」とその男を見込んだ。そして立ちどころに婚姻《こんいん》が成立し、長男の私の父がいなくなっておるのにもかかわらず、その男を養子としてではなく、正式にその男のもとに私の叔母をやった。という意味は法律的に叔母をその男に嫁《とつ》がせたのだ。けれど、祖母は何しろ一人ものだし、その上、その婿が気に入りだというので、祖母はこの若夫婦と共に一つ家の中に住むことにした。ただ、何といっても法律上、叔母はその夫の家に嫁いだのであるから、夫の姓である岩下が、祖母や父の家の佐伯に代って代表するようになった。こんな訳で、私が今連れて来られた私の新しい家は岩下なのである。

芙江

岩下一家が芙江《ふこう》に住んでいるということは前に言った。そこで、その芙江とはどんなところか？

芙江は京釜《けいふ》沿線に在る小村であった。

日鮮雑居地で、かなり多くの鮮人とわずか四十家族ばかりの日人《にちじん》とが住んでいた。けれど、その日鮮両民族がほんとうに融和《ゆうわ》しているのではなく、各自別々の自治体を構成していた。鮮人側には「面《めん》事務所」というのがあって、一人の面長が鮮人に関する一切の事務を管理し、日人側にもまた、内地なら役場のような一つの事務所があって、村長格の一人の管理者が、日人に関する一切の事務を処理していた。

日人部落は何をもって構成されていたかというと、旅館、雑貨店、文房具店、医者、郵便所、理髪店、苗舗《びょうほ》、菓子屋、下駄屋、大工、小学教師らが各一戸、五戸の憲兵、三戸の百姓、二戸の淫売《いんばい》屋、それに、駅に勤めている駅長及び駅員の四戸に、鉄道工夫の

三、四戸、並びに、鮮人相手に高利貸渡世《こうりがしとせい》をするものが六、七戸、同じく海産物などの仲買をするものが二戸、煙草《たばこ》や駄菓子の小売店が二、三戸、まあざっと、こういった種類のものから成っていた。

それではこのわずかな日人部落内の状態はどうであったかというと、これはもともと利益を求めて集まって来た連中であるから、ほんとうに共同的な精神で繋《つな》がっていようはずはなく、村を支配する精神も力もすべては皆、金であった。で、金のあるものは自然と勢力があって、村の行政――というと少し大袈裟《おおげさ》のようであるが――については、そういった連中がはばをきかせていた。すなわち、金があって、ぶらぶら遊んでいて、流行おくれの都会風の着物を着ているような、そんな階級人が威張《いば》っているのであった。

中でも一番有力なのは、ただに金を持っているというばかりでなく、いくばくかの田や畑をもって、ここに生活の根をおろしているものであった。――それには高利貸業者が一番多かった。――それに次いでは、憲兵、駅長、医者、学校教師といった連中が有力で、この辺までの女は「奥さん」という敬称でよばれていたが、これより下の、商人や百姓や工夫や大工などの細君は一《ひと》からめに「おかみさん」の名をもってよばれていた。

だから、部落はまさに二つの階級から成っていると見ていいのだが、この二つの階級は水と油とのようにはっきりと区別されていた。余程のことでもない限り互いに往き来するようなことがなく法事をするのにも、祝い事をするのにも、招かれる範囲はきまっていた。

同じ階級内では、節句《せっく》や七夕《たなばた》の団子などはもちろん、定《きま》りきったお正月の餅《もち》までもやり取りした。それもしかし血縁につながれた部落内の親情からの贈答ではなく、ただ義理一点ばかりで、先方のくれただけの数を、もしくはそれだけの価格のものを、こちらからも返すといっただけのことであって、内輪ではかなり苦しい算段をしながらも、総じて嵩《かさ》の張る派手なものを贈答し合うのが常《つね》であった。だが総体に交際は派手で、虚栄《きょえい》的で、お祭りとか葬式とかの時にはできるだけ金目《かねめ》のかかった衣裳をつけて出るのが女の習慣だった。

今も言った通り、芙江は小さな村ではあったが、何しろそれは本線の停車場を控えたところなので、たびたび通過するいわゆる名士や高官連の送迎に、小学生や憲兵はもちろん、村の有志、さては女どもまでも飛び出して来て、駅頭に整列する半ば義務的なものを負わされていた。そしてその時は背広服に「赤十字社員」章を、小紋縮緬《こもんちりめん》の胸に「愛国婦人会」の徽章《きしょう》を、それはまだしもとして「清州芙江間道路開通記念」などいう二銭銅貨と間違えられそうなメダルをまでもぶらさげて来るのが普通であった。しかも多くの場合、御本尊の名士高官連が車の何輛目にいるのかさえも知らさぬうちに汽車は通過するのだった。たまには、十度に一度は、一分間停車をすることもあったが、そうした時には、羽織袴《はおりはかま》の管理者が、参列有志の名刺を、赤い帛紗《ふくさ》をかけたお盆にのせてうやうやしく車の窓から捧《ささ》げるのだった。

それから、村ではまた世の中に何か変ったことでもあるとすぐ、提灯《ちょうちん》行列や仮装行列をやった。時には高台の空き地に小屋をたてて、踊ったり、跳ねたり、弾《ひ》いたり、唄《うた》ったり、芝居や狂言《きょうげん》の真似《まね》までもした。

まことにこれは新開の植民地にふさわしい風俗習慣であった。男も女もこうしたことをすることによってわずかにその単調な生活を破って自らを楽しむことができるのであった。——しかし無論これは、第一階級に属するものどもの催しであって、第二の階級のものはただ茫然《ぼうぜん》とそれを眺めているといった風であった。

岩下家

私の叔母の家――岩下家――は、ざっとこうした空気の中に包まれた最も有力な家族の一つだった。そう広くはないが、五、六ヶ所の山林と、鮮人に小作させている田と畑とを持っていて、それからあがる収入で、鮮人相手に高利貸《こうりがし》をしているのであった。

家は線路の北側の高地にあった。

南側の人たちは自分らのところを本町といい、北側を田舎とよんでいたが、北側の者らは南側を下町とよび、自分達の方を「山の手」といって、互いにその自負心を満足させていた。

叔母の家はこの「山の手」でも一番高い部分にあった。四畳半ぐらいのオンドル附きの部屋が四ッきりの、二間ずつ鍵形《かぎがた》に列《つら》なった低い藁葺《わらぶき》の家で、建物は至極《しごく》みすぼらしかったが、屋敷内はかなり広かった。家の裏手には納屋《なや》が二棟と、庭先の畑を越えては米倉《こめぐら》が一棟、庭には果樹や野菜がつくられていた。

叔父は長野県生れで、無口な温厚な男だった。以前は鉄道の保線主任であったとかだが、汽車が脱線顚覆《てんぷく》して死傷者までも出したので責《せめ》を引いて辞職し、それ以来、この田舎にひっ込んで楽に暮しているのであった。趣味は草花弄《いじ》りと謡曲を唸《うな》るくらいで、至極平凡な男であった。叔母は叔父とは十も年の違った、背のすらりと高い、上品な、悧《り》巧《こう》な、その上しっかり者だった。だからてきぱきした男性的な女だったともいえる。かるたが好きで、お正月頃は無論のこと、その他の時でもよく同階級人を自分の家に集めていたが、その他にも琴や踊りもやれば、春は野に出て蕨狩《わらびが》りをし、秋は山に茸狩《たけが》りをするといった調子で、ブルジョアの奥様には相当した趣味の持ち主であった。

祖母はこの家では近所の人達から「御隠居さん御隠居さん」とよばれていたが、実際は御隠居さんどころではなく、叔母の家の一切のことに采配《さいはい》を振っていた。

朝鮮での私の生活

その一

私は私の母や祖母や叔母や村人に、私を迎えてくれる幸福について祝福されながら送り出されたのだ。私もまた、胸にいろんな楽しい夢を描きながらこの朝鮮にやって来たのだ。

が、来て見てすぐに私は、私の踏み込んだ生活がそれほど楽しいものではなかったということに気がついた。

祖母の言葉を信じて来た私は、縮緬《ちりめん》の長袖やシゴキの帯とまでは望まなかったが、今までよく見たお嬢さんたちの着物ぐらいは着せてくれることと思っていた。望み通りに買ってやると言われたおもちゃは別に欲しいとも思わなかったが、好きな本ぐらいは何でも買ってくれるものと思っていた。そしてまた、父もない母もない私を、父となり母となって愛してくれる人達のいることをも予想していた。が、それらの何一つも私には与えられなかった。

私は無論、多少は失望した。けれどそんなことにはもう、小さい時から馴《な》れきっていたからさほど苦痛ではなかった。ただ一つ、叔母の家に連れて来られてから間もなく、何ともいえぬ寂《さび》しさに襲《おそ》われたことのあるのを覚えている。

ある日、誰かしら、私には初めての女の人が来て、私を見て、多分お世辞《せじ》のつもりだったのだろう?

「まあ、いいお娘《こ》さんね」と言うと、祖母は喜んだ顔もせず、至極《しごく》無造作に、

「なあに、ちょっと知合いの家の子なんですよ。何しろひどい貧乏人の子なので、行儀《ぎょう》《ぎ》作《さ》法《ほう》も知らず、言葉なんかも下卑《げす》っぽい言葉しか知らず、ほんに赤面《せきめん》することがあるんですが、余り可哀相でしてね、つい引きとってやったんですよ」と答えるのだった。

貧乏人の子、それは何でもない。私はいかに小さくともあれだけ貧乏して来たからにはどんなに自分が憐《あわ》れな貧乏人の子であったかを知っている。けれど、けれど、祖母はなぜ私を、これは私の長男の娘、私の孫だと言ってくれなかったのだろう。今考えているような判然《はっきり》とした気持ちをもってではないが、私はそれを、何となく物足らない寂しいことと感じないではいられなかった。

これはこの時一度のことではなかった。祖母はいつも誰に対してもそう私を説明した。いや、それればかりではない、私にも、もし他人からきかれた時には、こういった意味の返事をしろと言いつけた。しかもそれに附け加えて、まことしやかに囁《ささや》くような声で私に話してきかせるのだった。

「でないと、お前はまだ何も知るまいが、お前とわしらとは籍の上で他人ということになっているんだから、もし真実《ほんとう》のことが知れると、お前もお前の親もみんな赤い着物を着なきゃならんのだよ」と。

それは何のことだか私にはわからなかった。でも、赤い着物を着るということの意味は私にもわかっていた。だから、何もわからないながらも、私はたしかにこの言葉に脅《おびや》かされた。で、私は遂に、足掛け七年も暮した朝鮮で、誰に対しても一度だって真実《ほんとう》のことを話したことはなかった。

思うにこれは、余りに逆境に育った私がひねくれていたり、言葉遣いがぞんざいだったりしたので、このお上品な家の娘とするには余りに不似合な、家名をけがすものだということを、祖母たちが感じていたためであったろう。しかし子供の私にはそんなことがわかろうはずはない。私はやはり叔母の家の子とされているのだと信じきっていたのである。

その二

朝鮮に来てから十日足らずの間に、私は村の小学校に通いはじめた。学校は村の中程にあって、藁葺の屋根をもった平家《ひらや》だった。教室の一方、腰高障子《こしだかしょうじ》をあけると二、三枚の畑を隔《へだ》てて市場の人だかりや、驢馬《ろば》や、牛や、豚などが見えた。

学校は村立《そんりつ》で、児童の数は全部でやっと三十人足らずであった。先生というのは六十をすぎた実直な老人で、何でも村医者の親戚とかに当るおかげで教えているのだということであった。私の入学したときには生憎《あいにく》と三年という組がなかったので、私は、四年に入れられた。尋常《じんじょう》一年をビール箱の寺小屋で半月ぐらいと、とびとびに四回――だからせいぜい半年ぐらい、二年を五ヶ月、三年を四ヶ月足らずしか学校に行ってない私が九つになってもう四年だ。無理と言えば無理であったには違いないが、私はかえってそれを嬉しく思った。ことに、

「なあふみや、金子のような貧乏人の子なら差し支《つか》えないが、かりにもこれからは岩下の子として学校にあがるんだ。そのつもりでしっかり勉強するんだぞ。百姓の子にまけたり、恥かしいことをしたりするとすぐ名前をとり上げるよ……」

と言われた時には一層嬉しかった。のみならずやっぱり私は岩下の子だと思って晴々《はればれ》

した。事実私は仲間からも岩下さんとよばれた。学年試験には叔母の家のおかげで優等賞をもらい、修業証には、立派に岩下ふみ子と記されていた。

ところが、五年生になってからは成績通知簿はいつの間にか金子ふみ子になっており、修業証書にも同じく金子ふみ子となっているのを私は知った。

わずか半年かそこいらで、私はもう岩下の姓を名乗る資格を奪われたのだろうか。私は別に百姓の子に負けてはいない。岩下の姓をけがすようなことをした覚えがない。それだのに私はもう岩下ふみ子ではないのだ。

それはどういうわけであったろうか。

今に私にはその理由がわからない。私はただ次ぎのように臆測《おくそく》するばかりだ。

私が通学するようになってから、叔母たちから私は、庭園のうちにある空き家の一間を勉強部屋として与えられた。そして、学校から帰るとすぐ、その一間にとじこもって一時間ずつ復習するようにと言いつけられた。

だが、自分のことをこういうと少し変だが、私にはその必要がなかった。何しろ私は、どこで覚えたのか自分でも知らないが、尋常二年の時は六年の読本《とくほん》が、三年の時には高等二年の修身《しゅうしん》が、たいした苦痛なしに読めたのだ。数学では小学校の全課程中一度だって頭をひねるほどの問題にぶッつかった覚えがないくらいよく出来て、十一、二の時には四ケタと四ケタの掛け算を頭の中で計算し得たくらいだ。歌も教師が四、五度歌ってさえくれれば、後はすっかりと覚えられた。下手だったのは、習字だとか図画だとかいったような技巧的なものばかりだった。だから、復習だの予習だのする必要は全然私にはなかった。

そこで私は、自分の部屋に這入《はい》るや否《いな》や、鞄《かばん》を肩からおろして、叔母のくれる煎餅《せんべい》をポリポリと嚙《かじ》りながら、今か今かと祖母の呼んでくれるのを待つばかりであった。ある時私は、余りに、退屈なので時間半ばに飛び出して行った。祖母たちに甘えるような気もちで訴えた。

「私、復習なんかしなくっても大丈夫だわ、祖母《おばあ》さん……」

すると祖母は眼をいからして私に言った。

「金子のような貧乏人とはわけが違うんだ。そんなだらしのない真似《まね》はどんなことがあってもさせられません」

私は私を理解してくれないことを悲しく思った。私は勇気を出してもう一度訴えてみた。

「だって私、無理に復習なんかしなくても立派に読めるんですもの、私、もっと難かしい、そしてもっと面白い本が読みたいの……」

この願いはもちろん斥《しりぞ》けられた。

「生意気なことをお言いでない。本は学校の本だけでたくさんだ」

これが祖母たちの絶対命令であった。そして私は、それを守らなければならなかった。で、私は、初めのうちこそは諦《あきら》めて復習もして見たがどうしても馬鹿《ばか》らしくてたまらないので、やがては、人形をつくったり、鞠《まり》をついたりして遊ぶようになった。そして、同じ遊ぶくらいなら外に出て遊びたいと願うようになった。が、そうするとまた叱《しか》られるにきまっているので、本やノートをひろげて復習でもしているような風をして、内緒で遊ぶことにした。ところが、祖母はやがてそれに気づいたらしかった。祖母は時たまそうっと忍び足でやって来て、いきなり部屋の障子を開けた。その時、無論私は大抵遊んでいた。そしてひどく叱られた。

そうしたことが四、五度も続いた。そして私はとうとう、勉強時間を取りあげられてしまった。

これは私にとって後にも先にもない大失策だったのは言うまでもない。私の考えでは、このために私が、岩下の後とりになる資格がないと決められた最初の最も大きな理由を祖母たちに与えたのに相違ないのである。

その三

習字や図画や、それからもっと後には裁縫のような技巧的なことは私の最も不得手な課目であった。

が、私は別にそれらがいやなのではなかった。また、生れつき下手なのでもないと思っている。けれど今から思うと、横浜の学校からこの方、私はろくに筆や紙や鉛筆を与えられたことがない上に、ろくに学校に通いもしなかったお陰で、そんなものの熟達《じゅくたつ》するひまがなかったのだ。私はそれを朝鮮に来てから初めて自覚するようになった。

朝鮮に来てから私は、自分の字の下手なのに気づいて、しっかり練習しようとした。が、叔母たちは私に肝腎《かんじん》の紙さえも充分にあてがってくれなかった。

「今日はお習字の日よ」と私が訴えると、叔母はたった二枚の半紙を私にくれるのだった。その二枚も、他家《よそ》へお遣いものをしたときに器物に入れてくれた半紙をしまっておいたものなので、筋目《すじめ》がついたり、皺《しわ》がよったりしているものばかりだった。私は余り神経質でもなく几帳面《きちょうめん》でもない性質《たち》だったが、でもそんな紙には何となく気を入れて書く気がしなかった。しかもその二枚を書き損じると、後にはもう書くものがなかったので、それをいいことにして私は、四年から高等を卒業するまで、三度に一度ぐらいしか清書を出さなかったのである。そのためかどうか、今に私は、ただに字が下手《まず》いばかりでなく、筆というものが使えないくらいである。

図画については忘れられぬ憶《おも》い出《で》がある。

尋常五年に進級したとき、私達は絵具をつかうことになった。私はそれを買ってもらわなければならなかった。だが、どんな入用《にゅうよう》なものでも容易に買ってくれないことを知っていた私は、それを願うのにも気がねをした。恐る恐る私は、絵具を買ってほしいと訴えた。すると叔父は、

「絵手本を持って来て見せろ」と私に言った。

私が絵手本を見せると、叔父はそれをちょっと見てから、

「うん、これくらいならこれだけあれば充分だ」と、自分の絵具箱から粗末《そまつ》な使いふるしの、赤、青黄の三原色と、使いふるしの画筆《えふで》を二本くれたばかりだった。

この絵具はやがて使い果されてしまった。ちょうどその頃、村の学用品店では、墨のようにすって使う新式の絵具を取り寄せて売っていた。色の出工合《でぐあい》もよし、特にそれが新規なので、みんなはそれを使っていた。私もそれが欲しかった。で、さんざん思案した揚句《あげく》、何しろ無くてはならぬものだったので、思いきってある朝、それを買って欲し

いと願った。そのたった十二銭の絵具を。

「要るものなら買ってやろう」

叔父はそう言った。叔母も賛成してくれた。だが、祖母はそれを許さなかった。

「お前はな」と祖母は食べかけていた箸を下ろして睨《ね》めつけるようにして私に言った。「お前はな、よもや忘れはしまいがな、お前は無籍だったのだよ。無籍ものとはな、いいかい。無籍者とは生れていて生れていないことなんだよ。だから学校なんかへ行けないんだよ。行っても人に馬鹿にされるんだよ。それをわしが不憫《ふびん》と思って籍を入れてやったんだよ。わしが救ってやらなければお前は今にまだ無籍者で、こうして人並みに学校なんかへ行かれなかったんだよ。だから、お前はいわばわしらのお慈悲《じひ》で学校へ行ってるんだということをわきまえておかにゃならないんだよ。だのにお前はその身分も忘れて、人並みに何が要る彼《か》が要《い》るとつけ上ってばかりくる。そんな我儘《わがまま》を言うともう学校からさげてやるからな、そのつもりで口をおきき。お前を学校へやるもやらないのもみんなわしらの権限だからな……」

そして私は遂にその絵具を買ってもらえなかった。それはしかしまだいいけれど、いつも言われる、この無籍者という言葉のためにどんなに私の自信を傷つけられたか知れない。私はそれを忘れられない。

読者よ、私はもっと小さかった時分に学校に行けなかったことや、行っても別扱いにされたことの理由として、私が無籍者だったからだと言ってきた。が、それは今、大人になってから書くのだからそう書いたので、実は、その時分そんなことを知っていたのではなかった。なかったからこそ、なおさら悔《くや》しかったり恥かしかったりしたのだ。何で私が、特別扱いにされたり免状を貰《もら》えなかったりするのかとそれが悲しかったのだ。私が無籍者だったのを知ったのは朝鮮に来てからのことである。

だが、私が無籍者だったのは私の罪であろうか。私が無籍者であったのは私の知っていたことではない。それは父と母のみが知っていることであり、その責任も二人のみが持つべきである。だのに、学校は私にその門を閉じた。他人は私を蔑《さげす》んだ。肉身の祖母さえがそのために私を蔑み脅《おびや》かした。

私は何も知らなかったのだ。私の知っていたのは、自分は生れた、そして生きているということだけであった。そうだ、私は自分の生きていたことをはっきりと知っていた。いくら祖母が、生れていて生れないことだと言っても、私は生れて生きていたのだ。

その四

私が五年に進級した夏だった。学校は公立に改まって高等科が出来た。老教師は師範出の若い教師に代られた。

それにちょうどその頃、附近にかなり大仕掛けな線路移動工事が始まるし、近くの山からはタングステンが発見されたというので、この辺の人気は沸騰《ふっとう》して、多くの日人《にちじん》がそのために村に這入《はい》り込んで来た。そして学校の児童数も一足跳《いっそくと》びに百人以上になった。学校は狭隘《きょうあい》をつぐるようになった。そこで、村の中央にある叔母の家の所有にかかる山の麓《ふもと》に校舎が新築された。私達はその新しい学校に移った。とはいっても、教室はやっと二つに増えたきりで、先生もやっぱり一人きりだったので、完全な教育の行われるはずはなかった。

私はやはり叔母たちから必要なものを与えられず、そのためこの新任の教師の服部《はっとり》先生から始終絵具や鉛筆を貸してもらっていた。先生はたしかに私を憐《あわれ》んでいてくれた。けれど先生は村の有力者の御機嫌をとらなければならなかった。だから、よく私の叔母の家に遊びに来る癖に、私のために叔母や祖母に何らの意見も注意もしてはくれないのだった。哀れな服部先生よ、と、私は今は言いたい。

その五

十二、三の時から私は勝手元《かってもと》で祖母の手伝いをさせられた。岩下家の後嗣《あとつ》ぎから女中に貶《おと》されたのだ。

女中にされた私は、家事万端《ばんたん》をしなければならなかった。冬の寒中に米もとげば、手拭《ぬぐい》を冠《かむ》ってオンドルの下に火もたいた。ランプのホヤ拭《ふ》きから、便所の拭き掃除までもした。私は別にそれを不服には思わない。むしろ人生の修業をさせてくれたことを感謝してもいい。

けれど、けれど、何といっても人は人である。殊《こと》に私は女である。随分辛《つら》いことがあった。

春だったか秋だったか、雨のそぼふる薄ら寒い日だった。叔父は謡《うたい》の会に出て行き、下男の高《こう》は庭先の米倉《こめぐら》の軒下《のきした》で米を搗《つ》いており、部屋の中では、障子《しょうじ》をしめきって、祖母が三味《しゃみ》を弾いて叔母が踊りのおさらいをしていた。

静かな日だった。私はただ独り、竈《かまど》の前の土間にしょんぼり蹲《うずくま》りながら、だるそうに打ち落される杵《きね》の音や、しょぼしょぼと降る雨の音や、しっとりとしめやかにきこえて来る三味線《しゃみせん》のしらべに聴き入りながら、何とも言えぬわびしさに浸り込んでいた。

私はその寂しさのうちの静かさを愛していた。が、やがて、菜《な》もゆだったので、湯から揚げて水に浸《ひた》した。それから、鍋を持ちあげて井戸端《いどばた》の溝《どぶ》のところまでもって行き、溝に煮え湯をこぼそうとした。と、途端にその熱い湯気がはだけた腕に濛々《もうもう》と触れたので、少し無理をしたと見えその拍子に鍋から蔓《つる》の片方が外れた。そして鉄の鋳鍋《いなべ》は落ちて微塵《みじん》に砕《くだ》けた。

しまったと思ったが、もう遅かった。でも、私はこれを別にわるいこととは思わなかったので、祖母が再び台所に出て来たときに、何のわだかまりもなく鍋を壊したことを話した。すると祖母はいきなり私を怒鳴《どな》りつけた。

「鍋を壊したって？　この不行き届き者め……」

私は全く縮み上った。そして呆然《ぼうぜん》として祖母の顔を見た。

祖母はさんざ私を叱《しか》った。そしてその揚句《あげく》、それを弁償しろと言った。

私はただ言わるるままに「はい」と答えた。そしてそれから約半月も経った時分に、町に行った祖母は別の鍋を買って来た。

前の鍋は何でも四、五年前に七十銭だったとかであったが、その後物価が非常に騰貴《とうき》していたので、今度のは一円二十銭だったとかであった。

祖母は言った。

「蓋《ふた》は壊れなかったのだし、他の用のついでに買って来たんだから汽車賃だけはわしがもってやろう……」

祖母の家に来てからたった一度十銭の小遣《こづかい》しか貰わなかった私なのだ。その私がどうしてこの一円二十銭を払ったのであろうか。女中の月給のうちからか。今言ったとおりそんなものは一文だって貰ったことがない。この金は実に、私が郷里を立ってこちらへ来るときに貰い集めた十二、三円の餞別《せんべつ》のうちから払わされたのである。

その六

とはいえ、物を壊したとき、祖母の怒りの一部分を金で買えることは私にとってせめてもの悦《よろこ》びであった。また、救いでもあった。

金で償《つぐな》うにも償えぬ過失をした時の辛さったらなかった。私は時々、金の代りに体刑を課せられた。

私が十三になったお正月の二日のことだった。朝、岩下一家は卓《たく》を囲んで雑煮《ぞうに》を食べていた。とどうしたはずみか、祖母の祝箸《いわいばし》がぽっきりと折れた。

その箸は暮に私がめいめいの袋に入れたものだったので、責任は無論私に来た。祖母は顔色を変えて箸を私に投げつけた。

「これはどうしたんだ。縁起でもない」こう祖母は罵《ののし》り始めた。「正月早々のことでないか。ふみ、お前はわしを祈り殺そうとしたんだな。よし、覚えてるがいいよ」

投げつけられた箸を拾って見ると、なるほど箸は中ほどのところを虫に喰《は》まれて二つも大きな穴が開いていた。

私はそれを知らなかったのだ。それに気がつかなかったのはたしかに私の過失でなければならぬ。だがどうして私に、祖母を祈り殺そうなんていう気があろう。第一、そんなことをすれば祈り殺すお呪《まじな》いになるなんていうことをすら私は知っていなかったのだ。

「ごめんください。ちっとも気がつかなかったんですから……」

私はこう謝った。けれど祖母は私を赦《ゆる》さなかった。そうした場合、私はどうすべきであるか。今までの経験上、私は二つの方法しかないのを知っていた。それはどこまでも過失だと言って頑張《がんば》り通すか、でなければ「まことにそうでした。以後は慎《つつし》みますから」と言って謝るかのいずれかである。

だが、「そうです。私は祖母さんを祈り殺そうとしたのです」などとどうして言えよう。それは私自身殺されてもいいほどのわるいことでもあり、かつ、断じてそうではなかったからだ。けれど、そうでないと言ったとて赦してくれる祖母さんではない。

どう答えたらいいか、私にはわからなかった。私は迷った。けれど結局私はただ真実を言って、私の知らなかったことですと言うよりほかはなかった。

そこで祖母はとうとういつもの刑を私に課した。

いつもの刑罰！　ああ思い出すだけでもぞっとする。

私はすぐ、雑煮も食べさせられずに屋外に追いやられた。朝鮮の氷点下何度の冬の朝だ。私は寒い。私はひもじい。私は、しょんぼりと立たされている自分の姿を人に見られるのが辛い。

私は人目のつかぬ便所の裏の方に隠れた。そこは、一方は便所の壁、今一方は家を建てるために高台を切りとったところだ。太陽の光は朝から晩まで見向いてもくれないのだ。積った雪は堅《かた》く凍《こお》りついていてともすればすってんころりんところばねばならぬ。折々、満州おろしが、雪交りの砂を遠慮なく顔や脚に叩《たた》きつける。

私は立ってみる。しゃがんでみる。しゃくり上げては泣く。苦しさを忘れようとして幸福な生活を空想してみる。が、そんなことで苦しさが忘られるはずはない。

祖母が鶏《とり》に餌《えさ》をやりにそこを通った。

「どうだい？　遊んでいられていいだろうが……」

意地わるい祖母の口もとが歪《ゆが》んだ。けれど救いの手を差しのべてくれようともせず、祖母はさっさと通りすぎた。私は後を追うて祖母の袂《たもと》に縋《すが》りついてわびた。が袂を振り放された。ああその時の私の悲しみは……。

日が暮れて、みんなの食事が済んだとき私はやっとゆるされた。

夕方の冷たさはどうだ。夕方になると気温はめっきりとさがる。寒さと疲れとで顔の皮は板のように硬《こわ》ばり、脚は棒のように堅くなり、かつ痺《しび》れる。つねって痛ささえ感じないくらいになる。お腹は空いて眩暈《めまい》さえしそうになる。

だから、赦《ゆる》されて部屋に上っても、ガックリと気抜けがして、ガチガチと歯の根が慄《ふる》え、だるくて箸さえもとれなかった。

こんなことは算《かぞ》えたてれば際限《さいげん》もない。もっとひどいのになると、わざと私に過失をさせたり、自分でどうかしておいて、それを私の過失かのように言い張って、この同じ刑罰を私に加えるのだった。けれど、もうこれでたくさんであろう。

私はただ一つのことを附け加えずにはおられない。それはこうした刑罰の後で、理が非でも私に謝らせ、「これからは決してこういうことは致しません」と誓わされるということである。祖母たちは、そうしなければ自分達の威厳が保たれないと考えるのであろうか、それとも、そうすれば私がよくなるとでも思うのであろうか。

が、私は私のこの深刻なる体験から言いたい。

——子供をして自分の行為の責任を自分のみに負わせよ。自分の行為を他人に誓わせるな。それは子供から責任感を奪うことだ。卑屈《ひくつ》にすることだ。心にも行為にも裏と表とを教えることだ。誰だって自分の行為を他に約束すべきではない。自分の行為の主体を、監視人に預けるべきではない。自分の行為の主体は完全に自分自身であることを人間は自覚すべきである。そうすることによってこそ、初めて、人は誰をも偽《いつわ》らぬ、誰にも怯《おび》えぬ、真に確乎《かっこ》とした、自律的な、責任のある行為を生むことができるようになるのだ――と。

祖母たちの子供の責め方は、事実私を、ねじけた嘘《うそ》言いにさせた。

私は皿一つを壊しても痩《や》せるほど煩悶《はんもん》した。髪の毛が多いためによく櫛《くし》を折ったが、その櫛一本折っても飯《めし》も咽喉《のど》を通らぬほど心配した。私はそれを隠しておくのはいやだった。だのにそれをすぐに申し出ることを恐れた。私は私に浴びせかけられる叱言《こごと》や折檻《せっかん》やを恐れた。そうして私は常に、懺悔《ざんげ》の第一の機会を失った。それからは今日言おうか明日言おうかと悶《もだ》えつつ苦しみつつずるずると日を延ばして行くのだった。そうして私は、ひたすらに自分の過失を隠そうとするようになった。壊れた丼《どんぶり》を紙に包んで箱の底に押し込んで置いたり、折れた櫛を御飯粒で継いでそおっと箱の中に平らに並べて置いたりするようになった。

私の胸は、いつも暗く重々しかった。それでいて私は、いつもそわそわして、おびえて、落ち着きがなかった。

その七

こうして自分のことを記していると、下男の高《こう》のことを憶《おも》い出《だ》さずにはいられない。そして些《すこ》しでも彼のことを書いてやらねば済まないような気にもなる。

高は余り悧巧《りこう》な男ではなかったが、その代り正直で、素直で、その上珍らしいほどの働きものだった。わずかの間もずるけずに何かしていて、主家《しゅか》の物などは間違ってもちょろまかすような男ではなかった。

家族は夫婦と三人の子供とであった。上の娘は器量よしなので、玄米三斗で買いたいという男もあったが、十二、三にもなれば大丈夫百円には売れるから今売るなと祖母にとめられて、困りながらも辛抱して養っていた。

月給は一般の相場よりは二、三円も安く、わずか九円かそこいらであった。だが、それも初めの間のことだけで、間もなく祖母は、現金を出すよりも米をやった方が得だという考えから、何とか理窟《りくつ》をつけて、うち二円だけは五升について二銭だけ安く見積った米をやることにした。――特別にわるい米を。

そんなわけで、高は非常に貧乏していた。彼の家内の誰だって腹一ぱい飯を食うことができなかった。子供らは冬の寒中に、南京米《なんきんまい》の麻袋《あさぶくろ》に這入《はい》って慄《ふる》えていることさえあった。肝腎《かんじん》な働き手の高自身さえ着のみ着のままだったが、それをまた祖母は、世間の手前、余り汚い風をしていては困ると、口うるさく叱言《こごと》を言っていた。

ある寒い寒い夕方だった。高は戸外から障子越しに、家の中にいる祖母におずおずと言った。

「御隠居《ごいんきょ》さん、すみませんが明日一日休ませていただけませんか。ちょっと手の引けない用事がございますので……」

祖母が炬燵《こたつ》の中から叱りつけた。

「何だって？　休ませてくれだって？　そろそろお前もずるけたくなったのかい。横着きめたら承知せんぞ」

「いいえ、そういう訳じゃございませんのです。どうしても出て来られないことがあるんでございます」

「ふん、それじゃ何かい。あしたはお前の家へ、京城《けいじょう》からお金持ちの親戚が来るとでも言うのかい？」

叔母は祖母と顔見合わせて、くすくすと笑いながら、こうからかった。

「いいえ、そんな訳では……実は」高はきまりわるげに答えた。「洗濯をしますので……」

「洗濯？　洗濯なら別にお前がしなくてもいいじゃないか。そのための女房じゃないか。お前も随分甘いんだね」

ああ、内のこの悪戯《いたずら》と外の悼《いた》ましい心とのこの対照よ。子供ながらに、いや、子供なればこそ私は、叔母と祖母とをこの時ほど純真な正義感の上から憎んだことはなかった。高は答えるのだった。

「別に女房に甘いってわけじゃないんですよ、奥さん。実は私、他に着物がないから、洗濯して火で乾《かわか》して、綿《わた》を入れて、元通りに縫う間、裸で寒いから布団にくるまっているって算段なんですよ」

二人はきゃっきゃっと笑った。そして、別に着物をやろうとも言わずにその嘆願だけをゆるした。

高は実直な働きものだった。けれどそれほど貧乏しなければならなかった。そこで彼は、もと勤めていた線路工夫に戻って、十七、八円の給料を貰う方がいいと思って、暇《ひま》をとろうとしたけれど祖母はそれをゆるさなかった。十七円もらっても十八円もらっても、祖母の家にいるほどよくないことをさとして、その上、祖母の家にいることの功徳《くどく》を数えたてた。

「だいちうちにいれば家は只貸《ただが》しだし、ほんとに困るときは給料の前貸しもしてやるし、そしてその金を貸しても普通の相場の七割の利子《りし》しかとらないし、狭くはあっても野菜畑を一枚に、釜や鍋までも貸してやってあるじゃないか。……」

そうして弱い高は、何といっても実際は工夫の方がいいということを知っていながらも、無理にとは言いかねて、この苦しみのうちに縛りつけられているのだった。

その八

やはり私が五年生の時分だった。いや、五年になったときだった。二、三十名の児童が新たに入学したうちで、一人、器量のいい、無口で、温和《おとな》しい、どことなく寂しそうな、それでいて大変悧巧《りこう》な女の子があった。私は何となくその子が好きであった。するとその子にも私の心がおのずと通じたのか、いつとはなしにその娘も私の側によって来て甘えるようになった。私はますますその子が好きになった。そうして私達はまるで、姉と妹とのような睦《むつま》じい日を学校で送った。

私にはそれがこの頃の唯一の楽しみだった。うちでは私は愛されない、けれどこの子には愛し慕われる。そして私は私の愛するものをこの子のうちに見出す。ああ、もしこの頃の私にこの喜びがなかったなら、私は生きている心持ちもしなかったであろう。

その子はたみちゃんといった。たみちゃんは学校から一、二町離れたところで下駄《げた》や文房具を商《あきな》っている家の娘であった。父はたみちゃんの小さい時分に死に、母は実家へ戻されたので、たみちゃんと妹との二人は祖父母の手で育てられていたのだった。二人はもとより、祖父母に憎まれるというようなことがなく、かなり愛されているようであった。けれど、それにもかかわらず、私は、祖父母の下に育てられているたみちゃんを何となく哀《あわ》れに思った。たみちゃんの寂しそうな顔もそのためだろうとさえ考えた。

岩下さん、岩下さんと、たみちゃんは私にばかり従《つ》いてまわった。読み方や算術でわからないところがあると、きっと私のところへ持って来て尋ねた。私も出来る限りの真心でたみちゃんに教えた。

たみちゃんはしかし体の弱い子であった。しょっちゅう風邪《かぜ》をひいたとか、熱を出したとか言っては学校を休んだ。冬の間はいつも首に白い真綿《まわた》を捲《ま》いて学校に通った。で、私は時々、学校の行きか帰りにはたみちゃんを見舞ってやった。

そのためか、たみちゃんの祖母さんも私を可愛がってくれた。よく私にお菓子だの学用品などをくれもした。

私達の愛はだんだんと深められていった。一年と経ち二年と経つに従って、ますます私達は仲よしになった。無論その妹をも私は可愛がった。

けれど、私達の仲よく遊ぶのは主として学校でだけであった。私はほかの子供のようにお友達の家に遊びに行くことも、近所の原ッパで遊ぶことも許されなかった。

近所の子供らは大抵、学校から帰るとすぐ、鞄《かばん》を投げ出して、叔母の家から一町とはない草原に集まって遊んだ。私が家に帰って庭のお掃除なんかしていると、子供同志、誰々さんと呼び交う声がきこえた。じゃんけんをしたり、拗《す》ねたり、怒ったり、泣いたり、笑ったりする声がはっきりと手にとるようにきこえた。庭先の垣根《かきね》の合い間からすかして見ると、男の子も女の子も入り乱れて、帯をひきずりながら駆け廻っていた。つかまえたり、つかまえられたりする姿がよく見えた。何という楽しさだろう、何という自由さであろう。それを眺めながら私は、「下司《げす》の貧乏人」でない今の私の境遇が悲しかった。「わしの家はな、下司の貧乏人とは格が違うんだからな、ふだん子供を外へおっぽり出して遊ばせるような真似《まね》はできないんだよ」と祖母から常に教訓されて、その「高尚な」教育方針のもとに家の中にとじ込められている自分が悲しかった。そしてそれも、ただ私を、自分の家で奴隷のように使うための口実だということを知ってからは、一層に悲しかった。

近所の人々は、どんなに私が、厳格に育てられ、どんなに重い労働を課せられているかを知っていた。子供たちもやはりそれを知っていた。だからそうした遊びにも私を別に誘いには来なかった。

それでも折々は、人数が足りなかったり、何となく私と遊びたくなった時などは、子供たちはやはり「岩下さん遊ばない？」などと門の外から声をかけた。「市場の方から、明《あき》さんや、みっちゃんも来てるのよ」などとも誘い出すのだった。

私とて子供である。行きたいのは山々である。けれど、どうせ行けないことを知っているので私は大抵黙って答えなかった。時には外にいても慌てて裏の方に遁《に》げ込んで息もつかずに隠れていると、その声をききつけた祖母は腹立たしそうに出て行ってこう言うのだった。

「ふみ子はふだんは外には出しませんよ。誘いに来ないでおくれ！」

その声をきくと、子供達は鬼にでも追われるように遁《に》げて行くのであるが、その後で叱られるのは私だった。

私が友達に頼んでおびきよせさせたのだとか、横着者だとか、その根性が憎らしいとかいった調子に……。

その九

学校から帰って来て子供達と遊べなかったくらいならまだいい。やがて学校が退《ひ》けるとすぐ私は帰らねばならぬと命ぜられた。そこで私は、ほんの五分か十分の間でも寄り道なんかしてはならなくなってしまったのだ。もっともそれは、学校のひけがいつも同じときまっているわけではなかったから、たまには五分や十分の寄り道はできるにはできたが、その代り見つかったら最後、大変だった。無論また、五分でも早く学校に出かけることも許されなかった。

ところが、私に大変心苦しいことが起ってきた。

今まではつい近くの線路を踏み切って町や学校に行けた私達は、いや、いわゆる山の手の人々は、駅長が代ってからその道をふさがれてしまった。そのために私達は遠廻りをしなければいわゆる下町のほうへは行かれなくなった。そこでその不便に耐えかねた人々は皆、線路の南側に転居し、北側には叔母の家のような暮し方をしている二、三軒と、貧乏な理髪屋の一軒だけとしか、日人《にちじん》の家というものがなくなってしまった。それはしかしまだいい。いけないことは、ここから学校に通うのは、私とその理髪屋の娘と――お巻《まき》さん――ばかりになったということである。

理髪屋は、叔母の家から半町たらず下の往来に沿うたところにあったが、狭いじめじめした土間に、水銀の剝《は》げちらした鏡一つと、壊れた脚を麻縄《あさなわ》でくるくると捲《ま》いた木の椅子《いす》が一つあるっきりの身窄《みすぼ》らしい理髪屋であった。

私はお巻さんと二人でつれ立って学校に行き、つれ立って帰って来た。が、これを知った祖母は私にこう言うのだった。

「ふみ、お前はな、あんな他人の頭の垢《あか》のお蔭で暮している家の子なんかと一緒に学校に行ったり帰ったりしちゃあいけないよ」

私は無論この命令を守らねばならなかった。で、朝はわざと茶碗《ちゃわん》の洗い方や椀《わん》の拭き方にひまをかけて、ひとり遅れて行くようにしたり、裏口からこっそりと一人で出かけたりした。

行きはそれでよかった。けれど、帰りにはどうしても一緒に帰らなければならなかった。お巻さんはいつも私と一緒に帰ろうと言った。私はお巻さんと一緒に帰ることを禁じられている。でも私はまさか「あなたのような貧乏人の子とは一緒に帰れないのよ」とも言いかねたので、祖母たちの怒りを気にしながら、恐る恐る、そして、いつもなるべく、少し速めに歩いたり、遅れて歩いたりして、ろくに口もきかずに帰るのであった。

ある夏のことだった。お巻さんと私とは、お昼すぎに一緒に校門を出た。町筋を半丁ばかりも来かかると、お巻さんはふと立ち佇《どま》って思案しいしい私に言った。

「私、伯父さんとこへ寄って、貰って行きたいものがあるんだけど……ねえ、待っててくれないふみちゃん？　すぐだから……」

伯父さんの家とは私達が今立ち佇《どま》っているすぐ前の金物店であったが、相当の生活をしているのでお巻さん親子の生活費の幾分を補助しているらしかった。

別れるのにちょうどいい機会だ！　私は救われたような気がして――、ありッたけの勇気で言った。

「そう？　じゃ済まないけど私、うちが忙しいから、先に帰らしてもらうわ」

お巻さんはしかし人なつッこい娘《こ》だった。

「ねえ」とお巻さんは拝むようにして頼んだ。「すぐだから待っててちょうだいよ、すぐだから……」

私はそれでもとは言い張ることができなかった。気が気でなかったけれど私は結局、その家の側の垣根に凭《もた》れながらお巻さんを待つことにした。

お巻さんは喜んで元気よくその家の中に這入《はい》って行った。けれどすぐ出て来るはずのお巻さんは容易に出て来なかった。三分、五分、七分、時間はぐんぐんと経った。私はだんだん心配になり出した。私は今言った自分の言葉を後悔《こうかい》した。心配やら、腹立たしいやらで、お巻さんに断って帰ろうと、私はその家の外から声高に叫んだ。

「お巻さん、私もう帰るわ」

「遅くなってすみません」お巻さんは気の毒そうに私に答えて「早くしてよ、岩下さんを無理に待たしているんだから」と伯母をせきたてた。

お巻さんの伯母さんが姿をあらわして私に言った。

「まあお巻が無理をお願いしたんですってねえ、ちょっとも知らなかったものですから……、そこは暑うございますから、どうかこちらへ……この頃の暑さったらどうしたんでしょうねえ……」

私はその頃、少しでも柔《やさ》しい言葉をかけられるとすぐ涙ぐましくなるようになっていた。腹立ちも心配もどこかへ吹ッとんで、つい家の中に這入り込んだ。そしてなるべく外から見えないように店の隅《すみ》っこの方に腰をかけた。が、腰をかけるとすぐ心配はまた戻って来た。落ち着かない気で私はただおずおずと外を眺めていた。

と、何とまた運のわるいことだったろう。私の眼は、その家の前を自転車で走って行く叔父を認めた。いや、私が認めたばかりではなく、叔父もまた私に冷たい一瞥《いちべつ》を与えながら過ぎ去ったのだった。

私はぎょっとした。生きた心地がしなかった。愕《おどろ》きと怖れとに、その刹那《せつな》、心臓の鼓動もとまったかとさえ思ったくらいだった。けれど私はじきに、私の心臓の鼓動が激しく打ち始めたのを感じた。そしてやっと我に帰ったとき、むっくと立ち上って「お巻さん、私さきに帰ってよ」と言うなり夙《はや》く店を飛び出した。

ぶらりぶらりする鞄を抱えて、七、八町もある道を私は夢中で走り続けた。が、うちの門のところまで来て、また気おくれがして、中に這入る気にもなれなかった。私の足はにぶった。けれど勇気を鼓《こ》して家の中に這入った。

叔母はいつもの通り祖母の部屋で裁縫をしていた。私は慄《ふる》えながら縁側《えんがわ》に座って「ただいま帰りました」と挨拶した。

と、叔母はいきなり私を縁《えん》から土間に突き落した。いや、蹴落《けおと》した。それでもまだ物足らなかったのか、自分も跣足《はだし》で飛び降りて来て、二尺ざしで私をところ構わず撲《なぐ》りつけた。

祖母も降りて来て、

「あのくらい言われてもまだ解らないのか。よし、解らなきゃ解るようにしてやる!」

と、下駄《げた》穿《ば》きのまま私を蹴った。

打ちのめされた私は、ぐんにゃりとして起き上ることもできなかった。地べたに倒れたまま、私はただ泣いた。そうしたとき、泣くよりほかに自分をいたわる方法を私は持たなかったのだ。

散々折檻《せっかん》された後、私は祖母に引きずられて庭の籾倉《もみぐら》の中に押し込まれた。そして、ちょうどこの監獄のように外から錠《じょう》をかけられた。

永い夏の日の暑さに、倉庫の米はむっとするほどいきれていた。激動からさめて心の張りが弛《ゆる》むと、私はまず、撲ぐられたり蹴られたりしたところの痛みを感じ出してきた。櫛が折れて頭に傷をつけていたこともわかった。それにおひるもまだ食べなかったので耐えやらぬ空腹を感じた。けれど何も食うものはない。力なく私は籾俵《もみだわら》に凭《よ》りかかって、足下にこぼれている籾を拾っては一粒一粒と爪で皮を脱《む》いて噛《か》んだ。そして憶い出してはしくしくと泣いた。

疲れが出たのだろう、私はいつの間にかぐっすりと睡《ねむ》り込んでしまった。

倉庫から出されたのは翌日の夕方だったが、祖母の怒りはまだ解けていなかった。南瓜《かぼちゃ》のお菜をつけた食事が黙ったままあてがわれた。私はガツガツした野良犬のように御飯をたべた。

食べ終ると叔父が来た。そして一通の手紙を私に渡した。

「これをもって学校に行っといで……」

見れば先生に宛てた手紙だった。

「はい……ただいまですか」

「そうだ。今すぐ行くんだ……」

顔を洗って、着物を着かえて私は出かけた。

何のことだかわからない。が、多分先生に説諭《せつゆ》を願った手紙だろうと途々《みちみち》私は思った。が、何と考えても私は、それほどわるいことをしたとは思えなかった。修身の本には友達と仲善《なかよ》くしろと書いてある。自分より貧乏な家のものを軽蔑《けいべつ》してはならぬとも書いてある。「友愛」ということについて先生の話したのはほんの二、三日前の事ではなかったか。私はその言葉をそっくりそのまま覚えているのだ。で、先生はきっと私を叱《しか》りはしないだろうと私は思った。そして、ただ一人の味方のところに行っているのだと思ってかえって嬉しかった。

夕飯も済んだと見えて、先生は浴衣《ゆかた》がけで子供を抱いて、庭で花を眺めていた。

「先生、こんにちは」

「ああふみ子さんかね、今日休んだがどうしたんだ、また叱られたね」と、先生は笑いながら私を迎えてくれた。

しょっちゅうのことなので、先生はもう、私の叱られることをそう大きなこととは思っていなかったらしかった。それとも私に同情して、そう言ってくれたのかも知れない。途々《みちみち》私は、先生に会えば、先生にだけは本当のいきさつを話して正しい判断をしてもらおうと思って来たのだ。が、こう言葉をかけられるとすぐ、ただもう涙ばかりが出て来て何とも言えなかった。

私は泣きながら懐中から手紙を出して先生に渡した。

先生も黙ってそれを取りあげて、封をきって、ざっと一通り目を通してから、再びまたさらさらと巻いて封筒の中に納めた。

「どんなわるいことをしたのか知らんが、お父さんは、ふみちゃんに不都合な廉《かど》があるから退校させると書いてあるよ」

この言葉をきいて私の胸はどしんと打たれた。眼がまわって倒れそうにさえ感じた。先生はつづけた。

「が、心配することはないよ。無論これはほんとうの退校でなくて、少しばかりの間、学校を休ませるということだろう。僕もよく話してあげるけれど、何しろふみちゃんの家の人は皆、言い出したら最後、後へはひかんという質《たち》だから始末がわるいよ。だから、今しばらく、みんなのことをよくきいて、おとなしくして辛抱《しんぼう》していなさい。それよりほかに仕様《しよう》がない……」

私はもう、この先生にも訴えることができなかった。とりつく島もなく、私はただ、黙って先生に別れた。期待を裏切られた心は一層に悲しかった。私は教室に這入って思う存分泣いた。が、応えるものとてはガランとした教室の天井に響く私の泣き声ばかりであった。私はこの時ほどはっきりと自分の孤独であることを感じたことはなかった。

先生の言葉からして私は、昼間既に、先生と叔父との間に、私のことについて話し合っていたのだということを感じていた。そして、今、こうした孤独にまで蹴《け》落《おと》された刹《せっ》那《な》、私ははっきりと知った。教師なんて、どんなに臆病な、不誠意な、そしてその説くところがどんなに空虚な嘘ッ八であるかということを。

その十

それは七月も初めのことであった。

先生の言った通り、九月の新学期から私は再び登校を許された。が、一学期の通知簿には、私の操行点《そうこうてん》は後にも先にもたった一度、「乙」に下っていた。

私はまた学校に通うことができた。そして、学校に通えるようになったことだけで私は元気を恢復《かいふく》した。

中でも一番嬉しかったことは、私の可愛いたみちゃんと会えることだった。

たみちゃんはもう三年だった。その妹のあいちゃんも学校にあがっていた。私は高等一年だった。この二人を見ることだけで、この二人の世話をしてあげることだけで、私の心はやっと慰《なぐさ》められていた。しばらくの間、学校に行かれなかった間、私はどんなにたみちゃんやあいちゃんに逢いたかったろう。

だが、それから私が、たみちゃんと仲善く遊んだのもほんの少しの間だけだった。

二学期が始まってから間もなく、たみちゃんは例の通り風邪の気味で学校を休んだ。二日、三日と日は経ったがたみちゃんの顔は見えなかった。で、私は、ちょいちょい学校のお昼の休みを利用しては見舞いに行ってあげた。たみちゃんは私の来るのをどんなに喜んだことであろう。病気が少しも快《よ》くならず、医者から肺炎だと診断されてからも、私が行くと急に元気になって話し出すので、私は、かえって病気によくないだろうと思った。で、しばらくは見舞いにも行かなかった。がその後私は、あいちゃんから、たみちゃんがますますわるくなり、今は脳膜炎《のうまくえん》にまでも進んだということをきいた。今一度、私はお昼休みの間に見舞いに行ってみた。

だが、その時はもう、今までのたみちゃんではなかった。この前私が行ったとき、蒼《あお》白《じろ》い顔に微笑を浮べてわずかにその悦《よろこ》びを見せたその時のようですらなかった。たみちゃんは、仰向《あおむ》けに寝かされたまま、ただ、大きな眼をじっと見ひらいていた。医者はその瞳に反射鏡の光を集中してみたが、まばたきさえもできなくなっていた。医者は匙《さじ》を投げたようだった。祖父《じい》さんと祖母《ばあ》さんとはその傍《わき》にしょんぼりと座ってただ黙々としていた。私は泣いた。

たみちゃんはもう死んで行くのだ。私達はもう永遠に会えないのだ。私は悲しかった。

それから二日経って、生徒がみんなしてたみちゃんを遠い山の火葬場に送った。そしてその翌日私は、学校から選ばれて二、三の友と一緒に、たみちゃんの骨拾いに加わった。

たみちゃんと私とは偶然に知り合ったのだ。そして三年足らずの間の友だちであったに過ぎないのだ。が、前にも言ったように、私達の間には何か特別な因縁でもあったように親しかった。父に死なれ、母に去られたたみちゃんを、自分の境遇から察して特別に同情したのかも知れないが、私はとにかく、心の中ではたみちゃんを自分の妹のように思い込んでいたのだ。

そんな風だったから、たみちゃんがいなくなると、私はただ寂しいばかりでなく、何か大切なものをもぎ取られたような気がした。学校にいても、家にいても、何かにつけてたみちゃんを憶い出しては私は、たまらない寂しさに泣かされるのだった。

そうした日が一ヶ月も経った。

運動場では、子供達が愉快そうに遊んでいた。けれどこの頃の私はもう、その遊戯にも加わりたくはなかった。庭の隅のポプラの幹に凭《もた》れて、私はただぼんやりと考え込んでいた。するとそこへ、あいちゃんが無邪気に駆けよって来た。

「ねえ岩下さん、こんなとこにいたの？」あいちゃんは私の手をとって引っぱりながら言った。

「みんなが探してるのよ。あっちへ行きましょうよ。ね、何考えているの?」

私はたまらなくなって、あいちゃんを両手でしかと抱きしめた。

「あたし、あなたの姉さんのことを考えてるの」

さすがに無邪気なあいちゃんも急に寂しそうな顔をした。そして思い出したように私に言った。

「ねえ岩下さん、私がこの間もって行ったもの見て?」

「この間もって行ったもの? どこへ?」

「あら、あなたまだ知らないの?」あいちゃんはこまちゃくれた口のきき方をした。「姉さんがこの間買ってもらった裁縫箱よ。姉さんの形見《かたみ》にって、うちの祖母さんが私に持って行けって言うから私持って行ったのよ」

たみちゃんの裁縫箱! 私は覚えている、黒塗りに金のまき絵のある、立派な、まだ新しい裁縫箱だ。それを私に贈ってくれたのだ。ああ嬉しい。せめてそれでも肌身放さず持っていたい。私はまだうちの誰からも受け取った覚えはない。けれど私は、あいちゃんが失望するかも知れないと思って、そうは言いかねた。

かなしい心持ちで私は答えた。

「ああああれですか。見ました……どうもありがとう……」

それを私が実際もらっていたならどんなに嬉しかったろう。こんな物足りないお礼なんか言ってはいられなかったろう。けれど私としては、せいぜいこれくらいのお礼しか言い得なかった。そしてそれではほんとにすまないと思って、その心をごまかすために、「さあ行って、みんなと遊びましょう」と、今度はあべこべに私からあいちゃんの手を引いて駆け出した。

その十一

私はその裁縫箱がほしかった。それを見るとたみちゃんに会えるような気がした。で、その日家に帰るとすぐ、私はほかの用にかこつけて、押入れや箪笥《たんす》の抽斗《ひきだし》をそっと探してみた。だがどこにもそれを見出すことができなかった。

「どうしたのだろう」と私は考えた。また「ないはずはない」とも考えた。それで、明くる日も明くる日も、何かにかこつけては押入れの整理や部屋の掃除をしたが、どうしても見つからなかった。

私はもう諦めていた。意地のわるい祖母さんだ。どこか私には気のつかぬところに仕舞い込んであるのだろうと、それからはもう探すことをやめた。

また幾月か経った。ある日の夕方、祖母の部屋を掃除していると、箪笥と壁との間に何か紙片《かみきれ》のようなもののあるのを私は発見した。「何だろう」こういう好奇心も伴って、私はそれを骨を折って引きよせた。塵《ちり》にまみれた一通の手紙がそれであった。

その手紙は、子供の筆蹟で書かれていて差出人はたしかに貞子と書かれていた。

貞子とは、祖母の兄の子で、一度この家に貰われて来たが、祖母とその兄との感情の行違いから戻された娘である。そしてその代りに私が育てられることになっていたのであった。

それを懐《ふところ》の中にそっと入れて、私は自分の部屋の中に持って帰った。そして読んだ。

私はもうその文章を覚えてはいない。が、それに書かれてあったことはどうしても忘れられない。

それによって私は、私の代りに今一度この貞子さんが岩下家の後嗣《あとつ》ぎに定められているのを知った。岩下家からいろいろのものが貞子さんに贈られているのも知った。郷里で私に着せてくれた縮緬の重ねも、しごきも、帯も、——そして私があれほど探していたたみちゃんの形見の裁縫箱までもが貞子さんに贈られているのを知った。それから、私がこうした女中よりもひどい取扱いをされているのとは反対に、貞子さんは踊りも裁縫も生花《いけばな》もすっかり稽古《けいこ》させてもらっているのを知った。しかもその手紙の終りには

「御母上様」と立派に書いてあるのを見た。

私はしかし、ここでめめしいことを言うまい。私にと私の眼の前で贈られたものをさえ、私にはくれないで貞子さんに送っていることや、その他のいろいろのことを語るまい。私はだた、たみちゃんの形見が貞子さんのところに贈られたことに対してだけは何といっても腹立たしい。悲しい。

その十二

服部先生が来てから三年ほど経った時分であった。

若くて、恰幅《かっぷく》がよくて、運動好きのこの先生は、広い校庭に遊動円木《ゆうどうえんぼく》や、廻転塔《かいてんとう》など、つぎつぎに運動器械を据《す》えつけて子供を喜ばせていた。ところが今度は、ただ運動ばかりではいけないという理由の下に農業の実習を始めると言い出した。

先生はまず、学校の後ろの方にあるかなり広い土地を借りた。それを子供の農場とされた。

農場は四、五人を一組に、いくつかの区画に分たれた。そして手始めにまず、あまり手のかからない馬鈴薯《ばれいしょ》をつくることが選ばれた。

子供達は大喜びであった。おのおの、自分の受持ちの土地に鍬《くわ》を入れて土地を掘り起した。そして先生の教えてくれるようにサクをきった。先生は先生で、みんなに鍬の使い方から教えながら、自分でも自分の分をつくった。生徒たちは先生の畑のつくり方を真似《まね》て、どうなりこうなり、薯《いも》が植え付けられるまでに仕上げた。

その時分にはもう、馬鈴薯の種がどこからか取り寄せられていた。うなわれた畑には化学肥料が施《ほどこ》された。それからその次ぎには種子《たね》が蒔《ま》かれた。先生が自分の畑でして見せるように生徒達はそれを真似《まね》た。

「さあ、いいかい」と先生は大きな声で愉快そうに言うのだった。「これから十日も経てば芽が出て来る。不思議だろう！　こんな泥みたいな塊《かたまり》から芽が出て来て、それからまた子を産むんだ、そしてそれが人間の口に這入って滋養《じよう》になるんだ。だがだ、百姓のうちでこれは一番やさしい方だが、それでもほったらかしておいては好《よ》くみのらない。みんな、充分可愛がって世話をしてやらなけりゃいけない。その骨折りは一通りでない。だからみんな、百姓を馬鹿にしちゃいかんぞ。百姓こそ日本国民の親だ。いや、日本だけじゃない。どこの国だって同じことなんだ」

みんなは緊張した顔で先生の話をきいた。教室で教わる時の十倍もの上の興味と注意とをもって。

温い陽の光を吸うて、種薯《たねいも》は小さな芽を出し始めた。子供達は創造の歓びに小おどりした。芽はぐんぐんと伸びた。子供らは隙《すき》さえあれば畑に行って見た。自分の領分の薯の芽と他の領分のそれとを比較して互いに自慢の仕合いをした。物尺《ものさし》を持ち出して芽の長さをはかったり、芽が長く見えるようにそっとあたりの土を掻《か》きのけておいたりした。

時間割の上では、農業は一週に一度だったが、それでは足りないというので、ほかの時間を繰り合せてその方に廻すようにまでした。

先生は白いシャツ一枚になり、女の子は着物をからげて跣足《はだし》になり、男の子は股引《ももひき》一つになって、草を採ったり、うなったり、肥料をやったりした。皆は汗だくだくになり、顔も手も足も泥だらけになった。けれど誰もそれをいやがるものはなかった。

「いいかい」と先生は時々どなるような大きな声で話してきかせるのだった。「人は互いに愛し合わなきゃいかん。いや、人ばかりでない。何をでも愛さなきゃいかん。だが、ほんとの愛は自分で骨を折って育てなきゃ起らない。どうだ。みんなもこのジャガイモがかわいくなったろう……」

ある時はまた、こうも言った。

「だがジャガイモ一つつくるのにも随分と骨の折れるもんだなあ。我々は八百屋でジャガ薯を買って来て食う時には、何の考えもなくこのイモはうまいとかうまくないとか贅沢なことを言っているが、実はこれをつくるだけにでも百姓はどんなに骨を折ってくれているかわからんのだ」

そして最後に先生は、いつも、「だから百姓を軽蔑《けいべつ》しちゃいかん。百姓は生命の親だ」をつけ加えるのだった。

雨が降らなかった。土が余りに乾きすぎて、せっかく出た芽が枯れそうになった。そこでみんなは競《きそ》って朝早くから出かけては井戸の水をかけた。あるものは学校がひけてから、夕方に今一度来て水をやるものもあった。それほど子供らは真剣な輝かしい希望をこのイモにかけていた。そして無論私もまた、その子供らのうちの一人だった。

ところがある日私は、学校から帰って来るとすぐ、叔母と祖母とのいるところによびつけられた。

「ふみ、この頃学校で百姓の真似をさせているっていう話だがほんとかい」と叔母がまず私に訊ねた。

何かまた怒られるのかとびくびくしながら、私は「ええ」と答えた。

叔母はしかし別におこった様子も見せず、ただ、

「この暑いのに、女の子までも畑に出して百姓なんかさせられちゃたまらんなあ。第一着物がやけて仕様がない」と呟《つぶや》くように言って、「今つくりかけているのは仕方がないが、この次ぎからはもうおよし……」と私に命じた。

この次ぎから止めさせられるのは辛いが、でも今すぐでないことを私は喜んだ。だが、祖母は叔母のようではなかった。祖母は言った。

「この次ぎからじゃないよ、今すぐやめなきゃいけないよ。わしの家じゃ、月謝を出してまでも百姓なんか習わせる必要がないんだからなあ、それにせっかくだがお前なんかに百姓して稼いでもらわなくても、まだ生計《くらし》には困らんでな……」

私は黙ってきいているよりほかはなかった。祖母はつづけた。

「明日からは百姓なんか一切してはならんぞ、ふみ。なに、正科の時間だからと、では、百姓の時間のある日は休みなさい。いいかい」

私の顔には恨めしそうな色が表われていたに相違ない。それを見た祖母はますます疳《かん》癪《しゃく》にさわったと見えて、ほかのことにまでも叱言《こごと》を言い始めた。祖母はまたつづけた。

「それにお前はよく下駄《げた》の鼻緒《はなお》を切って来るが、ありゃきっと、あの、何とかいうブランコにぶらさがって飛んだり、男の子なんかと一緒になって跳ねまわるからだろう。下司《げす》の貧乏人の子の真似ばかりしてさ。女の子なら女の子で、少しゃ高尚な女の子の真似でもして見るがいい。だから明日からはこれも厳禁だ。――ブランコや鬼ごっこもさ。学校でするこたぁわからんと思ってやっても駄目だぞ、わしゃうちの上の山に登ってちゃんと見張りしているからな……」

ああ、とうとう私は、こうして私の自由を全く奪われてしまったのだ。私自身も奪われてしまったのだ。

十二、三歳の遊びざかりの私だ。その私が、着物が陽にやけるとか、下駄の鼻緒がきれるとかいった理由のために、規定の時間の運動のほかのどんな遊戯《ゆうぎ》をも禁じられてしまったのだ。人一倍お転婆《てんば》の私にとっては、こうして手足を搦《から》げられてしまったような生活がどんなに苦しかったことか。だから、私は、その後大人になって往来《おうらい》を歩いている時分、よく、路傍《ろぼう》で泥捏《どろこ》ねなどしている子供達を、母親がそこへ飛んで来て、着物が汚れるから止《よ》せと叱《しか》り、子供がなおもその遊びに執着して止さないと、泣き叫ぶ子供を無理にも引っぱってゆくのを見たことがあるが、そうした光景を見るたびに私は叫びたくなるのを覚えた。

――何でそんな無理をなさるのです。あなたは一体、子供が大切なのですか、着物が大切なのですか。子供は着物のためにあるのじゃありません。子供のために着物があるのです。そんなに汚していけないのなら、わるいお粗末な着物を着せておけばいいじゃありませんか。

――大人は自分の見栄《みえ》や骨惜しみのために子供を犠牲にしています。大人は、ことに母親は、子供を危険から護《まも》り、子供の天分《てんぶん》をのばしてやるのがその職分です。子供の自由を奪い、子供の人格を奪うのは恐ろしい罪悪です。子供を自由に遊ばせなさい。自由の天地に遊ぶことは自然が子供に与えた唯一の特権です。そうされてこそ、子供は伸び伸びと人間らしい人間にまで成長するのです――と。

私は決して、これを間違った考えだとは思わないのである。

その十三

祖母たちからこうした宣告をうけてから、四、五日後のことであった。

何かの時間の後で服部先生は、ふと憶い出したように、教壇の上から生徒たちを見渡しながら言った。

「どうだね、今度学校で農業を始めたことについて、君たちの家で何とか言っていやしないかね、……たとえば、いいことを始めたとか、困ったことだとか、いった風に……」

子供たちは黙っていた。

先生は私のクラスの細田という男の子を名指してきいた。

「細田のうちはどうだ。兄さんが何とか言わなかったかね」

肺病の兄と二人で暮している細田は答えた。

「兄さんは身体が丈夫になって好いと言って喜んでいます」

先生は嬉しそうな顔をして、今一度教室を見まわした。

「うちのお父さんもそう言ってたわ」

「うちのお父さんも……」

子供たちは小さな声で囁くように言い合った。けれど自分から進んで大きな声で答えるものがなかった。先生は誰かをまた名指しそうにしていた。私は私を名指されるのでないかと、心の中ではらはらしていた。それで、なるべく私に気づかないようにと、隠れるように俯向いてじっとしていた。それだのに先生はわざと私を名ざした。

「岩下の家ではどうだ。祖母さんがきっと何か言われたろう……黙っちゃいないはずだ……」

先生は何もかも知っていて私にそう訊いたのだと私は思った。また、よし祖母たちが何と言ったかを知らないにしても、祖母たちの心持ちをよく知っている先生に、とってつけたような嘘は言われないと思った。だが、だが、もしほんとうのことを言ったなら……。

いつになく私の答えは曖昧であった。

「ええ、あの……おばあさんは、農業、百姓なんかすると、着物がやけて仕様《しよう》がない……と言いました」

するると先生は皮肉な顔に苦笑を浮ばせながら腹立たしそうに言った。

「ふむ、なるほどね、いかにも女王様のような立派な着物をお召しだからな……」

そう言って先生は、プンとして教科書をひッかかえたまま戸を荒々しく引きあけて出て行ってしまった。

みんなはじろじろと私の着物を見た。私は思わず顔をあかめた。そして今さらのように自分の着物のお粗末《そまつ》なのに驚いた。白地に藍《あい》の、柄《がら》のわるい浴衣《ゆかた》だ。型はもうすっかり剝《は》げて、あっちこっちにつぎさえあててある。

私はしかし先生を恨《うら》んだ。先生はどうして私を人の前で恥をかかしたのだろう。農業の時間に自分で育てるものへの愛を説いた先生ではないか、それだのに……それだのに……。

私は家に帰った。

学校でのことが胸にこびりついて離れない。その上、私の答えたことが、祖母たちにわるいことでなかったかを心配した。それを心配すればするほど、黙っていてはいけないことを感じたので、今日学校で起ったことの実際を語った。

祖母たちは怒らなかった。勝ち誇ったような顔さえした。ただ叔母と顔を見合わせながら祖母は、こう言った。

「やれやれ、こんなお馬鹿さんには全く降参《こうさん》だよ。他人に言っていいこととわるいことの見境《みさかい》がちっともつかないんだからなあ。ねえ、これからさきは、この子の前ではうっかり真実《ほんとう》のことは言えないよ、何でも彼《か》でも喋《しゃ》べるんだから……」

祖母たちはこれまで、自分らの言ったりしたりすることは絶対に間違いのないことだと私に信じさせていた。少くともそう信ずることを強制していた。だが、私は今初めて、そしてはっきりと、祖母たちもやはり、人の前にうっかり話されてはならないことをしたり言ったりしているのだということを知った。

私はもう、うっかりと祖母たちの言葉を信じまい。無批判には受け取るまい。朧《おぼろ》げながら私は、そういった感じを自分の胸の中で感じた。

その十四

私はもう一切を奪われてしまった。学校も家庭も、今の私にとっては一つの地獄にしか過ぎなくなってしまった。

だが私は小さい時から、どんなに打たれても打たれても全くは打ちのめされない剛情《ごうじょう》な子であったのに違いない。だからこうした時にもなお一つの楽しい世界を持つことができた。それは私が人と離れて、ただ一人でいることであった。そうだ、ただそれだけであった。

こうした苦しみを回顧していると、私はついその頃味わったたった一つの楽しい経験を思い出さずにはいられない。

台山《たいさん》は叔母の家の持ち山だった。叔父が以前鉄道に勤めていた頃買っておいたとかいう山で、栗《くり》の木が植え込まれていた。そしてそれがもうこの頃では、かなり大きな収入を叔母の家にあげさせているのだった。

栗の木の株間株間には、刈萱《かるかや》や薄《すすき》が背《せ》丈《たけ》ほども伸びて、毎年秋になると人夫を雇って刈らせるのだったが、その収入もかなりあるようだった。

秋、栗の実がはじけて落ちる頃になると、誰かしらうちの者が出かけて行っては、栗拾いをするのだった。その仕事は大抵、身体の弱い叔父の役目だったが、叔父は時々、その山にさえ登れぬほど身体の調子のわるいことがあった。そうした時には私は、自分から進んでその役目を引き受けることにしていた。なぜなら、私はそこで、ほんとに自由な自分を見出すことができるからだった。

一切を奪われた年の秋だった。叔父はまたしても身体をひどくわるくしていた。私は祖母に乞《こ》うて、学校を休んで幾度となく栗拾いに出かけた。

山に行くときは、私はまず、足袋《たび》を穿《は》き脚絆《きゃはん》を捲《ま》きつけ、草履《ぞうり》を足に縛りつけるのだった。――なぜなら、その山には蝮《まむし》がいて、時々人を咬《か》むので……鎌や、棒切れや、拾った栗を入れる袋なども用意するのだった。そして私はいそいそと家を出るのだった。子供たちは学校に行く。けれど、私はもう学校を休むのをそう悲しいこととは思っていなかった。それよりも独り山に登るのがどんなに楽しいか知れないと思っていた。

木の枝に褪紅色《たいこうしょく》の栗の実が、今にも落ちそうにイガの外にはみ出している。私はそれを尖端《せんたん》が二叉《ふたまた》になった棒切れでねじ折る。そしてそれを草履の下で揉《も》んで栗の実を採り出す。それでも出ないものは鍬《くわ》の背で皮を押しひらく。はじけかかった枝の実をとると、今度は眼を地上に落して、落ちた実を拾う。そうして私は、木から木へと移って行った。

時には草一本ないところに出るかと思えば、時には深い草叢《くさむら》のところに出くわした。そんなところからは雉子《きじ》が驚いては飛び立ったり、兎《うさぎ》が跳び出したりした。私は驚いて立ち止まるが、じきにまた、それらの動物に懐しみを感じ始める。そして、

「なんだ、びっくりさせるじゃないか。そんなに遁《に》げ出さなくってもいいよ。私達はお友達じゃないの？」と声を出して呟《つぶや》くのだった。無論、兎も雉子も私には何とも答え

ずに遁げて行く。けれど私は、別にそれを寂しいとは思わない。かえって微笑《ほほえ》ましくなる。そして「可笑《おか》しな奴！」と再びまた呟いて、その草叢の栗は彼らのために残しておいて、もっと他のところに移って行く。

袋は重くなる。足が疲れて来る。私はそこで、持って来たすべてのものをおっぽり出して、一直線に山のてっぺんにまで駆け上って行く。そしてそこで休む。

頂上には、木というほどの木がなく、黄色い花の女郎花《おみなえし》や、紫の桔梗《ききょう》だの萩《はぎ》だのが咲き乱れている。先生が、「あれは山ではない、丘だ」と定義をしたことがあるくらいで、この山は決して高い山ではなかったが、それでも位置がいいので頂上に登ると、芙江《ふこう》が眼の下に一目《ひとめ》に見える。

西北に当っては畑や田を隔てて停車場や宿屋やその他の建物が列《つら》なっている。町の形をなした村だ。中でも一番眼につくのは憲兵隊の建築だ。カーキイ服の憲兵が庭へ鮮人を引き出して、着物を引きはいで裸にしたお尻を鞭《むち》でひっぱたいている。ひとーつ、ふたーつ、憲兵の疳高《かんだか》い声がきこえて来る。打たれる鮮人の泣き声もきこえるような気がする。

それは余りいい気持ちのものではない。私はそこで、くるりと後に向きかわって、南の方を見る。格好のいい芙蓉峰《ふようほう》が遥か彼方に聳《そび》えている。その裾《すそ》を繞《めぐ》って東から西へと、秋の太陽の光線を反射させて銀色に光る白川《しらかわ》が、白絹《しろぎぬ》を晒《さら》したようにゆっ、たり、と流れている。その砂原を荷を負うた驢馬《ろば》が懶《ものう》そうに通っている。山裾には木の間をすかして鮮人部落の低い藁屋根《わらやね》が、ちらほらと見える。霞《かすみ》の中にぼかされた静かな村だ。南画に見るような景色である。

それをじっと眺めていると、初めて私は、自分がほんとに生れて生きているような気がする。ゆったりとした気分になって草の上にごろりと横わって、空を眺める。深い深い空だ。私はその底を知りたいと思う。私は眼を閉じて考える。涼しい風が吹いて来る。草がさわさわと風に鳴る。再び眼を開けると、蜻蛉《とんぼ》が鼻の先で飛んでいる。耳もとで鈴虫や松虫が鳴いている。

学校はおひる休みになったのであろう。子供達の騒ぐ声がきこえて来る。私は立ち上ってすぐ眼の下に見える校庭を見る。子供たちはフットボールをやっている。ボールが地に落ちてからしばらくしてやっとその跳ね上る音が聞えて来る。落ちたボールを奪い合って子供達は騒ぐ。愉快そうなその遊びよ。私は今まで、学校で、ただ悲しげにそれを見ていなければならなかったのだ。けれど今はもう悲しいとも嬉しいとも感じない。ただそのうちに融《と》け入っている自分を見出す。

何だか腹の底から力が湧いて来るような気がして、私は思わず「おーい」と誰にと言うのではなく叫んでみる。けれど無論誰もそれに答えるはずはない。私は独り山にいるのだ。

ベルが鳴って子供たちはまた教室の中に這入って行く。私もまた、頂《いただき》からおりて栗林の中に這入る。

晴やかな気持ちになった私は、我知らず学校でならった唱歌を歌い始める。誰もそれを咎《とが》めるものがない、小鳥のように私は自由だ。歌い、歌い、声の嗄《か》れるまで歌い続ける。時には即興に自分の歌を歌う、常々の押し込められた感情が自由に奔放《ほんぽう》に腹の底から噴き上げて来る。そしてそれが私を慰める。

咽《のど》が渇くと栗番小屋の側の梨畑から採って来た梨を、皮も脱《む》かずに、滓《かす》ぐるみ呑み込んでしまう。そしてまた地上にごろりと寝そべって木の間から漏れる雲間を眺める。咽《むせ》ぶほど強烈な草いきれや、茸《きのこ》のかおりが鼻につく、私はそれを貪《むさぼ》るように吸い込む。

ああ自然！　自然には嘘いつわりがない。自然は率直で、自由で、人間のように人間を歪めない。心から私はこう感じた、「ありがとう」と山に感謝したくなる。同時にまた、ふと今の生活を思い出しては泣きたくなる。そしてその時には思う存分泣くのであった。だが、いずれにしても山に暮す一日ほど私の私を取りかえす日はなかった。その日ばかりが私の解放された日だった。

その十五

暑い夏のまさかりだった。

江景《こうけい》というところで独力で病院を経営している福原という人の細君が、祖母を訪ねて来た。その女は操《みさお》といって、祖母の姪の一人である。

操さんはこれまで一度も訪ねて来たことがなかった。手紙の往復さえろくにしていなかったように私は思う。だが、操さんは私のような下司《げす》な貧乏人ではなかった。祖母を初め、岩下家は上を下への大騒ぎでこの珍客をもてなした。

操さんは二十四、五の美しい女だった。一人の乳呑子《ちのみご》をつれていた。

着いたとき彼女は、胸から裾《すそ》にかけて派手な秋草模様のついた絽縮緬《ろちりめん》の単衣《ひとえ》に、けばけばしく金紙《きんし》や銀紙《ぎんし》を張りつめた帯を背負っていた。その上、暑苦しいのに錦紗《きんしゃ》縮緬の半コートまでも羽織《はお》っていた。首には金鎖《きんぐさり》、指には金の指環、調和はとれないが一眼見てどこかの貴婦人だと思わせるような服装だった。

一通り挨拶がすむと祖母はすぐ操さんの着物に汗が泌《し》み出ているのを認めた。

「おやまあ、みいさん、帯から着物から汗びッしょりじゃないか。脱いでお着更《きか》えなさいよ」

こう祖母が言うと、操さんも、
「そうですね、着かえましょうか」
と答えて、今着て来た着物をぬぎ捨てた。祖母は自分でそれを持って行って、一枚一枚叮嚀《ていねい》にひろげて日光にあてた。近所の貧乏なおかみさん達が水をもらいに来る井戸端《いどばた》からよく見えるところへ……。

操さんは嫁入り先の裕福な生活について祖母たちに話した。「ふん、ふん、そりゃ結構だねえ、お前さんは仕合《しあわ》せだよ。旦那さんの世話をよく見てあげて大切にしなきゃいかんよ」などと祖母たちは祝福の言葉と、そして親切な忠告とを与えた。と同時に自分の家の暮し向きや、芙江における地位などについて誇らしげに語った。そうした話は一日や二日では尽きなかった。その間には祖母たちは操さんをつれて庭内を散歩したり、所有地を見せたりなどもした。

私のこともまた話されたのに相違ない。操さんは私を尻目にかけて碌《ろく》に言葉すらもかけてくれなかった。私は別に操さんを憎みはしなかった。けれど余り感じのいい女《ひと》だとは思わなかった。

芙江から十里ばかり離れたところに操さんの知人が住んでいた。操さんはその人を訪ねようかどうしようかと迷っているようであった。

「そんなら行ってお出《い》でよ。汽車に乗って行けばわけがないんだから……」と祖母が傍《はた》から元気づけるように言った。

「だけど、この子があるんでねえ、面倒臭くて……」と操さんはまだ躊《ため》っていた。それは明らかに、子守として私をつれて行きたかったのであった。それを察した祖母は操さんに言った。

「いいじゃないか、坊やはふみにおんぶさせて行けば……」

困ったことになったと私は思った。この暑いのに、余り好きでない乳呑子《ちのみご》を縛りつけられて、そして勝ち誇ったクィーンのような女の尻にくッついて行くなんて!

「そうですねえ、そうしていただければほんとうに結構ですけれど、……でも、ふみちゃんは行ってくれるかしら……」と操さんはそれとなく私の同意を求めた。

私は当惑して、はっきりと返事をしかねた。と、いつもなら祖母からがんというほど怒《ど》鳴《な》りつけられるのであるが、なぜだか、今日に限って祖母は、むしろ私の機嫌をとるように、「行っておあげよ、ふみ」と平常の命令でなく、ただそう勧めた。そして操さんの姿がちょっと見えなくなるとすぐ、小さな声で、言葉やさしく私に言うのだった。

「なに、いやならいやとはっきり言えばいいんだよ。いやなものを無理にやろうとは言わないんだから」

温い言葉に飢えていた私は、そう言われた時、妙に柔《やわら》かい素直な心になった。祖母の胸に縋《すが》りついて泣いて見たいような気にもなった。子供が母親に甘えるような気で私ははっきりと答えた。

「ほんとうは私、行かなくってもいいんなら行きたくないの」

「何だと?」と祖母はいきなり、その疳癪玉《かんしゃくだま》を破裂させた。そして私の胸倉《むなぐら》を捉えて小突きまわした。不意を喰《く》った私は縁側《えんがわ》から地べたへ仰向《あおむ》けざまに落ちた。それを気味よがしに眺めながら祖母はまた例の通り罵《ののし》り始めた。

「何だと! 行きたくないと! 少しやさしい言葉をかけてやれば図にのってすぐこれだ。行きたくないもあるもあったものじゃない。行くのが当りまえじゃないか。百姓の鼻たれっ児の子守だった癖《くせ》にさ。だが行きたくなきゃ無理にお願いしないよ。お前が行かなくったってこっちはちっとも困りゃしないよ。その代りお前はもう、うちにゃ用はないから出て行ってもらおうよ。さあ出て行っておくれ、たった今出て行っておくれ!」

祖母はいつの間にか庭下駄を穿《は》いて私の側に来ていた。そして私をさんざん踏んだり蹴ったりしていた。

私は倒れたままただぼんやりとしていた。祖母は台所の方に駆け去ったがすぐにまた戻って来て、下男《げなん》用の縁《ふち》のかけた木椀《きわん》を一つ私の懐《ふところ》にねじ込んだ。そして私の襟髪《えりがみ》を摑《つか》んで、地べたをずるずると裏門のところまで引きずって行って、門の外に突き出したかと思うと、荒々しく閂《かんぬき》を掛け、自分はさっさと庭の方へ歩いて行った。

私はすっかり疲れてしまっていた。身体が痛んで身動きさえもできなくなっていた。鮮人が二、三人何か言いながら通ったようだったが、私は起き上りもしないで、俯向《うつむ》けに倒れたまま力なく泣いていた。

が、いつまで泣いていたって仕様《しよう》がない。誰も人は通らない。誰も家の中から呼びに来てはくれない。今や私の頼るべきものはただ、祖母が私の懐にねじ込んだ欠けた木椀一つである。それは余りにも頼りにならぬ頼り手だ。

「そうだ、やっぱり帰って謝るより他に途《みち》はない」こう思って私は、勇気を起して立ち上った。そしてよろめきながら塀に沿うて表門のところまで辿《たど》りついて、そこから中に這入った。

襷《たすき》をかけて、汚れている縁側を、私は叮嚀《ていねい》に拭き始めた。祖母はそれを見るとすぐ高《こう》を呼んで私の拭いている先を拭かせた。私は茶碗を洗い始めた。すると祖母自身がそこに来て、私を突きのけて自分で洗った。庭を掃き始めると、祖母は何も言わずに私の手から箒《ほうき》を奪いとってしまった。

絶望した野良犬のように私はのろのろと自分の巣——部屋に帰った。ぐんにゃりと横になって霊《たましい》の抜けた人形のようにただ壁の古新聞に眼を注いでいたが、思い出しては涙に咽《むせ》んだ。

そうした長い苦しみの後やっと夕方になった。

祖母は私の部屋と庭一重《ひとえ》で向い合った母家の広い軒下に七輪《しちりん》を持ち出して、天ぷらを揚げ始めた。油の香が焼けつくように私の空腹に浸み込んで来た。

思えば朝から私は御飯を頂いていなかったのだ。

高《こう》の小さい男の子が何か余りものを貰った空笊《あきざる》を返しにやって来た。

「おお、よう来た、いい子だ、いい子だ」

こう言って祖母は天ぷらを二つ三つ子供の手に握らせた。そして私の方を見てくすりと肩をすぼめて笑った。

私はこっそりと家を出た。出ても行き場がない。すぐ下の路傍《ろぼう》にある鮮人の共同井戸の側《そば》へ行って、わけもなく中を覗《のぞ》いて見たりなんかした。そこへ、知合いの鮮人のおかみさんが、青い菜をかめに入れて洗いに来た。私の顔を見ると、

「また、おばあさんに叱られたのですか」と親切に声をかけてくれた。

私は黙って頷《うなず》いた。

「かわいそうに！」おかみさんはじろじろと私の哀れな姿を同情ある眼で眺めながら言った。「うちへ遊びに来ませんか、娘もうちにいますから」

私はまた泣きたくなった。悲しくて泣くのではなく、ただ大きな慈悲心に融《と》かされた感激の涙で……。

「ありがとう、行って見ましょう」こう感謝して、私はふらふらとおかみさんの後に従《つ》いて行った。

おかみさんの家は、叔母の家の後ろの崖上《がけうえ》にあった。そこからは叔母の家の中がよく見られた。そこで私はまた、叔母の家のものに見つけられるのでないかと、心配し始めた。

「失礼ですが、お昼御飯いただきましたか？」

「いいえ。朝から……」

「まあ、朝っから……」と娘は驚いたように叫んだ。

「まあ、可哀相に！」とおかみさんは再びまたこの言葉を繰り返した。「麦御飯でよければ、おあがりになりませんか。御飯はたくさんありますから……」

さっきからの感情はもう胸の中に押し込んでおくことのできないほど高まった。私は思わず声を出して泣いた。

朝鮮にいた永い永い七ヶ年の間を通じて、この時ほど私は人間の愛というものに感動したことはなかった。

私は心の中で感謝した。胃から手の出るほど御飯を頂きたかった。けれど私は祖母たちの眼を恐れた。——鮮人の家などで貰って食うような乞食《こじき》はうちに置かれない、と怒り出すにきまっている祖母を恐れた。私はそれを辞退した。そして空腹をかかえたまま鮮人の家を出た。が、家に帰る気にはなれなかった。裏の草原をあてどもなくうろついた。

どう考えても途《みち》がない。私はまた家に帰った。日はとっぷりと暮れて、家の中にはランプが灯《とも》っていた。茶の間ではみんなが声高に話しながら食事をしていた。

私はいつもするように茶の間の外の縁側に手をついて、私の不心得《ふこころえ》を詫《わ》びた。返事がなかった。

再び、三度、私は詫びごとを繰り返した。が、私の願いは遂《つい》にきき入れられなかった。

「うるさいじゃないか、黙っといで」と祖母はとうとう私をどなりつけるのだった。

「昼間遊べるだけは遊んでおきながら、そろそろ日が暮れて行き場がなくなると帰って来て、そして、殊勝《しゅしょう》らしく詫びたり泣きごとを並べたりするのがお前のおはこだ。どうだい、ただの一膳でも御飯を食べさせてくれた家があったかい？　うちも同じことだ。

お前のお椀に御飯を入れてやるわけには行かんよ……」

私は叔母に縋《すが》りついて詫びてもらおうと思った。が、叔母は先手を打って、祖母と一緒に私を罵《ののし》り始めた。操さんも一緒にいたが、これももちろん、何一つ口添《くちぞ》えしてはくれなかった。

みんなは食事をすました。後片づけも叔母と祖母とで大急ぎですました。そしていつものようにベンチを持ち出して庭に夕涼《ゆうすず》みに出た。

独り家の中に残された私は、この間に何か食べようと思った。が、食べものは何も見つからなかった。やっと私は、祖母の部屋の真うらの、広い廂《ひさし》の梁《はり》に、いつも金網張《かなあみば》りの四角な「蠅入《はえい》らず」があることを思い出した。私はそっとそれを覗《のぞ》いて見た。が、その中には何もなかった。そこで台所の隅《すみ》に置いてある「鼠入《ねずみい》らず」の戸を音のしないようにそっとあけて見た。が、そこにもやはり何もなかった。いつもあるはずの砂糖壺《さとうつぼ》すらも。

私はまた自分の部屋に帰った。部屋に這入ると、手探りで蒲団《ふとん》を敷いて蚊帳《かや》を吊《つ》った。寝間着《ねまき》に着かえる力もなく、そのまま私はふとんの上に寝そべった。

庭では、近くの南《みなみ》さん夫婦の声も交って陽気な話し声や笑い声があがっていた。その声が耳についてなかなか眠れなかった。

私は祖母たちを恨《うら》んだ。がまた、自分のしたことはほんとに、わるかったのだろうかと考えても見た。何とかして、ほんとにわるかったということがわかってほしいと思った。が、わからなかった。一時すぎになって私はやっと眠りついた。

翌朝、眼が覚めたときはもう、朝日が上っていた。高《こう》はいつものように庭掃除に忙しく、祖母は台所で朝御飯の仕《し》度《たく》をし、叔母は私の役目である部屋の掃除に障子や置物をバタバタとはたいていた。

「わびるのは今だ！　今出て行って、何と罵られても精出して働けばきっと赦《ゆる》される。そうだ今だこの機会をのがしては駄目だ！」

けれど、私の精神も肉体も全く疲れ果てていた。幾度起き上ろうとしても自然とまた倒れた。

何しろ前々日の晩に食事をとったきりなので、おなかが空いて空いて、空いたのがわからないくらいだったから、その身体のだるさったらなかった。起きて働くどころか足を持ち上げることさえ大儀《たいぎ》だった……。

そうこうしているうちに食事もすんだと見えて、操さんと叔父とは外出し、祖母や叔母も庭園の野菜畑にでも出かけたのだろう、家の中はしいんとして声がなかった。

私はとうとう、機会を遁《のが》してしまったのだ。

「ああ、もう仕様がない！」私は思わず溜息《ためいき》をついた。そして「ええッどうにでもなれ」といった風に自分の身を運命に任せてしまった。

幾分私は楽な気になった。だるい身体で寝返りを打ったり、裾《すそ》の方へ蹴《け》やった掛蒲団の上に足を載せて天井を見つめたりなんかしながら、夢ともなく現《うつつ》ともなく幾時間を過した。

何かの音にふと眼をさますと、それは茶碗のかち合った音であった。うちでは今、おひる時であるらしかった。

「今度こそは」とやっとのことで私は起き上った。くらくらする眩暈《めまい》に抵抗しながら、私はその食事の場所へ行った。そしてまたしても板の間に額をこすりつけて、

「私がわるうございました、もうこれからは決して我儘《わがまま》は言いませんから……」と真心こめて詫びた。

いや、真心こめてどころではない。今まさに首をはねられようとしている罪人が、あらん限りの力をもって生命乞いをするような、そんな真剣さをもってであった。

ああ、けれど結局それも無効であった。至誠は天に通ずというが、祖母や叔母は天ではなかった。

「きょうのお肴《さかな》はいきがいいね」と祖母は叔母に、空嘯《うそぶ》いて話しかけた。……私の言

葉が祖母の耳には這入らないかのように……。

「そんなに自分のわるいことがわかっているのなら、なぜ今朝でも早く起きてせっせと用をしなかったんだ。お前はまだほんとうにわるかったと思っていないんだろう。そんな根性でいる限り、わしは祖母さんに詫びてあげることもできん……」と叔母は私をねめつけて叱った。

大方こんなことだろうと思っていたものの、きっぱりとこう振り放されるともう生きた心地もしなかった。すごすごと自分の部屋に帰って来て、私はまた打伏《うつぶ》して泣いた。もう、涙もろくに出なかった。窓わきの壁に背を凭《よ》せて、私はややしばらく、ただぼんやりと投げ出した自分の足を瞶《みつ》めていた。

と、ぼおっと気抜けした心のどこかに「死」という観念が、ふいと顔を出した。

「そうだ、いっそ死んでしまおう……その方がどんなに楽かしれない」

こう思った瞬間、私は全く救われたような気がした。いや、全く救われていた。私の身体にも精神にも力が漲《みなぎ》って来た。萎《な》えた手足がぴんとなって、わけなく私は立ち上れた、空腹などは永久に忘れてしまったようでもあった。

十二時半の急行がまだ通らない。それだ。それにしよう。眼をつぶって一思いに跳び込めばいい。

が、それにしてもこのままでは余りにも身窄《みすぼ》らしい。突嗟《とっさ》の間にも私はこう思いついた。そこで大急ぎで腰巻だけを取り替えて、部屋の隅の箱から、袂《たもと》のついた単衣《ひとえ》とモスリンの半幅《はんはば》帯とを引き出して、それを小さく折って風呂敷に包んだ。

急がなければ時間に間に合わない。風呂敷を脇の下に隠し持って、私は裏門から出た。そして夢中で走った。一切を捨てて、死の救いへと、すがすがしい晴やかな心で……。駅に近い東側の踏切りまで来た。シグナルがまだ下ってない。ちょうどいい。もう来るだろう。

叔母の家の東の高台から見られぬよう、私は、踏切り近くの土手の陰に隠れて着物を着替えた。前の着物はくるくると捲いて風呂敷の中に包み、土手脇の草叢《くさむら》の中に突込んで置いた。

土手の陰に蹲《うずくま》って私は汽車を待った。だがいつまで経っても汽車は来なかった。やっと私は汽車がもう通過した後だということを知った。

それを知ると、私は、今にも誰かに追跡せられ、捕えられるように思って気が気でなかった。

「どうしようか……。どうすればいいのか……」

澄みきった頭の働きは敏速だった。私はじきに今一つの途《みち》を思い出した。

「白川へ！　白川へ！　あの底知れぬ蒼《あお》い川底へ……」

私は踏切りを突っ切って駆け出した。土手や並木や高粱《こうりょう》畑の陰を伝わって、裏道から十四、五町の道程を、白川の淵のある旧市場の方へと息もつかずに走った。淵のあたりには幸い誰も人はいなかった。私はほっと一息ついて砂利《じゃり》の上に殪《たお》れた。焼けつく熱さにも私は何の感じもしなかった。

心臓の鼓動がおさまると私は起き上った、砂利を袂《たもと》の中に入れ始めた。袂はかなり重くなったけれど、ややともすればそれが滑り出そうであったので、赤いメリンスの腰巻を外して、それを地上に展《ひろ》げて、石をその中に入れた。それからそれをくるくると捲いて帯のように胴腹《どうばら》に縛りつけた。

用意は出来た。そこで私は、岸の柳の木に摑まって、淵の中をそおっと覗いて見た。淵の水は蒼黒く油のようにおっとりとしていた。小波《さざなみ》一つ立っていなかった。じっと瞶《みつ》めていると、伝説にある龍がその底にいて、落ちて来る私を待ち構えているように思われた。

私は何だか気味がわるかった。足がわなわなと、微《かす》かに慄《ふる》えた。突然、頭の上でじいじいと油蟬《あぶらぜみ》が鳴き出した。

私は今一度あたりを見まわした。何と美しい自然であろう。私は今一度耳をすました。

何という平和な静かさだろう。

「ああ、もうお別れだ！　山にも、木にも、石にも、花にも、動物にも、この蟬の声にも、一切のものに……」

そう思った刹那《せつな》、急に私は悲しくなった。

祖母や叔母の無情や冷酷からは脱《のが》れられる。けれど、けれど、世にはまだ愛すべきものが無数にある。美しいものが無数にある。私の住む世界も祖母や叔母の家ばかりとは限らない。世界は広い。

母のこと、父のこと、妹のこと、弟のこと、故郷の友のこと、今までの経歴の一切がひろげられたそれらも懐しい。

私はもう死ぬのがいやになって、柳の木によりかかりながら静かに考え込んだ。私がもしここで死んだならば、祖母たちは私を何と言うだろう。母や世間の人々に、私が何のために死んだと言うだろう。どんな嘘を言われても私はもう、「そうではありません」と言いひらきをすることはできない。

そう思うと私はもう、「死んではならぬ」とさえ考えるようになった。そうだ、私と同じように苦しめられている人々と一緒に苦しめている人々に復讐《ふくしゅう》をしてやらねばならぬ。そうだ、死んではならない。

私は再び川原の砂利の上に降りた。そして袂や腰巻から、石ころを一つ二つと投げ出してしまった。

その十六

年端《としは》も行かぬ哀《あわ》れな少女が死を決して死に損ねた。若草のように伸び上がるべきそうした年齢の頃に救いを死に求めるということさえ恐ろしい不自然なのに、復讐をただ一つの希望として生き永《なが》えたとは何という恐ろしい、また、悲しいことであろう。私は死の国の閾《しきい》に片足踏み込んで急に踵《きびす》を返した。そしてこの世の地獄である私の叔母の家へと帰った。帰って来た私には一つの希望の光が――憂鬱《ゆううつ》な黒い光が――輝いていた。そして今は、もうどんな苦痛にも耐え得る力をもっているのだった。

私はもう子供ではなかった。うちに棘《とげ》をもった小さな悪魔のようなものであった。知識慾が猛然として私のうちに湧き上ってきた。一切の知識をだ。世の中の人はどういう風に生きているのか。世の中には一体、どんなことが行われているのか。ただ人間の世の中のことばかりではない。虫や獣物《けだもの》の世界に、草や木の世界に、星や月の世界に、一口に言えばこの大きな大自然の中に、どんなことが行われているのか。そういった学校の教科書で教えられるようなそんなけちな知識ではない。

学校においては運動や遊戯を、家庭においては一切の自由を、それらのすべてを奪われた私である、けれど私のうちに生きている生命はそれで萎縮《いしゅく》してしまうほど弱いものではなかった。生命の意慾！　それをどこかに私は排口《はけぐち》を見出さねばならなかったのだ。ちょうどその頃であった。

ある日私は、例によって子供達が愉快そうに遊戯している有様を、校舎の壁に凭《よ》りかかりながら、退屈を忍んでじっと瞶《みつ》めていた。と、そこへ何か旧い雑誌を持って来た友達があった。

「それ、何？」と私はその友達に訊ねた。

「『少年世界』だ」と友達は答えた。

「面白い？」

「うん、面白い」

私はそれを読みたくてたまらなかった。

「ちょっと見せて……貸してくれない？」

「貸してもいい」

それを手に取ると、私はその第一頁から読み始めた。子供達が遊んでいる間、吸い込まれるように貪《むさぼ》り読んだ。何から何まで一つとして面白くないものはなかった。授業時間中にもこの本のことが忘れられなかった。学校がひけてもしばらくは教室に止《とど》まって読んだ。帰る途中も、のろのろと牛のように歩きながら読んだ。帰ってからもわずかな隙《すき》を盗んでは隠れて読んだ。

無論私は祖母に見つけられて叱られた。けれど私はもうどうしても思いきることができなかった。それからは家で読むことだけはよしたが、登校の途中や帰り途や学校の遊戯時間や授業時間最中にさえも時々そっと読んだ。そして次ぎから次ぎへといろいろの友達からいろいろの雑誌や本を借りて読んだ。

困ったのは学校を出てからのことであった。私は始終家の中にいなければならなかった。だから誰からも何も借りることができなかった。何とかして本を読む方法がないかと、私はそればっかり考えていた。と、そこへ、近所の家の娘さんが月々とっている『婦女界』かなんか持って来た。私はそれを借りた。そして旧《ふる》いのがあればみんな貸してほしいと言った。娘さんはその後一年分ほどの雑誌を持って来て、祖母たちの前で私に貸してくれた。

私は嬉しくてたまらなかったが、祖母たちの顔を見てもじもじしていた。と、祖母たちもその人の手前、礼を言って受け取ってくれた。で、私はそれを公然と読むことができた。一、二冊読む間は祖母たちも黙認してくれた。が、そのうちに祖母が言い出した。

「どうもふみに本を読ませると、その方にばかり気をとられて、うちの仕事はそっちのけになって困る。黙ってりゃいい気になって増長《ぞうちょう》しやがるんだ。これからは一切本を読まさないことにしよう……」

叔母ももちろん同意であった。

「あら困っちまうわ」と私は泣き出しそうにして、「では昼間は誓って読みませんから夜だけはどうか……」と甘えるように嘆願《たんがん》してみた。

だが、祖母たちは聞き入れなかった。そして読みさしの雑誌をとりあげて、貸し主の前には体裁《ていさい》のいいことを言って返してしまった。

それ以来、私の眼に触れる読《よみ》ものとしては、ただ新聞だけだった。が、その新聞すらも読むことを許されなかった。子供は新聞なんか読むものでない。これが祖母たちの「高尚《こうしょう》な意見」だった。

私はただ、ルビを拾い拾い読む祖母の音読をたよりにその内容を知ろうと努めた。時々はこっそり横眼で見て、三面の見出しだけを読んだ。それからまた、朝晩のお掃除のときを利用して、右の手で障子《しょうじ》や棚をはたきながら左の手で新聞を持って、とびとびに連載小説などを読んだ。面白いと思う記事があると、こッそりと便所の中に持ち込んで読んだ。

叔父の貧弱な本箱の中には数冊の書籍があった。私はそれを読みたいと常々から心がけていたが、その折がなかった。ところがあるとき叔父夫婦が旅行して不在になった。この時だとばかりに私は、そのうちから一冊の本を取り出した。それはアンデルセンのお伽噺《とぎばなし》であった。私は別に童話なんかに趣味をもっていたのではなかったが、でも叔父の本箱の中にはそんなものしかなかったので、仕方なしにこれを撰《えら》んだのであった。持ち出しはしたものの、祖母に気づかれないように読むのは容易なことではなかった。一日や二日は無事であったが三日目の午後、手隙《てすき》を見て例の通り裏の畑の隅の便所の脇で夢中に読んでいると、祖母がいつものように足音を忍ばせながらやって来たらしかった。――私は少しも気づかないでいたのだが。

「ふみや、ちょっとこの木の枝を折っておくれ」と祖母の疳高《かんだか》い声が私を呼んだ。はっと思って私は慌《あわ》てて本を懐《ふところ》の中に入れた。が何しろ四六判四百頁近い本なので懐は不様《ぶざま》にふくれ上っていた。祖母はいちはやくそれを見つけて、私の懐の中から本をひったくった。そしてまず「この盗棒《どろぼう》め！」と私を盗棒扱いにしてこう続けた。

「お父さんの大事にしている本を盗み出すなんてお前は何という子だ。もし汚したり破ったりしたらどう言ってお詫びするつもりだえ？　おそろしい子だよ、お前は……」

祖母たちにとっては、本は読むべきものでなくて、部屋の飾りであったのだ。

祖母はそれをもって部屋に帰った。そしてあたふたと叔父の貧弱な本箱を押入れの中に仕舞い込んで錠《じょう》をおろした。

私はとうとう、私の最後の友であり世界であるあらゆる書籍から遠ざけられてしまった。学校を出て叔母の家を去るまでのまる二年の間、私は全く何ものをも読むことができなかった。私の読み得る字といっては、ただ私の部屋に貼ってある古新聞の途切れ途切れの文句だけであった。私は毎日のようにそれを読んだ。すっかり暗誦するまでにそれを読んだ。祖母たちが子供には新聞なんか読ませてはならない、という高尚な掟《おきて》をつくりながら、私の部屋――それは後でまた話すが――に古新聞を貼りつけるなんて、随分と可笑《おか》しなことでなければならぬ。だが、理由は簡単である。女中部屋なんかには金をかけることは馬鹿だ。古新聞でも貼っておけばたくさんだ。ただこれだけのことなのである。祖母たちには、どんな「高尚な掟」でも、自分達の利益の前には平気で蹂《ふ》み躙《にじ》っていいのだ。

その十七

こうした境遇のうちに、私はともかくも十四の春、高等小学だけを出た。

甲州に私をつれに来たときに約束した女子大学はおろか、女学校にすらやってくれなかったのだ。これが私の受けた最大限度の教育であったのだ。いや、その高等科ですら、授業料が尋常科と同じく四十銭でなかったなら、そして、高等科にもやらないという面《めん》目《もく》上のことさえなかったなら私はもっと夙《はや》く学校をやめさせられていたのである。

卒業後の生活は耐えられないものだった。学校に通っている時分は、ともかくも半日は祖母の眼の外にいることができたのだが、今はどうしても、朝から晩まで私の全生活を祖母の意地わるい監視のもとに置かれねばならないのだ。今考えて見ても、私が今こうして牢屋《ろうや》の中にいるよりも遥かに遥かに辛かったように思う。

小学校を出るとすぐ、多分その年の夏時分だったろう、祖母は裏の物置小屋の土間に松丸太《まつまるた》かなんかで床をつくり、その上に二、三枚の古畳《ふるだたみ》を敷いて、それを私の部屋にあてがった。その部屋を祖母たちは、陰で「女中部屋」とよんでいた。まことに私は、とうとう本ものの女中にまで堕《お》とされてしまったのだ。

女中部屋は祖母の部屋と向い合っていた。壁一重《ひとえ》隣は薪小屋で、女中部屋は物置小屋の一部だった。広さは三畳余りであったから、独り住むのには充分だったが、でも、もともと物置小屋なのだから、女中部屋となってからもなお半分は物置きに使われた。入口の土間にはバケツや漬物桶《つけものおけ》やかめなどがごたごたと置かれ、部屋の棚には洗った飯櫃《おひつ》や箱や新聞で包んだいろいろなものが一ぱい載せられていた。私の物とては、衣類を入れた箱と汚れた色褪《いろざ》めた蒲団《ふとん》ぐらいのもので、机もなければただの一枚の座蒲団すらもなかった。暗い、じめじめした、黴臭《かびくさ》い、陰気な部屋だった。窓とては、祖母の部屋に向った側の壁に障子半枚ぐらいの大きさの穴があぐられているばかりだった。そのいやな部屋で私は昼も夜も雑品《ざっぴん》と一緒に暮させられた。母屋の方で仕事のない限り、私はこの陰気な部屋の中で独り、言いつかったほどきものなんかをして日を過したのだった。

とはいえ、私は決して、この物置小屋の陰気さを厭《いと》うたのではない。貧乏と苦痛とには私はもう馴《な》れきっている。私はただ、この「女中部屋」の生活の無意味さに焦燥《しょうそう》を感じたのだ。

一緒に学校を出た友達のうちには、さらに上級の学校に進んだものがある。何か職業を求めて自活の途《みち》を講じているものもある。その他のものもまた自分の家にいて、何かしら来るべき生活の準備におさおさ怠《おこた》りがない。それだのに私は今、この「女中部屋」に押し込められて、叔母の家のくだらぬ仕事をさせられるばかりで、何一つ生活に必要なことを教わることもできない。私は別に生花や、茶道や、踊りなどいう贅沢《ぜいたく》な技芸を習いたいとは思わない。けれどせめて普通の家庭に必要な裁縫とか作法とかぐらいは知っておきたい。それにもまして本が読みたい。だが、そうしたことの一切が無視されかつ禁じられているのだ。たまに何か縫い物をあてがわれてもそれはただ叔母の家に必要なものをその時々に従って縫わされるだけで、一向裁縫のお稽古にはならない。——学校で私達は、いい先生がなかったために裁縫はほとんど教わらなかったと言ってもよいのだ——料理といっても、私にさせてくれるのはただ、御飯を炊くことと味噌汁を拵《こしら》えることくらいが関の山であった。要するに私は、叔母の家のその時々の用を足せば足りる生活にまで追いやられているのだ。祖母たちは私に、一人前の女として心得ておかねばならぬ生活の途の何一つをも教えてくれようとはしなかったのだ。親切は、祖母も叔母も爪《つめ》の垢《あか》ほども持ち合わせてはいなかったのだ。

若い生命はぐんぐんと延びたがる。けれど何一つこれを伸ばしてくれるものがない。私は遣る瀬《やせ》ない焦燥《しょうそう》を感じる。このままこの黴臭い息づまるような空気の中で、——女中部屋の中で、一生を過ごさねばならないのではないか、こういった不安に私はしょっちゅう襲われた。そうして私は遂《つい》に神経衰弱にでもかかったようであった。

恐らく私は不眠症になったのであろう。仕事をして頭が疲れ、身体がだるくなって、よく座睡《いねむり》さえするのに、さていよいよ正式に寝ようとするとなかなか眠れなかった。一時、二時、時には三時頃までも眠りつけない晩が多かった。転々と寝返りを打っては苦しんだ、眠ろうとすればするほど、眼はますます冴《さ》えて、しまいには神経がぴくぴくと動くのを感じた。時には夜一夜苦しんで遂に一睡も貪《むさぼ》り得ないこともあった。そうした時の翌《あく》る日は、体がだるくて気分が重くて、おまけに頭痛さえもするのであった。漠然とした不安がしょっちゅう私に襲いかかって来た。暗い生活が一入《ひとしお》暗く感じられた。

その十八

思えば、朝鮮に来てからの私は苛《いじ》められどおしであった。その間に私は一度だって柔《やさ》しい愛を祖母たちから受けたことはなかった。それは今までの私の記録によってもほぼ諒解されると思う。が今まで私の記してきたことは私の受けた呵責《かしゃく》の歴史の、ほんの一部分にすぎないのだ。それも最も代表的な、もっとも残酷な呵責の記録ではないのだ。私はわざとそれを書かなかった。

そうしたことを書くと、私が嘘を言っているのだとしか思われないだろうと思ったからである。少くとも「もう飽き飽きだ。要するにそれは、お前のいじけたひねくれ根性のおかげだ。いかに冷酷なお前の祖母《おばあ》さんだってまさかそれほどでもあるまい」と言われるだろうと思ったからである。

かように割引して書いてきたものを読んだだけでもやはり、そう思われる人が多いだろう。そして私も決して、私がいじけていなかったとも、ひねくれていなかったとも言わない。事実私はいじけていた。また、ひねくれてもいた。だが、どうして私はそんなにも歪《ゆが》められたのであろう。

小さい時から私は人一倍のお転婆であった。私は男の子と男らしい遊びをするのが好きであった。私は今も決して、陰気な女でもなければ憂鬱な羞《はにか》みやでもないつもりだ。だのに、朝鮮にいた七年の間は全くその反対であった。

愛されないで苛められたがゆえに私はひねくれて来たのだ。一切の自由を奪われ、抑えつけられたがゆえにいじけても来たのだ。学校ではそうでもなかったが、家にいるときには物一つ言うにも用心しいしい私は言った。今はこんなに何でもつけつけ言うのにその頃は決してそんなことはできなかったのだ。私はまず、祖母や叔母の気持ちを察した。そしてそれに抵触《ていしょく》しないように心配しいしい物を言った。いや、ただに言葉の上のことばかりではなく、一切の行為そのものがそうであった。そしてそのために私は、つい嘘も言い、影日和《かげひなた》もし、最後にはとうとう、盗みまでもするようになった。「懺悔録《ざんげろく》」の中でルッソオが告白しているように、私もまた、散々いじめられた揚句《あげく》、いじけにいじけて、果てはとうとう盗みをするようにさえなったのだ。

盗みはいいか悪いか、私は今そんなことを考えまい。けれど、徹底的に真実と率直と正義とを求める私としては、人のものを盗むなどいうことを徹底的に排斥《はいせき》しもするし無論盗みなんかしない。朝鮮から東京に来て、どんなに困った時でも、私は実に、他人の藁《わら》すべ一つだってひそかに自分のものとしたことはない。そうした私が、この叔母の家にいるうちに、盗みをさえするようになったのだ。

どうして私がそんなさもしい根性になったのであろう。一通り私はその事情を話さねばならない。

子供に現金を持たせて買い物をさせるなどは下司《げす》の貧乏人のすることで、上品な金持階級のすることでない。こういうのが祖母達の処世哲学であり、衿持《きょうじ》でもあった。それゆえに私は、私の欲しいと思うものを買うのに金を持たされたことがなかった。大抵はうちの誰かが買って来てくれるか、そうでなかったら「通《かよ》い」で取って来るのであった。

ところがこれは、私が私自身のものを買う時のことに限っていて、祖母たちの家の必要なものを買う時にはこの限りではなかった。ことに私が学校を卒《お》えて「女中部屋」の住人となってからはなおさらそうであった。私はよく金を持って買い物に遣《つか》わされた。「市《いち》」の立つ日などは必ずそうであった。

朝鮮の田舎には普通月五、六回の市が立つが、芙江《ふこう》の市は旧暦十六の日に立った。

市場は以前、白川近くの方にあって、朝鮮でも指を折られるほどの大きな市が立ったそうであるが、鉄道が敷かれてからはずっと寂《さび》れたので、場所も村の中央に移し、今ではせいぜい三、四里以内にある村々の人々が集まって来るだけであった。といってもやはり千や二千の人出はあった。で、そうした人たちを相手に、肉屋や飲食店や呉服屋や菓子屋や薬屋や八百屋《やおや》や、その他各種各類に亘《わた》って四方八方から集まって来て店を出した。日人《にちじん》の小商人《こあきんど》達ももちろん、こんないい機会を見のがすはずはなかった。同様にまた、住民の多くが市場の安い品を買うために、出かけないというはずもなかった。

上品な家柄をもって任じている叔母の家では、そんなところに店を出すようなみっともないことはしなかったが、さらに、「下等社会のおかみさん」達のように自分で市場に物を買いに行くようなことさえ恥としていた。といっても、根が人一倍けちと来ているのだから、どうかしてその市場の安い品物を買って来る必要があった。で、その役目を私は、いつでも引き受けさせられるのであった。そしてこれが私を、盗むことの余儀ない破目《はめ》に陥《おとしい》れた唯一の理由なのである。

何でも私が十四歳ぐらいの年の暮であった。その頃は魚が少くて値段が高いというので、叔母の家では、魚の代りに卵をなるべく多くお正月の御馳走《ごちそう》に使おうということにきめた。卵の相場は普通十箇が十銭内外であった。

で、私はそれを買いに市日《いちび》ごとに市場に遣わされた。そして出かけるたびに私は、「懸引《かけひ》きを上手にしてできるだけ安く買って来るんだよ。高いのを買って来ては駄目《だめ》だよ」と祖母たちから注意されるのだった。

だが、子供の私にはその懸引きなんか上手にやれるはずはなかった。第一、品物が高いのか安いのかさえほんとうはわからないのだった。

時々は私も安いのを買って来ることがあった。すると祖母は「うんこれは安い」と喜んでくれたが、大抵のときは祖母から「ちと高すぎるようだな」と不機嫌な顔で叱られるのだった。

ある日も私は、言いつかっただけの卵を買って来た。すると祖母はそれを、自分の掌《てのひら》に載せて目分量で目方を量ってみながらこう言った。

「この卵は馬鹿に小さいじゃないか。だからこれはいつもより高いよ。今しがた三浦のおかみが市場から帰って来て、今日は卵が馬鹿に安いと言っていたがねえ……大方お前は、今川焼でも買って食べたんだろう、貧乏人の子の仲間になってさ……」

何という無慈悲《むじひ》な疑いであろう。私は値切れるだけ値切ったのである。相手がじれったがるほどきまりのわるい思いをして値切ったのである。しかも、いよいよ買ってしまってからでも、高く買ったのではないかと、他人の買い値を訊ねてみたり、帰り途ではそっと卵を藁づとの中から取り出して大きさを量ってみたりなんかしてまでも精一ぱい祖母の気に入ろうと努めたのではないか。それだのにそれだのに、やっぱり私は高く買って来たのであろうか。私は祖母に痛くない腹まで探られなければならないのだろうか。

とはいえ、何といっても私はまだ子供である。事実、多くの場合、何を買っても大人のようには安く買い入れることができなかったようであった。

私はそれが辛かった。そこで私は、どうすれば祖母に喜んでもらえるだろう？といろいろと思案した。そしてその思案の揚句《あげく》思いついた一つの手段がすなわち、私に盗みをさせる唯一の動機となったのである。

市場にやられる日には私は、まず、家の者の気づかない時を見計《みはか》らって、そっと押入れの小遣銭《こづかいせん》の函《はこ》の中から銅貨を七、八ツ盗み出した。そしてそれを帯の間へまるめ込んで置き、帰ったときにはそれを、そのまま、釣銭《つりせん》の中に加えて祖母の前に出すのであった。

そんな時には、祖母はもちろん笑顔を見せた。喜んでくれないまでもふくれ面《つら》をすることだけはなかった。で、私はそれから一、二ヵ月はこの手段で祖母の歓心《かんしん》を買っていた。だが、無論内心ではすこぶる不安であった。いつ発覚されるかも知れないと思っていいびくびくものであった。のみならず、都合のわるいことさえあった。というのは、小遣銭の函の中には銀貨ばかりあって銅貨のない時がしばしばあったからであった。銀貨をもって行っては小遣銭の減り方が目立って一層早く発覚される恐れがある。

もっといい方法がないかと、私はまた思案し始めた。そしてまた一策を案じ出した。

たしか十五歳の冬だったと思う。市日の朝、私は、何か他の用事にかこつけて庭先の米倉《こめぐら》へ這入《はい》った。

倉庫の左手には籾俵《もみだわら》が高く積み上げられており、右手には私の胸のあたりまでも高い玄米入の箱が五つ六つ並べられていた。入口に一番近い箱の蓋《ふた》を私は取った。そして窓明りを透《す》かしてその米の表面《おもて》を眺めた。平らにならされた面の上には「寿《ことぶき》」という字が指で書かれてあった。——これは、下男の高《こう》がしばしば米倉の中に這入るので、高《こう》が米を盗んで行きはせぬかと、その予防策に祖母がやっておく手段であったが、私はそれを前から知っていた。

米の上の字を私はじっと瞶《みつ》めた。そして祖母の書いた字の真似《まね》を指先でやって見た。どうやら似せ字がかけるという自信がついたとき、私は手早くその米を五升桝《ごしょうます》に掬《すく》って袋に入れた。そして、袋を俵の陰に隠しておいて米の面をもと通りに均《な》らした。それからかねて稽古しておいた「寿」の字を祖母の手つきに似せて指で書きつけた。

いよいよ市場に出かける時が来た。辺りに人のいないのを見届けた時、私は、かねて隠してあった袋を裏門から持ち出した。

袋は無論羽織の下に隠して持った。その上、うちの者に見つからぬようにと、同じく市場に向って行く鮮人達の間に混って、こそこそと市場の人込みの中へもぐり込んだ。

市場は例によって賑やかだった。人々は店から店へと渡り歩いていた。店にはいつもの売り手がいつもの場所に陣取っていた。私はもう、どこに何が売られているかを大抵は暗《そら》で覚えている。どこで何が取り引きされるかも見知っている。だが、私の持って来た米はどう処分したらいいか。早く金に替えたい。でないと、知った人に怪しまれるだろう。叔父が時たま市場の方に廻って来ることがあるから、それに見つかっては大変だ。米市《こめいち》へ持って行こうか。でも、余りにこれは分量が少なすぎる。第一、そんなところに行って取引きするだけの勇気がない。時たま隣近所の知人に逢った。そうするとそれらの人々は皆、叔母の家の「まわし者」のような気がした。私の心は鼬《いたち》のように全く怯《おび》えきっていた。いっそのことドブの中にでも投げ捨ててしまおうかとさえ私は考えた。

右往左往しているうちに時間は駆け足で進んで行った。もう四時にも近いであろう。日はだんだんと傾いて行った。早く帰らねばならない。「何をしていた、何かまた買い食いでもしていたろう」こう言ってまた叱られるだろう。

村々のおかみさん達が、物々交換のように、品物を持って行っては金にかえ、それでまた必要なものを買っているのを私は知っていた。私もそれをやればいいのだ。だがそれがなかなかできなかった。一つには私にもやはり見栄《みえ》があるから。今一つには、そうしていることを誰か知った人に見つけられて祖母に告げ口されたらどうしようという心配があったから。

が、もう時間がなかった。絶体絶命だと私は考えた。そこで私は、ありったけの勇気を出して、おかみさん達のやっている当り前のことをやって見ようと決心した。

ふと気がついて見ると、私は今、知合いの鮮人のおかみさんのやっている飲食店の前に立っていた。ここだ！ ここへ這入ろう！ と私は考えた。だが、客はまだ残っていた。早く帰ってくれればいい。後の客が来なければいい。そう心の中で願いながら、私はその辺を二、三度も往来した。そして、やっと客の途絶えた隙を見出した時、そっと私はその飲食店の中に這入って、耳まで熱くほてった極《き》まりわるさと自責とを無理強《むりじ》いに圧《お》しつけて、おずおずと私は小声で頼んでみた。

「あの……おかみさん、米を買ってくれませんか。好い米です……いくらにでもいいんです……」

おかみさんは驚いたような顔をして私を見た。その顔を見ると私はまた一層おびえた。断られたらどうしよう、祖母に言いつけられたらどうしよう、私はもう穴があったら這入り込みたいような気がした。

が、何という救いであったろう。おかみさんは答えた。

「どんな米だか、見せて下さい」

ああ、たすかったと、私はほっとして胸を撫《な》でおろした。そして散々もて余した揚句、近くの肉屋の小屋の影に匿《かく》しておいた米の袋を持って来ておかみさんに見せた。おかみさんは袋の口をあけて、一握《ひとつか》みの米を握《つか》み出した。

「なるほど良い米ですねえ、どれだけあるのですか」

「五升あります」

「たしかに五升ありますね、大丈夫ですね」

米はたしかに五升以上はある。袋に入れるとき私はたっぷりと五升量って、なおその上少し足し米をさえして置いたのだ。だが、今はそんなことはどうでもいいんだ。早く取り引きをすまして、いくらでもいいからお金に替えたいのだ。私は答えた。

「ええ、充分あります……でも、何だったら、お金はいくらでもいいんです」

やっとのことでおかみさんはそれを引き取ってくれた。代価を払われると私は、その金を引ッ摑《つか》んだまま計《かぞ》えもせずに店を出た。そしてまた人込みの中に自分の身をかくした。

だが、何という浅間《あさま》しさであろう。これほどおびえた私であるのに、その後もやはり、自分の高買いの埋め合わせをつけて、祖母の機嫌を取るために、幾度か私はこれを繰り返した。次第に図々しくなって行く自分の心に恐れを懐《いだ》きながら……。

「あの時もしあれが発覚したら……」と私は今でも時々そのことを思い出してはぞっとする。けれど不思議に私は、そうした時の結果の恐ろしさを考えるだけで、私自身たいしてわるいことをしたとは思わない。私は、私があいうことをしたのは、それをするようにさせられただけで、私自身にさほどの責任が課せられるべきでないと今でも思っているのだ。むしろ私は、私にああした汚点を浸み込ませたのだ——と思うところの、——私の祖母のけちと因業《いんごう》とに無限の憤りを感ぜずにはいられないのだ。

その十九

朝鮮における私の生活記録が余りにも長すぎはしなかったかと思う。けれど私は、私としてはせめてこれくらいのことは書かないではいられなかったのだ。と私というものが、朝鮮にいた足掛け七年の間に、どうしてこうもいじけたひねくれものになったかという理由を解ってもらうためにだけでも……。

とはいえ、今や私は、私の地獄であった叔母の家に別れを告げる時が来た。私を苛《いじ》め、さいなみ、あらゆる自由と独立とを私から奪い、私のよいところを片っ端から打ち壊し、私の成長を阻《はば》み、私を撓《ね》じ曲げ、歪《ゆが》め、ひねくれさせ、そしてしまいにはとうとう、盗みをするような女にまでも私をしたところの私の祖母たちの手からも遁《のが》れられる時が……。

十六の春が私に訪れた頃であった。ある日祖母は、私を彼女の部屋に呼んでこう言うのであった。

「なあふみや、わしは明日ちょっと用があって太田《たいでん》まで行って来ようと思ってるんだが、そして行ったついでにお前の余所行《よそゆ》きの着物を買って来ようと思ってるんだが、どうだい、お前の貯金を下げて来ては？　お前は別に金が要らないんだから、ただ持っていたって仕様があるまい。無理にとは言わないがそうした方がよかないかね、お前ももう、よそゆきの着物の一枚ぐらいは持っていなけりゃならん年頃になったんだから……」

子供の時分からいい着物を着たいなんていう欲望を余り持ち合わさなかった私ではあるが、でも余所行《よそゆ》きの着物を買って来てやろうと言われて見れば、私とても満更《まんざら》嬉しくないことはなかった。けれどじきにその後へもって来て祖母は、その着物を私自身の金で買えと言うに至っては私は実は、あきれてものも言えないような感じがした。いくら子供だといっても、それを私自身の金で買うべきであるか、祖母たちが買ってくれるのが当然であるかということぐらいはわかっていた。なぜと言うに、祖母はもともと、あの縮緬《ちりめん》の重ねやしごきで私たちを釣って来ておきながら、いつの間にかそれを貞子さんに贈ってしまい、私には、足掛け七年の間に何一つ着物らしい着物を拵《こしら》えてくれるでなく、僅《わず》か一円五十銭か二円ぐらいの染絣《そめがすり》を余所《よそ》行《ゆ》きにと言って着せてくれただけのことではないか。また、たといこの間に学校へやってくれたとはいえ、学校から帰って来るとは使われ、学校を出てからの丸二年と来ては、全くの女中として使っておきながら、鐚《びた》一文の給金すらもくれたことのない祖母たちではないか。それだのに、年頃になったから銘仙《めいせん》の一枚も買おうという段になって、壊した器物の賠償を私からとった残りの金をみんな提供せよと言うのである。いかにけちな人達であるとはいえ、それでは余りに人情がなさすぎる。

「あたし着物なんか要りません」と私はよっぽどこう言ってやりたいような気がした。けれど私はまた、もしかそんなことを言って祖母の気にさわったらどんなことになるかも知れないと考えて、そうは言いかねた。そしてただ、祖母の言いなりに承諾することにして、すぐその場から貯金全部を払い下げに出かけて行った。貯金は、弁償代金の残りが六円と、その後母から小遣にと送ってくれた四円とで、都合十円余りあった。

翌日、祖母は約束の通り一反の銘仙を買って来た。黒っぽい地色に、三十六、七の女でも着るような柄のわるい地味な格子縞《こうしじま》であった。それを見て私はがっかりした。けれど表面《うわべ》ではやはり「ありがとう」というお礼を言わなければならなかった。

もっとも、いよいよこれを着物とする段になると、裾廻《すそまわ》しも要れば裏地も要るのであるが、裾廻しには、叔母の持ち合わせの古い鼠色《ねずみいろ》の切れをつけてくれ、袖口《そでぐち》の黒繻子《くろじゅす》も有り合わせのものを恵んでくれた。裏地の緋金巾《ひがなきん》だけは私の貯金の残りから買わされた。

それはしかしどうでもいい。わからないのはどうして祖母が、突然こんなことを考え出したかということであった。が、その理由はやがてはっきりとわかって来た。

何でも四月も初めの三、四日頃であったろう。ある日私が用達《ようた》しから帰って見ると、私の部屋の棚に古い行李《こうり》が一つ載せられていた。そっとおろして見ると、中は空っぽで何も入っていなかった。ただ、破れたところに、内側から反物《たんもの》の包紙を貼って、細い白糸で縫いつけてあった。

「はてな、これをどうするつもりなんだろう。もしかすると私を……」と私は、それを見るなりこう考えた。

そう思うと私は何だか踊り上がりたいような軽い気持ちになった。が、やがてまた、何だか不安な気にもなった。とうとうお払い箱になるのかといった一種の傷つけられた自負心がそう思わせるのであった。

私はしかし、この行李について何も訊《たず》ねなかった。それには少しも気づかぬような風を装っていつものように働いていた。

叔父が私に、

「お前も永らくうちにいたが、学校も高等をすましたし、かたがたもうやがて結婚でもしなければならぬ年頃でもあるしするから、山梨の方へ帰るがいい、ちょうどおばあさんも明日広島の方へお発《た》ちだから一緒に連れて行ってもらうがいい。そのつもりで仕度《したく》をしなさい」と言ったのは実に、それから四、五日を経た十一日の朝だった。

それで私は一切を諒解した。

私はもう年頃である。余り永く置くと、私を嫁入りさせるために無駄な金がかかる。帰すなら今のうちだ。それには祖母が広島に出かける時がちょうど都合がいい、一緒に連れて行ってやろう、まあ、こういった算段から私を郷里に帰すことを、去年の暮あたりからきめていたのに相違なかったのだ。

だが、郷里にかえすにしても余り身窄《みすぼ》らしいなりをしてかえすわけには行かぬ。実家のものや村の人々や私の母が、あの約束の着物はどうしたのか、学校はどうしてくれたのかと不審がるようではこちらの不親切が目立って見える。だから、せめて銘仙の着物一枚でも着せて帰さねばなるまい。そういった気持ちから祖母が私に、私の金で着物を買わせたに相違なかったのだ。

食卓を片づけるとすぐ祖母は私に、私の部屋から、例の行李と着物とを持って来いと命じた。私がそれを持って来ると、私には一切手を触れさせないで、祖母と叔母とが二人して、私の衣類の一枚一枚を展《ひろ》げてみては、ちょうど監獄《かんごく》の差入れ物を検《あらた》めるように、袂《たもと》の底を念入りに探ってみたり、襟《えり》のあたりをしごいてみたりした。そして、多分私にした自分達の待遇が、かつて祖母が吹聴《ふいちょう》したものとはまるっきり違っていたことを余りにもはっきりとわからせないように胡魔化《ごまか》すためだったのだろう、余りにひどい筒袖《つつそで》の衣類などははねのけてしまって、どうやら着られそうな物ばかりを入れた。といってもそれは色も褪《あ》せ、つぎもつけた、ぐにゃぐにゃの銘仙の袷《あわせ》や瓦斯裏《がすうら》のついた新銘仙の羽織などが一番上等の部に這入る種類のものばかりであった。私が一番好いていたモスリンの単衣《ひとえ》はいつの間にか貞ちゃんに贈ってなくなっていたが、その代りに、柄が気に入らんといって私がいた七ヶ年の間ただの一度も自分で着たことのない叔母の伊勢崎《いせざき》銘仙の単衣を一枚入れてくれた。しかも叔母はそれで、大変な恩恵を私に与えてくれたかのように、

「ねえお母さん、自分で子供を生まないってことは考えて見ると随分損ねえ、こうして心配しいしいお金を遣うんだから……」なんて、祖母に言うのだった。

　祖母はまた祖母で、私が昔着て来た、もう今となっては役にも立たぬ衣類なんかを行李につめながら、

「なあふみや、お前が昔着て来たモスの羽織は、裾よけに直してこの通りちゃんとお前の見ている前で行李の中に入れたよ。も一つの白っぽい単衣はお前が自分で着破ってしまって今はもうないんだよ」と説明してから、「それから言っとくが、うちに帰ってから、朝鮮のおばあさんがいい着物をたくさん持って私を連れに来たのは、あれは本当は私を瞞《だま》すつもりだったんだなんて言っちゃならんぞ、よく聴け！ お前の心がけさえ良けりゃ、ありゃみんなお前のものだったんだよ、ただ、お前の心がけがよくなかったばっかりにお前はあれを貰えなかったんだよ。つまり自業自得っていうもんだ。解ったかい？」などと、私が家に帰ってから訴えるであろうところの不平を言わせまいと、まずその予防線を張るのだった。

無論私は「ええ」と答えた。だが腹の底では「私はもう子供ではありませんよ」と言いかえしていた。

翌日、私と祖母とは早昼飯《はやおひる》を済ませて家を出た。

祖母は貞ちゃんを女学校にあげる相談もあり、かたがた、祖母の本家に当る操《みさお》さんの実家から長男の結婚式に招待されていたので、広島まで行くことに前からきまっていたのであった。

家を離れるときに、叔父が私に小遣銭だと言って五円かっきりくれた。そしてそれが私に贈られた岩下家の全部であった。駅まで叔母が見送ってくれた。高《こう》も荷物をもって送ってくれた。

待つ間もなく汽車が着いた。私と祖母とはそれに乗った。

足掛け七年も住んだ土地に別れるのだというのに、私には涙一滴もこぼれなかった。悲しくも心の中ではむしろこう祈っておりもした。

――おお汽車よ！　七年前お前は私を瞞《だま》して連れて来た。そうして私をただ独り苦しみと試練とのうちに残して置いたまま行ってしまった。その間、お前は何百度何千度私の側《そば》を通ったかも知れん。が、いつも横目でちらと見たばかりで、黙って通りすぎてしまった。だが、今度こそお前は私を迎えに来た！　お前は私を忘れてはいなかったのだ。おおどこへでも連れて行ってくれ！　速く、速く、どこへでも。ただ速くこの土地から連れ去ってくれ！

村に還る

郷里の駅に着いたのはそれから三日目の夕方であった。父が以前いたことのある円光《えんこう》寺《じ》の千代さんが私を迎えに来てくれていた。

私より二つ三つ年上の千代さんはいちはやく私の姿を見つけて駆け寄って来て私の手を固く握った。

「まあ、ふみさん、よく帰って来ましたね」

「ありがとう。とうとう帰って来ました」

こう言って私達は互いに手を握り合ったまま、しばし無言のままで立っていた。

私は何も話したくなかった。嬉しいような、面目ないような、何とも言いようのない心が私に沈黙を守らせた。

「荷物はどうしたの？」

「別に何もないの。行李《こうり》があるんだけど、今日はもちろん着いていないでしょう」

「そうねえ、じゃ、すぐ帰ることにしましょう」

「ええ」

二人は改札口から外に出た。そしてすぐ村に向って歩き出した。けれど、もう夕暮である。日のあるうちに帰ることはできない。そこで私達は、駅から家までのちょうど中程にある叔父の寺に——これは後で書く——泊った。そして、翌日、家に帰りついたのはもうお昼頃であった。

春であった。村は麗《うら》らかな日に霞《かす》んでいた。麦は色づき始め、菜の花が黄色く彩どっていた。鶯《うぐいす》が山に鳴き家々の庭には沈丁香《じんちょうげ》の花が匂《にお》っていた。

眼の前に母の実家が見えた。東の小川の丸木橋を渡って、家の前に出ると、叔父がそこの野菜畑で働いていていた。

朝鮮を経つとき、私は昂奮《こうふん》していた。一刻も速くこの地獄から逃れ出たいと希願した。汽車に私は、早く朝鮮から連れて行ってくれと願った。どこへでも一刻も速く、と願った。実はしかしどこにつれて行ってくれというあてはなかったのだ。言うまでもなく私は、甲州のこの田舎につれて来られなければならなかった。けれど、そこが私の真の休息所であろうとはどうして考えられよう。村を見、叔父を見ると、一層私は憂鬱になった。

叔父は私の姿を見ると打ち下す鍬《くわ》を止めた。

「叔父さん、とうとう帰って来ました……かんにんして下さい、私がわるいんです」

やっと私はこう挨拶することができた。私はもう泣いていた。

「何、いいんだよ、ふみ、何もかもわしは察している」

ふだん黙り勝ちな、むっつりやの叔父は、滅多に笑うことを知らない顔に微笑みをさえ浮べて、慰めてくれた。鍬を杖に、懐《なつか》しげに私を眺めて、叔父はまた言った。

「何も泣くにゃ及ばん。しばらく会わなんだ間に随分と大きくなったなあ。それだけ成人すりゃ何とでもなる、心配することたあない」

家に帰ればどんなに叱られるかわからないと、心配しいしい帰って来たのだ。だが、叔父は叱るどころか、情愛と祝福の手をさえさしのべてくれた。肩の重荷が急におろされたような喜びが私に来た。「やっぱりここがほんとうの家なのだ」と私は思った。

叔父は仕事をやめて一緒に家へ帰ってくれた。叔母は台所で昼食《おひる》の用意をしていた。

「ああ、ふみか、よく帰って来た。まあ大きくなったこと！」と叔母も私を歓迎してくれた。

庭の畑に出ていた祖父も、裏側の自分達の部屋で蚕《かいこ》に桑《くわ》をやっていた祖母も、私の声をききつけて駆け出して来た。

「おお、ふみだ。やっぱり帰って来ただ。俺や余り突然だったで、何かの間違いでないかと思っていただ。よう帰って来た」と祖父が言えば、

「大きくなった、達者だったかい？　何にも音沙汰がないで、心配してただよ」と祖母が附け加えた。

私は井戸の水で足を洗った。千代さんも同じようにした。そしてむさくるしいながらも居心地のよい座敷に上った。

やがて昼食《おひる》だったので、みんなと一緒に食膳《しょくぜん》についた。貧しい食事であった、が私はそれを山海の珍味のように味わった。少くとも食物がすらすらと喉《のど》もとを通るのを有難いと思った。

食事をしながら叔父たちはいろいろのことを訊ねた。朝鮮のこと、芙江《ふこう》のこと、叔母の家のこと学校のこと、かいつまんで、断片的に私は話した。けれど、朝鮮でどんなに苦しめられたか？　どんなに辛かったか、どんなに苛《いじ》められたか、そういったようなことは一つも話さなかった、話さなかったが、一切は察しているといったような風を叔父たちは見せた。

祖父母は別に食事をしてここにはいなかったから、叔父たちが畑に出ると、私は祖父母の部屋に行った。そしてまたいろいろの話をした。

私の帰ったことを知らされた母もその翌《あく》る朝早々やって来た。母も大分年をとって見えたが、今は身装《みなり》もきちんとしていた。

「大きくなったねえ」と嬉しそうに母は私を眺めながら、眼に涙をためていた。そして私の髪に櫛《くし》をあてたり背中をさすったりしていたが、ふと私の腕をとって見て、

「まあ、この腕！　凍傷《しもやけ》の跡だらけだよ」

とまず驚いて、「きっと朝から晩まで水仕事ばかりさせられていたんだね」と急に泣き出してしまった。

私のせつない願いを卻《しりぞ》けて、私を置き去りにした母である。私は今なおそれを忘れることはできない。けれどこうして親身に私のことを思ってくれることを思うと、私もやはり嬉しかった。朝鮮で思いきり苛められて来た揚句だから一層身に沁みて有難かった。

「朝鮮でお前はどうしてたの？　学校はどこまでやってくれたの？」

こういった風に母はしきりと私の朝鮮での生活を知りたがった。思えば私は、朝鮮から何もほんとうのことを書き送らなかったのだ。送れなかったのだ。私は自分勝手に手紙を書くことを許されなかった。たまに書いてもいちいちこの監獄でのように祖母たちの検閲《けんえつ》を受けなければならなかったのだ。そして「私は何不自由なく幸福に暮していま す。どうぞ御安心下さい」といったようなことを必ず書かされたのだ。だから、母は恐

らく、朝鮮の祖母がかつて誓ったような幸福のうちに私が生活していたのだと思っていたのだろう。

私はそうしたことについて何も話さなかった。それはそんな愚痴《ぐち》をこぼすことはいやでもあり、話したって真実《ほんとう》に解ってくれないだろうと思ったからでもあった。私はただ、学校は高等きりやってくれなかったこと、及び、貞ちゃんが岩下の後嗣《あとつ》ぎときめられて、私はもう岩下には用のない人間となったから帰されたということをだけ話した。

「どうも変だとは思ってたよ。初め一、二度は手紙に岩下ふみと書いてあったが、間もなく金子ふみに変ったので、こりゃ何かわけがあるんだなとは感づいていたよ」と母が言えば、

「でも、まさかこうして、突然一言の挨拶もなしに裸で送り返して来ようとは思わなかったよ」

と祖母も合槌《あいづち》を打って、岩下一家を恨んだ。

そうして二人は、この前私を連れに来た時の朝鮮の祖母の言ったことやしたことを想い出しては、思い当ることがあるといった風に、ことごとに岩下一家の仕打ちを呪った。

七年目に帰って来て見た実家の方の様子はしかしかなり変っていた。祖母はやはり母

家を仕切って裏側の部屋に住んでいたが、間の檜戸《ひのきど》は堅《かた》く釘づけにされて開かなかった。裏の泉水《せんすい》は木の葉や泥で埋《うず》もって浅く汚くそして濁《にご》っていた。曽祖父の丹精《たんせい》した植木園は見る影もなく荒れていた。母屋の西側にあった二棟の倉は壊されて、跡には葱《ねぎ》が作られていた。

　家の中の空気もまた、変っていた。同じ軒下《のきした》に住んでいる祖父母と叔父夫婦との仲がとかく円滑《えんかつ》を欠き、――仕切戸《しきりど》の堅く閉《とざ》されたのもそのためらしかった――この親子の二家族も別々になっていた。祖父母は屋敷内の畑を作り、小遣銭《こづかいせん》取りには少しばかりの蚕《かいこ》を飼って細々と暮しており、叔父はからだが弱い上に百姓が好きでないというので、主に呉服物や古着類の行商をして生計を立てていた。子供はもう四人もあって、以前私が背負って学校へ行った長女は、かつて私がここにいた頃の年齢――九ツ――になっていた。

　母は他家に嫁いでいるとはいえ、もとの塩山《えんざん》の家ではなかった。塩山の商家に落ち着くことのできなかった母は、私が朝鮮へ立ってから間もなく帰って来て、再びまた製糸場に働いていたが、円光寺の和尚の知合いに当るある僧侶に嫁ぎ、それもこの上ない貪《どん》慾《よく》な坊主だというので二ヶ月経つか経たぬ間に飛び出して来て、昔、母の実家の羽振りのいい時分には裏の台所から出入していた曽根という家の次男ののらくら者と浮名を立てたりなんかしていたが、親達や親類縁者の強い意見にあって、三度《みたび》上州の山十組の製糸工場に働きに出た後、最後に今の、塩山駅の近くの田原という蚕糸仲買人の後妻となっているのであった。

既に記しておいたように、母は幾人かの男と関係しかつ同棲したが、私が朝鮮に行ってから後もやはり同じことを繰り返していたらしいのである。私は今、そのために母を責めようとは思わない。なぜならそれは、母に貞操観念が薄かったためでもあろうが、同時にまた母は、ひどく意志の弱い、一人では到底生きて行けない性質《たち》の女でもあり――それゆえに誰か母を支えてくれる、またはくれそうな男が必要であった上に、相手が富裕だとか暮し向きが楽だとかいったようなことを言って、母が独りになるとは、すぐに縁談を持ちかけて来るものがきっと出てき、実家の方でもまた、最初の結婚に失敗した若後家をうちに止めておくことの不ていさいから逃れると共に、そうした富裕な家との関係を保っておくことの利益を考えては、真実母の幸福になるかならぬかをさえ考えずに、無理にも母にその縁談を押しつけるといった事情のためであったからである。

けれど、どこの馬の骨とも牛の骨ともわからぬ男とくッつき合って家を出て、さんざ苦労をした揚句、男から男へと渡り歩いて帰って来た私の母のような女に、何の条件もない完全な家から結婚などを申し込んで来るはずはなく、母の片づくことの出来るのは、どうせどこかにいわく因縁づきの者でなければならぬのは、まず当然なことと言わねばならぬ。そしてそれは事実、すっかりその通りであったのだが、贅沢《ぜいたく》にも母は、そんなところには辛抱《しんぼう》が出来ぬと言って、飛び出して来るので、しまいには母は、こんな辛抱弱い女はない、これでは最初の佐伯との関係ですら、どっちがどうだかわかったものでないとすっかり愛想をつかされてしまったばかりでなく、母の縁談を中心に、祖父母や叔父夫婦や果ては円光寺の和尚との間ですら仲違《なかたが》いをするといった有様《ありさま》にまでなっているのであった。しかも母の方ではまた、今度の田原もやはり今までの縁先と同様、仲介人《なこうど》の話とはまるっきり似てもつかぬ家だといって、家に帰るとはすぐ、よくも飽きないものだと思われるほど、愚痴《ぐち》ばかりこぼしているのであった。

で、今もまた、最初は私を見て喜び、朝鮮の話をきいては憤《いきどお》っていたが、いつの間にか自分の愚痴ばなしに変って、のべつ幕なしにその苦しさを祖母に訴えるのであった。

はたでそれをきいていると、なるほど母も可哀相だと思わぬではないが、しかし私の朝鮮における苦しみなどとは比べものにもならない。しかも、私がこうして何一つその苦しみを訴えもせぬのにどうして母はこんなにも愚痴っぽいのであろうと思っていやにもなる。あの暗い陰惨な地獄から遁《のが》れて来てやっと一息ついたと思っている私が、またしてもこうした暗い話をきかされるとは私はもう耐えきれぬ重荷をそれに感じないではいられない。

そこで私は、せっかく久し振りで会ったのではあるが、そんな話は聴くのも厭《いや》なので、つい祖母や母の脇から遁れ出る。だが、それでは私はどこへ行こう。大家——叔父の家——に行って長居すれば祖父母の感情にさわる、といって円光寺に行っても母と円光寺との関係上ばつがわるい。そうした私は、家に帰って来る早々、またしても安住するに足る落ち着き場所を持たぬ自分を発見しなければならないのであった。

そんなわけで私はただ村の辻をぶらぶらと歩いてまわってばかりいた。するとある日、多分村に帰ってから四、五日経った頃だったろう、ぼんやりと大家の門口《かどぐち》に立っていると、以前の学校友達が二、三人、籠《かご》を背負って鎌《かま》をもって登って来た。私達が互いに多少大人びた挨拶を取りかわした後、どこへ行くのかと私は訊ねた。

「蕨《わらび》採りに行くだ」と友だちが答えた。

急に私は、自分も一緒に行ってみたいという気になった。

「ちょっと待っててくれない？　私も行くから……」

みんなは私の願いを快く容《い》れてくれた。私は家に帰って、こっそりと山登りの仕度《したく》をして飛び出して来た。

澄んだ水の流れている岩の多い、渓川《たにがわ》の辺《ふち》を通って、私達は歩いた。こんもりと繁った樹の間には、虎杖《いたどり》や木苺《きいちご》や山独活《やまうど》が今をさかりと生い立っていた。私の知らぬさまざまの草木が芽生えたり、花を開いたりしていた。しんとした、しめっぽい森林の中で鶯《うぐいす》があちらの山こちらの谷と順送りに鳴いていた。そうした森の中の道を通りぬけると、芝生が生えているのかと思われるような山が前方に聳《そび》え立っていた。霞《かすみ》がふうわりとそれらの山に垂《た》れこめていた。

山はもちろん芝生に覆われているのではなかった。かなり背の高い灌木《かんぼく》が自生しているのだったけれどまだ青葉の五月には早い。私達は容易にその間を歩きまわることができた。

真綿で頬かむりしたようなぜんまいが、洋髪に結んだような蕨が、簇々《そうそう》と生い立っていた。それを根もとからぽっきりと折って籠の中に入れた時の喜びッたらなかった。

散り散りに別れて、大きな声で呼びかわしながら、喋《しゃべ》りながら、はては歌いながら、裾《すそ》から頂《いただ》きへ、頂きから山の尾を、そうして私達は、みんな籠一ぱいにぎっしりとつめて帰って来た。

勝ち誇ったような元気で私は家に帰って来た。

「祖母《おばあ》さん、私、蕨とって来たの」

帰って来るなり私は、重くなった籠を祖母の前におろして、祖母の歓びの言葉を期待しながら言った。けれど祖母はあまり喜ばなかった。

「蕨？　蕨は祖父《おじい》さんが嫌いでな」と、それを手にとって見ようともしなかった。

私は失望した。

「そう？　じゃ、叔父さんたちにあげましょうか？」

が、祖母はそれもまた喜ばなかった。一軒の家に住んでいながら、親と子との間柄でありながら、仲のわるくなった今となって、たったこれっぽちの親切さえも惜しまれるのだったらしい。

祖母は言った。

「大家にはやるにゃ及ばん。元栄《もとえい》のところへでも持って行ってやるがいい」

元栄とは私の一番小さい叔父である。

小さい時から温和な柔《やさ》しい性質《たち》な子供だったので、殊《こと》のほか叔父さん達のお気に入りで、一番上の叔父が百姓をいやがるのを幸いに、行く行くは家督《かとく》を相続させられることになっていたのだそうだが、十二、三歳の頃、ぜひ坊さんになりたいと言って、私の村から一里ばかり離れた隣村の慧林寺《えりんじ》の小僧となり、当時臨済宗《りんざいしゅう》の管長《かんちょう》をしていた坊さんの弟子になって、今はその慧林寺の境内にある望月庵《ぼうげつあん》という、前管長――この時にはもう管長を辞していた――の隠居所《いんきょじょ》にいるのだった。

私が朝鮮から帰って来た日、千代さんと二人で泊ったのはこの望月庵で、私はもうその叔父の顔をよく覚えていた。そこで私は、その翌日、祖母に言われるままに、蕨をもって望月庵を訪ねた。

私の行った時は、叔父は黒無地の着物に白い巻帯《まきおび》をしめ、表の縁端《えんはし》に踞《しゃが》んで盆栽《ぼんさい》の手入れをしていた。

「こんにちは」と声をかけると、叔父は顔をあげて私を見て、「おおふみちゃんか、よう来た」とにっこりと笑って立ち上った。そして、「さあまあお掛けよ」と自分でまず縁側に腰をかけた。

私は私の採って来た蕨を叔父の前に置いた。そして、昨日自分が友達と一緒に採って来たこと祖母が持って行けと言うから、遊びがてら持って来たということなどを話した。叔父は私の好意を感謝した。そして蕨を風呂敷包の中から手にとって見たりなんかした。それから、

「どうだい、朝鮮とうちとどちらがいいかい？」などと訊いた。

朝鮮のことには触れたくなかったので、私はただ、

「同じようなものだわ」と答えたきりで「叔父さんはここで独り寂しかない？」ときいてみた。

「寂しくないこともないね、だが気楽でいいよ」と叔父はまた微笑《ほほえ》んで私を見た。何とはなしに私は、この叔父が、私の今まで接して来た人々のうちで一番高尚《こうしょう》な人のように思えた。が、別にたいして話したいこともないので、ただそこらを歩いてみた。百姓家とは違って、庭は綺麗《きれい》に掃《は》き浄《きよ》められ、植木や飛び石の配置にも雅致《がち》があった。私には無論、そうしたことの味わいはわからなかったのだが、ただ、何とはなしに「いいな」と思った。そして、つい庵《いおり》の周囲を一めぐりして、いつの間にか、前の慧林寺の境内を歩きまわっていた。かなり大きな寺だった。かなり広い庭だった。かなり大きな木もあった。何よりも私はその静けさに引き入れられた。

私は今や、何も考えていなかった。くしゃくしゃする何事もきかされねば、苦しい圧迫を何ものからも受けてはいなかった。初めて私が安息を得られたような気がした。

今一度望月庵に帰ってみると、叔父は台所で、何か煮物をしていた。私を見ると台所から叫んだ。

「上って新聞でも見ているがいいよ、ふみちゃん、今御馳走をつくってあげるからね」

言わるるままに私は上ろうとした。その途端私は、私の側に一疋《いっぴき》の犬が来ているのを見た。私は犬が大好きだ。犬を見ると私は、何かの因縁につながれてでもいるように引きつけられる。私は犬と遊び出した。

「この犬、叔父さんが飼っているの?」

「ああそうだ」

「何ていうの?」

「エス」

「エス? 変な名前ね、エス! エス! エスお出で!」

エスは尾を振り、頭を振り、跳ねたり、くんくんいったりして私に飛びついて来た。私はまたエスと一緒にそこいらの田のふち、山の裾などを歩いてまわった。

私は朝鮮の叔母の家に飼われていた犬のことを思い出した。あの寒い寒い朝鮮の冬の夜を、莚《むしろ》一枚与えられずに外に寝させられた犬を思い出した。私が飯も食べさせられず、屋外に追ん出されている間、さながら私の苦しみや悲しみをわかってくれているように、尾をふり、首を垂れ、鼻をならして私にすりよって来たあの犬を思い出した。そして、そうした私が、犬の首にしっかりしがみついて、思いきり犬を抱きしめて、ひとり心の中で忍び泣いたことをも。また、夜ひそかに外に出て犬の寝床に藁《わら》を敷いてやったことをも。そしてまた、小さい時分、父が刺し殺した犬の哀れな死《し》に様《ざま》を。

朝鮮にいるとき私は、自分と犬とをいつも結びつけて考えていた。犬と自分とは同じように虐《しいた》げられ同じように苦しめられる最も哀れな同胞《きょうだい》かなんかのように感じていた。

思わず私はエスを抱きしめた。

「エス、お前は仕合《しあ》わせかい」

小さな声で、私は心からこう言った。

その時、叔父の声がした。

「ふみ、さあお上り、おひるが出来た」

私はもう一度犬をしかと抱いて、それから上った。

私のもって来た蕨が、いつの間にかゆでられ、卵と一緒に煮つけられていた。御飯も温いのが出来ていた。久しぶりで私は美味しい食事をとることができた。

おひるが済んだ頃に、前の慧林寺から若い坊さんが二、三人遊びに来た。みんな私よりは三つか四つぐらいの年上で、遊ぶのにはちょうどいい相手であった。しばらく話しているうちに、私達はもうすっかりお友達になった。

私は、後で自分でも恥しくなったほど、それらの坊さん達を相手に饒舌《しゃべ》った。はては、歌留多《かるた》とりまでもしてまるでお正月かなんかのような気分にすらなった。

夕方になって私は帰った。帰って見ると、母は叔母の養蚕《ようさん》を手伝いながら相も変らぬ愚痴ばなしをしていた。「ああ、またか」と私は思った。そして一層深く、昼間の叔父のところでの遊びが恋しくなった。何ものをも忘れて、何からも解き放たれて、自由な、気楽な、その上何かこう血をわき立たせるような力が溢《あふ》れて来た、あの一時を。

私はそれから、ひまさえあれば叔父のところへ遊びに行った。

虎口へ

親戚の誰かが私の帰ったことを通知したとかで、浜松から父が来た。小さい時、母と私とを捨て去った父である。朝鮮で私をあんなにまで苛《いじ》めた祖母や叔母の家のものである父だ。

私は父に好意を持つことができなかった。反感をさえ持っていた。けれど父はやはり、久しぶりで会った私に何らかの愛着を感じているようであった。その上、今になお父の権威を私に感じているらしかった。私はそれを片腹《かたはら》痛いような感じをもって見た。

父はしかし祖父の家には永く止《とど》まらなかった。叔父が隣村にいることを知って、私に、叔父のところへ案内しろと言った。私は、父の言うことをききたくはなかったが、叔父のところに行けるのが楽しみだったので父と一緒に出かけた。

叔父は父が訪ねてくれたことを非常に喜んだ。父も祖父の前に出た時とはまるっきり違った隔《へだ》てのない態度で叔父に接した。

「随分久しぶりでしたねえ、よく来て下さいました」と叔父が懐《なつか》しげに言うと、

「別れてからもう幾年《いくねん》になるかなあ、しかし君も落ち着いて結構だ。今に立派なお知《ち》識《しき》さんになるだろうよ」と父は鷹揚《おうよう》にかつからかい半分に言った。

叔父は微苦笑とやらをした。

「私が兄さんのところに御厄介になったのは興津《おきつ》ででしたねえ、あの時私は十七でした。だからもう六年になります」

「そうそう、わしの興津時代に、あんたが来て遊んで行ったことがあるねえ。あの頃はほんの子供だったっけ……」

「だけど、あれで決して不真面目じゃなかったんですよ」

こう言って叔父はハッハッハと哄笑《わら》った。

「そりゃそうだ」と父も同じように声を出して笑った。

その頃叔父は、一時坊さんをやめて船乗りになろうとしていたのだった。その口を見つけるまでにしばらく父の家に逗留《とうりゅう》していたのだった。

そこで私はここで、叔父の経歴を少し物語っておいた方がいいと思う。

前にも言ったように、叔父は十二、三の頃に坊さんになるのだと言い出した。金子の

家の後嗣《あととり》にしようときめていた祖父は極力これを止めようとしたが、叔父はどうしてもその志を翻《ひるがえ》さなかった。そこで祖母がまず折れて出た。そして祖父に言った。

「なあ、おとッつあん、あんなに言うのだからそうしてやったらどうだろう。あの子は生れた時えなを袈裟《けさ》のように肩から胸にかけてぐるぐる搦《から》みつけられていたが、あれゃあ坊さんになったらきっと出世するというしるしかも知れないよ」

そう言われると祖父もしばらく考えていたが、やがてとうとうこれも祖母の意見に従った。

「そう言えばそうだなあ。何にしても百姓なんかしているよりやずっと楽な生活ができるに違いない」

叔父が慧林寺の小僧となったのはそれから間もなくであった。慧林寺は武田信玄《しんげん》がどうとかしたという由来つきの有名な寺で、そこにはたくさんのお坊さんがいた。叔父はその寺から小学校に通いながらお坊さんの修業をした。そしてその和尚さんにことのほか可愛がられた。

が、叔父はもともと何か宗教的な感激や動機があってお坊さんを志願したのではなかった。この寺の他の坊さんと同様に、ただ、坊さんになればのらくらしていても楽に食って行けるといったように、ごく浅墓《あさはか》な考えからそうしたのだった。

だから、十六、七になってそろそろ性の悩みに襲われ始めた頃にはもう、僧侶としての自分の生活に疑いを抱き始めていた。

寺院生活は表面はなはだ平和に見える。だが、若い者にとっては平和のみが絶対の価値ではない、若いものには平和なんかはどうでもいい。それは去勢された人間の望むことだ。若い健康なものは、もっと潑剌《はつらつ》とした生活が欲しいのだ。手も足も欲望も自由に伸ばし自由に充足し得る生活が欲しいのだ。

こう叔父は考えた。そして、それがこの寺院生活のうちで達し得られぬことをこの上もなく不満に思った。

叔父はとうとう決心した。自分の法衣《ころも》をずたずたに引き裂いて庫裡《くり》の床下《ゆかした》へ投げ込んで、無断で寺を飛び出した。興津に父を頼って来たのはその時であった。そして、幸い横浜に出てみると船員の口があったので九州通いのある汽船に乗り組んだ。

海上の生活は甲州の山奥の百姓の伜《せがれ》には余りにも縁遠い生活であった。平和なお寺の生活からは余りにも勝手の違った辛い仕事であった。けれどその代り、涯《はて》しもない大洋と、限りない蒼空《あおぞら》と、それから、波も、風も、オゾーンも、元気な水夫達の放埒《ほうらつ》な生活も、すべてはみな、叔父の若さを養うのには充分であった。そうして叔父は、何とも言えぬ愉快な海上生活を一ヶ月余りも続けたが、一航海を終えたので横浜に帰って来た。

横浜に上陸したとき、しかし叔父は実家の人達につかまった。そして無理に家に連れて帰られた。

よく自分の将来を考えてみよ。船乗りなんかして何になるのだ。お前はたくさんのお弟子のうちでも和尚《おしょう》さんに一番可愛がられているではないか。その和尚さんが今度、京都の本山の管長さんになるのでないか。和尚さんが出世するのは取りも直さずお前の出世することでないか。和尚さんの気に入るようにして将来の土台を築き上げるようにするのが今のところ一番大切なことだ。

こういった意見を叔父は、祖父たちからも円光寺の和尚さんからもきかされた。叔父は止むなく、再び寺に帰った。

けれど叔父はもう以前の純真さをもってはいなかった。叔父はただ、みんなの意見に従って再び坊さんの生活に這入っただけだった。叔父はやがて、師匠に従って京都に行った。そして花園《はなぞの》学院で普通学を学んだ。

だが、その頃から叔父はもう小さな破戒僧《はかいそう》だったのだ。叔父は学院に通いながらある煙草屋《たばこや》の娘を追っかけまわしていた。病気保養のために望月庵に引き籠った師匠について帰って来たときには円光寺の千代さんと懇意になった。いや、恋に陥った。

朝鮮から帰って来た私を迎えに来てくれた千代さんが、私と一緒に泊まったのはこの叔父の望月庵であった。私達はその晩、三人で奥の納戸《なんど》に並んで寝た。私は二日二晩汽車に乗りどおしてあったから、何も知らずにぐっすりと寝込んでしまったが、二人はその晩、それをいいことに、夜一夜、勝手な真似《まね》をして楽しんでいたのだった。

叔父と千代さんとの関係は、円光寺にも村の誰彼《だれかれ》にも私の祖父母たちにも知られていた。だが円光寺の和尚さんも、私の祖父母たちも、別にそれをやかましくは言わなかった。「ちょうどいい」と内心ではかえって喜んでいるのだった。

とはいえ私はまだ、叔父のそうした経歴については知っていなかった。そしてただ一種の好意を叔父に寄せているだけのことであった。

父が大の酒好きであることを知っていた叔父は、有合《ありあわ》せのおかずで酒を出した。二人は互いに盃《さかずき》を取り交わしながら、いろいろの憶い出を語ったり、親類の人たちの噂話《うわさばなし》に花を咲かせたり、とかくの非難攻撃を浴びせかけたり、それからまた叔父の今の境遇や私のことまでも話し合うようになった。酒はもう大分まわっていた。父は更《あらた》まった口調で、

「ふみ子のことといえば……なあ元栄《もとえい》、わしは実は今日、あんたに少し折入《おりい》って話したいことがあって来たんだが、ちょっと別室を貸してもらえないかね……」と、じっと叔父の顔に見入って言った。

「そうですか、ようござんす……」と叔父は立って「じゃどうかこちらへ……」と父を促した。

二人は危なげな足もとで別室に連れ立って行った。

私にきかせてはならぬ話！　しかもそれは私に関した話であるに相違ない。私は何だか不安をも感じ、いらぬおせっかいだといった反抗的な気分にもなった。が、黙ってただ独りぽつねんとしていた。

二人はこそこそと何か小さな声で話していたがやがてその話も済んだと見えて、別室を引き上げたらしい気配が見えると、叔父はもう普通の声で、

「そうして下されば大変結構ですよ。第一本人のために非常な仕合せだと思いますね」

と言いながら、父をつれて私のいる部屋に這入って来た。

二人はまた上機嫌で盃をあげた。

二人は別室で何を話して来たのだろう。私は別にそれをきこうとはしなかった。二人もまた、それについて私に何も話さなかった。

父はただ、突然話をかえて私に言った。

「わしは今まで、お前には何もしてやらなかった。わしはそれを何とも思っていなか

ったのではないが、今までのところどうにも仕様《しよう》がなかったんだ。だが、今はわしにも多少のゆとりが出来た。今ではわしは浜松でも相当に知られている。で、今までの罪滅《つみほろ》ぼしのつもりで、お前をつれて行こうと思うんだ。どうだ、行くかね、ふみ……」

私は父を好《す》いてはいない。また信用もしていない。けれど、どうせ田舎の実家にいるくらいなら、都会に出て遊んでいた方がいいと考えたので、父の言うがままに浜松に行くことにした。

叔父の家の別室で叔父と父とが私について話したことの内容を知ったのは、浜松の父の家に着いたその晩だった。

汽車に疲れたので先に寝た私は、ぐっすりと一睡《ひとねむ》りしてふと眼をさますと、隣の部屋で人声のするのに気がついた。よくきいてみると、やっと今、床に就《つ》いた父と叔母とらしく、しきりにふみ子ふみ子という言葉が使われていた。

自分のことが話されているのだ、と思うと私の神経は急にぴりっと引きしまった。枕から頭をあげて私はきき耳をたてた。

小さな声で父が話しているのであった。

「……その寺はまだ正式には元栄《もとえい》の住寺《じゅうじ》とはなっていないが、元栄さえ落ち着いているなら無論それは元栄のものになるんだ。……何でも元栄の話では、その寺はもともと管長の隠居寺《いんきょでら》なので檀家《だんか》というものは一人もないが、その代り寺に附属した財産があって、寺地の年貢だけで楽に暮して行けるということだ……」

そこまで聴いたところでは私は「何だつまらない」といったように気になった。で、再びまた頭を枕につけて眠ろうとすると、すぐにまた、ふみ子という声がきこえた。私はまた注意してきいた。

「……隠居のおばあさんの話では、ふみ子は何でも、帰って来るなり早々、円光寺の娘と一緒に元栄のところに泊ったのだそうだし、それからもしょっちゅう元栄のところに遊びに行くということだ。わしの見るところではどうも、あいつ元栄に惚《ほ》れているに違いないんだよ……」

その言葉をきいて私はびくっとした。暗い部屋にひとりいながら、急に顔がほてってくるのを覚えたと同時に、「ほんとに私そうかしら……」と自分に訊ねてみた。が、「そんな馬鹿なこと……」と自分で自分を打ち消してけろりとなった。

が、父の話はまだ続く、

「そこで俺は、単刀直入、一気に元栄に相談をもちかけてみたんだ。どうだ。お前、ふみ子をお前の嫁にもらわないかとね。すると元栄は一も二もなくそれを承知したよ……なあに、少しぐらいひとが何と言ってもいいやね、あの寺へふみ子をやっておきさえすりゃあ、生涯喰いっぱぐれはないし、第一、こちらの都合もいい……」

ああ、父は私を、私の叔父のところへ嫁にやろうとしたのだ。いや、既にその約束をしてきたのだ。何という恐ろしいことだろう。父は私を奴隷として叔父に売ったのだ。何という冒瀆《ぼうとく》を父は犯すのだろう。いや、父ばかりではない、少くとも仏門に這入っているあの叔父までが何という汚れ果てた畜生だろう。私は今、それを思っただけでもぞっとする。

だが、不思議に私は、その時の私は、その話をきいて何とも感じなかった。嬉しいとも悲しいとも、いいことだともわるいことだとも。私の生命のうちには何かしら異性を求むるものが芽生えていたのには相違ない。けれど、私はまだ嫁に行こうの婿《むこ》をとろうのと考えたことはなかったのだ。そんなことはてんで問題にすらなかったのだ。何の判断もなく、何の感じもなく、私はまた眠りついた。

とはいえ、何といってもこのことは比類のない穢濁《えだく》でなければならない。ただに私にとってのみならず、父にとっても、叔父にとっても、人類にとっても……。

その時私は何も感じなかった。いや、その後もしばらく同じであった。けれど私とても決していつまでも子供ではない。また、いつまでもそう無知ではあり得ない。この事件の真実の意味をはっきりと見きわめることのできたとき、ああ私はどんなに歯を喰いしばって泣いたことであろう。

父は私を、望月庵の財産のために、そしてその財産から自分が受け得るであろう利益のために私を一つの物質として私の叔父に売ろうとしたのだ。そして叔父はまた叔父で、処女の肉を貪《むさぼ》ろうという獣慾《じゅうよく》のために、そうだ、ただその獣慾のために、私を買おうとしたのだ。

父の心事《しんじ》の陋劣《ろうれつ》さは余りにも明白である。だが、叔父についてなぜこう言うのであるか。言うまでもなくそれは、姪《めい》を妻としようと約束した不義不徳のためではあるが、ただそればかりではないのだ。彼は恐るべきまた驚くべき色魔《しきま》なのだ。一切の穢濁を断じて聖浄《せいじょう》の楽土に住む得道出家《とくどうしゅっけ》の身にてありながら、徒《いたずら》にただ肉を追う餓鬼畜生の類《たぐい》なのだ。

なぜなら彼は、一方で千代さんと恋をして情を通じていながら、他方で私を彼のなぐさみものとしようとしたからだ。私について父に約束しながら、それから半月と経たないうちに、また他の女をあさろうとしたからだ。私はそれを、後で彼自身からきいている。彼は言った。たしかに自ら言った。

「あれから――私が父と一緒に彼を訪ねた時から――十四、五日経った頃だ。千代がまた水島という東京の友達をつれて来て僕のところに泊って行ったが、その水島という女はとても素敵な美人だった。千代なんかとは段違いに美しかった。僕はそれで駅までわざわざ送ってやったが、その時僕は水島に十六、七になる妹があるときいてたまらなくなった。そして四、五日と経たないうちに、こっそりと寺を脱け出して、東京の巣鴨《すがも》まで水島を追ってその妹を見に行ったよ。ところが何のことだ。その妹というのは、色の黒い、背の低い、とても不細工な娘さ。こんな馬鹿をみたこたあないよ、僕も……」

この話をきいた時分、私はまだ叔父と盛んに手紙のやり取りをしていた。もっともそれは、お互いに恋の手紙といったほどのものではなかった。私としてはただ、形も何もないある憧れの心を充《みた》すための手紙を書いているのにすぎなかった。だが、たといそれだけのことだとしても、私はまだ、決して、叔父を憎んでいるような時ではなかった。しかも私は別にそんな話に嫉妬《しっと》を感じるというようなことはなかった。

私は言った。

「何でそんな妹なんか追っかけて行ったの？　水島という人がそんなに美人だったらその人を愛してあげればいいのに……」

すると、叔父はふふんと笑ってこともなげに言った。

「いやなことさ。いくら美人でもありゃあもう処女じゃないよ……」

そうだ、その頃、叔父の求めたものはただ処女だったのだ。そして私もまた、処女だったので、ただそれだけの理由で私を彼の妻にするといったような馬鹿気たお伽噺《とぎばなし》を、馬鹿な私の父に約束したのだった。

父は浜松の下垂町《しもたれちょう》に住んでいた。

家は通りから少し引っ込んだところにあって、二十円ぐらいの家賃をとられそうな小ぢんまりとした借家《しゃくや》だった。

家には鼠入《ねずみい》らずだの、長火鉢《ながひばち》だの、箪笥《たんす》などが一通りそろえられていた。だから、たしかに今は、私の知っていた頃の父よりは遥かに楽な生活をしているのに相違なかった。「何しろお父さんは類《るい》のない怠け者だからね、こんなに構えを張っていても、とても苦しいんだよ」と打ちあけ話をした叔母の言葉もたしかに真実ではあったが、でも何といっても今は、昔よりは遥かに工面《くめん》がよかったに違いなかった。

父の仕事はしかし、相も変らぬ与太《よた》仕事で、何でも質《たち》のわるい恐喝《きょうかつ》新聞の記者であるらしかった。そしてその新聞の恐ろしさに、市民の誰彼が、表面だけ父を尊敬しているように見せかけているらしかった。父は、いわゆる敬して遠ざけられているといった格《かく》だったのだ。

面白いことには、父は今もなお大の迷信家らしく、居間の壁には、天井裏に近く棚が吊ってあって稲荷《いなり》さんだとか荒神《こうじん》さんだとかが祀《まつ》られてあり、毎朝それに向って礼拝《らいはい》をしているのだった。それから、客を通す八畳の間には床《とこ》があったが、そこには何とかいう偉い坊さんが書いたのだという――そして今はその坊さんがまだ生きているから値打ちがないが、死んだら大した値打ちが出るのだと父が考えている「唯是天命《ただこれてんめい》」という軸が掛っていた。これも「運」信者であった父の迷信哲学が、今にまだそのまま残っているものといっていいであろう。

軸の前には「佐伯家系図」と書いた細長い函《はこ》が三方《さんぼう》に載せて安置せられ、それと並んでは、叔母が古道具屋で買って来た、しかし父のめききでは何でもたいした値打ちのものだといわれる古びた花瓶《かびん》が置かれてあった。そしてその床の間に近く、表向きの障子《しょうじ》に向っては一つの机が置かれていて、その上にはザラ紙の原稿紙や封筒や二、三冊の法律書の他に、夜店《よみせ》にさらされているような旧式な英和辞書がきちんと積み重ねられてあった。

父はこうした外観で、その下劣《げれつ》な人格や空っぽな頭やを糊塗《こと》しようとしているのであった。

こうした父の生活を私は好かなかった。何で父はこうも嘘ばっかりで固めた生活をしなければならないのだろうか。何でこんなに見栄《みえ》をばかり張りたがるのだろうか。もうかなりの年をしていながら父は相も変らぬ怠け者のごろつき仲間でしかないのだ。しかもそれでいて、家では父は、さも立派な人格者かなんかのように道徳めいたことを口やかましく言うのだった。

たとえば、叔母が台所で働いているような時に、私が部屋で本でも読んでいようものなら、父はすぐ大きな声でそれも私に対してよりはむしろ叔母に聴かれるのが目的であるように「ふみ子何をしているのだ。お母さんにばかり働かせて自分が勝手に遊んでるッて法があるか……速く行ってお母さんの手伝いをしろ」といった風に、怒鳴りつけるのだった。そして叔母がいなくなると私を自分の前に座らせて眼をうるませながら「ふみ子、わしはよくお前を叱るが履き違えないようにしてくれにゃいかんよ。わしはお前をこき使いたくはない。だが、世の中というものはそう簡単に行くものではない。わしがやかましいのも結局はお前のためを思うからなんだ。何しろお前とお母さんとは義理の仲だということを忘れてはいけないよ」などと言い含めるのだった。

こんなことをする父を見ると、私はむしろ、哀れなる父よと言いたくなる。なぜなら私は、何で私が叔母に義理立てをしなければならないのであろうと考えるからだ。父は自分のしたことを棚にあげて、しかも勿体《もったい》らしくかつ道徳家らしく、私に義理を強いようとするのだ。そこへ行くと叔母はまだよくわかっている。叔母は決して私に義理立てなどはしない。叔母は真実私を愛してくれる。だから、父がこんなことを言って私にお説教をするたびに私は、叔母に、父の言ったことを話して二人で大笑いするのだった。

こんな風のことから私は父の家に来て十日経ち二十日経つうちに、父の家の空気と私との間にはどうしてもどこかソリの合わぬところがあるのを感じ始めた。つまり、私が父の家の者でないということが段々と私にわかってきたのだ。

中にも一番困ったことは、父の家で行われる朝の礼拝であった。

父の家では、父も叔母も弟も、毎日必ず、朝食前に床の前にきちんと座って、例の「佐伯家系図」に向って敬虔《けいけん》な礼拝をささげるのだった。

無論これは、父のような思想の持ち主にとっては、極《きわ》めて妥当《だとう》な、また真面目なことであったのには相違ない。けれど、ほかのことはさて措《お》いて、生れてから一度だって佐伯の姓を名乗らせられたことのない私が、どうしてみんなと一緒に、佐伯家の系図なんか拝むことができるであろうか。

みんなと一緒に、その系図の前に座らせられて、それを拝まされるのは私にとって非常な苦痛であった。しかも、父はいつも頑張って私を監視しているのだった。心にもない崇敬《すうけい》を、私は無理にもさせられるのである。私はそれに耐えきれない心地がした。と、一方ではまた、私のそうした心持ちが自然とその態度に現われたのに相違ない。そしてそれがまた父をして私を、この上もない不真実な生意気な傲慢《ごうまん》な「不肖《ふしょう》の子」だと思わせたに相違なかった。

浜松に来てから私は、土地の実科女学校の裁縫専科に入れられた。これは、父が私を望月庵のおだいこくにするために、何でも叔父が「まあ何よりも必要なのは裁縫がよく出来ることですね」と言ったとかで、その修行をさせるためであった。だが、何度も言ったように私は、裁縫が好きでなかった。好きでないと言うよりは、裁縫を教えてくれるいい先生がなかったために、てんで出来ないのだった。だから、その学校へ行って見ても、みんなは一通り知っていることの「仕上げ」に来たといった風なのに、私は初歩のイロハからやらねばならなかったので、先生もつい面倒臭がってろくに私を見てもくれないのだった。

で、自然と私は、その学校を怠け出した。仕方なしに学校にだけは出るが、いつもただおしゃべりばかりをしてその日その日を過ごすのだった。無論これもまた自然と父にわかったので、父は自分の思惑どおりには行かないのを腹立たしく思って、私はまた私で、ますます多く不満を感じるのであった。

七月の半ば頃から学校が休みになった。ひっきりなしに手紙のやり取りをしている叔父の元栄《もとえい》から、休みになったら遊びに来いと言って来ているので、私は遁《に》げるようにして、また、吸い寄せられるような気もちで、甲州へ帰った。

塩山《えんざん》駅に着いたのは午後の二時頃だった。雨がどしゃ降りに降っていた。そこで私は、雨は降っているし、汽車には酔っているので、酔《よい》をさましながら晴れるのを待とうと、待合室のベンチに腰をかけて、約小半時間を過した。が、雨はなかなか止みそうもなかったので、どうしようかと思案した揚句《あげく》、とにかく母の家に行って傘を借りようと決心した。

母の家は駅から三、四町さきの畑の中にあった。私は駅を出て、家々の軒下《のきした》や木蔭《こかげ》をつたって母の家の側《そば》まで行った。けれど私は、母には子がないということにしてあるときかされていたので大ッぴらに母を訪ねて行くわけにはゆかなかった。私はただ、母の姿をその家の外に見出し得る機会を待たなければならなかった。そこで私は、母の家の高い生垣《いけがき》の蔭《かげ》にかくれて、雨を避けているような風をしながら、しばらく様子をうかがっていた。お茶時《ちゃどき》でもあるのか、部屋の中には母の疳高《かんだか》い話し声や笑い声が娘たちの声に交って陽気にきこえていた。が、母の姿はいつまで経っても現われてこなかった。

生垣の隙間から私は屋敷の中を覗いていた。が、何しろこの雨である、母のみではない、誰一人私の見えるところにはいなかった。

雨はまたひどくなって来た。中に這入ることもできなければ、引き返すわけにも行かなかった。私はただ、苛立《いらだ》たしい心を抱いて立っているよりほかはなかった。と、前の桑畑から、肥桶《こやしおけ》を担いだ一人の百姓男が膝のぬけた股引を穿《は》き菅笠《すげがさ》を冠《かむ》ってやって来て、家の中に這入ろうとした。

「あの、ちょっと伺いますが」と私は、その男を追っかけて行って訊ねた。「あの、あの、お宅の……おかみさんはおいででしょうか」

「へえ、おいでやすが……」とその男は答えたが、うさんそうに私を眺めながら、それ以上何とも答えずに、さっさと裏口から家の中に消えてしまった。

今の男が家の中に這入って何か言うかも知れない。すると家のものが怪しがって出て来るかも知れない。そうした時の面倒さを思うと、私は何だか気味がわるくなった。仕方なく、私はまた駅の待合室まで引きかえした。

汽車の酔がまだおさまらぬところへ、頭から雨にぐしょ濡れになったので、駅に戻った時、ますます気持がわるくなってきた。そしてとうとう、汽車で食べた蜜柑《みかん》をげえげえと吐いてしまった。

私はしばらくベンチの上に俯伏《うつぶ》せになってじっとしていた。と、そこへ誰かやって来て私の名を呼んだ。私は顔をあげた。小松屋の叔父(浜松の叔母のすぐの妹の夫の弟)が私の側に立っていた。

「ふみ子さん、どうかしたんけえ、汽車に酔ったんずら……ひどく気分がわるいけえ……」

「ええ、汽車に酔ったところへ雨にずぶ濡れになったものだから……」

「そりゃいかん、ちょっと待って……」と、言いもきらないうちにその男はどこかへ消えてしまったが、じきにまた戻って来て、私に仁丹《じんたん》をくれた。

私は余り仁丹は好きでなかったが、そうした親切な行為の手前上、ありがたく礼を言って、仁丹をもらって、そしてそれを七、八粒ほど口に入れた。

その男は私の側に腰をかけて、私の背や肩をさすってくれた。しばらく経つと私も大分気持ちがよくなった。それに雨もどうやら小降りになって来たようであった。

「ありがとうございます、もう大丈夫です。そろそろ帰りましょう」

こう言って私が、身のまわりをつくろい始めるとその男は、

「傘ないずら、ふみ子さん」と訊いてくれた。

「ええ、さっきね」と私は、親類の間柄、何のわだかまりもなく、母の家に行って傘

を借りようとしたが、中に這入れなかったことを話して、そして「この頃はおっ母さん落ち着いてるかしら」と訊ねてみた。

「ああ、この頃は折合がええちゅう話ずら」とその男は答えて、近所で傘を借りてやるから一緒に来るようにと私に言った。

私はその男の後について待合室を出た。男は駅の前の往来を左に取って一町ばかり歩いたがとある小料理屋見たいな家の暖簾《のれん》を潜《くぐ》った。そしてそこのおかみと何か一言二言話してから蹲《まよ》っている私を呼んだ。

「まあお上んなさい、上って少し休んでいらっしゃい」とおかみが言った。男は靴を脱いで上にあがった。私も仕方なく、男について二階に上った。

赤い襷《たすき》をかけた小娘が座蒲団を二枚と煙草盆とを持って上って来た。

何でこんなことをするのだろう？　と狐《きつね》に抓《つ》まれでもしたように、私には何が何だかわからなかった。

「ねえ、速く傘を借りて下さいな。私、はやく帰らないと日が暮れるから……」と私は、男をせきたてた。

けれど男は落ち着き払ってバットをスパスパとふかし始めた。

「ああ、傘はすぐ借りてあげるが、おなかが減っているずらと思って天ぷら注文しといたで……」

「いいえ、私おなかなんか空いていやしませんの、それにまだ胸がわるいんです……」

「まあいいやね、日が長いずら……」

そうこうしているうちに、前の小娘が丼《どんぶり》を二つもって来て、二人の前に一つずつ置いた。そしてまた下へ行った。

私は実際まだ胸が落ち着いていなかった。で、申し訳にちょっと箸《はし》をつけただけですぐにやめて男の食べ終るのを待った。

やがて、男の食事も済んだので、待ちかねて私はまた、傘の催促《さいそく》をした。

すると男は「ああいいとも」と楊子《ようじ》で歯をつつきながら立ち上って来て、私の後の障子を少しあけて外を見た。そして、「だが、いい按排《あんばい》に雨が止んだようだな」と独りごとのように言った。

私は救われたような気がした。

「雨が止みましたって？　ああ嬉しい、どれ……」

私も立ち上って外を見ようとした。と、その途端！

私はもう眼がくらくらと暗《くら》んでいた。

ああ何という悪魔で彼はあったろう。振り払い、振り払い、矢を負った獣物《けもの》のように、私は夢中になって狭い急な梯子《はしご》段《だん》を駆けおりた。

　私は人違いをしていたのだった。朝鮮から帰って来た当座、祖母につれられて小松屋という一番小さい叔母の婚家さきにお客に行ったことがあったが、その叔母の義弟に当る男をこの男だと思い込んでいたのだった。ところが、実はこの男は叔母の義弟ではなくて、その時私が、近所の家に風呂をもらいに行って会ったことのある男のうちの一人だったのである。

　このことを私は、今までついぞ一度も口外《こうがい》したことはなかった。けれど、私の存在がもういつこの世から消え去るかも知れない今となっては、隠しておく必要もない。私の生活や思想や性格の上に大きな影響を及ぼしたであろうと思われる何ものをも私は今、白日《はくじつ》のうちにさらけ出しておかねばならぬ。それはただに法官が私を見る一つの材料として必要であるより、もっと大きな真理の闡明《せんめい》のために絶対に必要なことだと思うからである。

性の渦巻

私は杣口《そまぐち》の母の実家に帰って来た。けれど、父の家が私の家でなかったように、ここもまた私の真の家ではなかった。私は三界《さんがい》に家なき哀《あわ》れな居候《いそうろう》にすぎなかった。しかも、骨肉互いに鬩《せめ》ぎ合っている空気は徒《いたずら》に私を息づまらせるばかりであった。

ただ一つ私の息ぬきの出来るところは叔父の元栄《もとえい》のお寺ばかりであった。で私は、来る日も来る日も、何か理由《わけ》のわからぬ力に引きずられる心地で叔父の寺へばかりへばりついていた。夜と言わず昼と言わず、私はただ叔父の寺で暮した。

言うまでもなく千代さんもよく叔父の寺に遊びに来た。千代さんは心から叔父を愛していた。

ところがこの頃、千代さんには一つの縁談が持ち込まれていた。千代さんに直接ではなく、千代さんのお父さん——実は父ではなく五十も年の違った兄だったのだが、ここにはそれを説明する必要もなかろう——にまで持ち込まれていた。

ある日千代さんは、石和《いさわ》という町に片づいている姉のもとから突然電報でよび寄せられた。千代さんは大急ぎで他所《よそ》ゆきの晴衣《はれぎ》を着て出かけて行った。行って見るとしかし別にたいした用もありそうになかった。ただ、東京から客が来ているから、お茶を出してくれの、お菓子をもって行けのと言われた。それから、男物の絽《ろ》の羽織地《はおりじ》を出して「すまないが大急ぎで縫《ぬ》い上げてくれ」と言いつけられた。客の食事のお給仕をさせられたことは言うまでもない。

千代さんは二、三日逗留《とうりゅう》してから家に帰った。そしてそれから間もなく、客と姉夫婦との間で、千代さんの縁談が纏《まと》められた。

千代さんはもうどうすることもできなかった。千代さんは自分の愛するものを持っていた。けれど千代さんは自分の夫を自分で選ぶことを許されなかった。千代さんはただ、奴隷のようにか品物のようにか、売られたのだった。

千代さんは煩悶《はんもん》した。やせるほど苦しんでいた。

千代さんは、その事情を、私や叔父に話した。そしてどうかしてこれを断る法がないかと相談した。だが、肝腎《かんじん》の叔父はもう、以前のような熱情を千代さんに持っていなかった。無論、千代さんと結婚なんかする気は毛頭《もうとう》なかった。結婚するには千代さんはもう、余りにも新鮮味がなかったのだ。

千代さんの真心からの訴えにも、叔父の心は動かなかった。叔父はただ義理一ぺんの挨拶をするだけだった。

「悲しいことだ。あなたばかりじゃない。僕も苦しい」

こんな風に叔父は言った。だけれどじきにまたその後につけて言うのだった。

「だけど僕らの力は余りに弱い。僕らにはどうすることもできない。運命だ。所詮《しょせん》人は運命の外に在ることができないんだ……」

哀れなる千代さんよ！　千代さんは見知らぬ男に否応《いやおう》なしにおしつけられた。千代さんは自分で選んだ愛人があった。その愛人のもとに救いを求めに来た。しかもその愛人はもう、千代さんを離れているのだ。ああ千代さんはどこへ行こうとするのであろうか。

だが、だが、それでいて二人は、千代さんと叔父との二人は、やはり依然としてその関係をつづけているのだ。

叔父は自分が既に捨て去った女と。

たとい運命にしろ、他の男に身を任そうと決心している女と。

千代さんは、既に見捨てられたことを知っている男と。

自分では既に新しい相手を胸に描きながら、過ぎ去った恋の残骸《ざんがい》と。

私が余りに叔父の寺にばかり入りびたっているので、親類たちはそうした関係が叔父の仲間に知れると叔父の信用がおちて失敗するかも知れないと心配し始めた。そこでみんなは、私を叔父から遠ざけると共に、叔父には誰かいい相手を押しつけようと相談した揚句《あげく》、母の縁先の二番娘のよし江さんというのを叔父にすすめた。よし江さんは器量もよし、お針も出来るし、その上、家柄もよければ、年恰好も叔父にはちょうどよかった。

叔父は今までしばしば母の家を訪ねていた。それだから、無論よし江さんを知っていた。いや、ただ知っているというくらいではなく、少くともその気持ちの上ではかなり親しい仲にさえなっていた。何でも、よし江さんを通して叔父と知り合いになったよし江さんの学校友達の一人が、叔父に恋文を寄越したとか何とかで、よし江さんとその友達とは遂に仲違《なかたが》いをしたとさえ言われていた。

が、叔父に縁談を持ちかけて来たものは私の祖母たちばかりではなかった。私が叔父の寺に入りびたっていた時分にも、叔父が京都にいたとき知合いになったという、奈良の田舎の坊さんからその娘の婿《むこ》になってくれという交渉があった。

「その娘は美人なんだがなあ。しかし京都ならいいが、奈良の田舎ではなあ」と叔父はその時私に話したことがあった。

それのみではない。叔父のところにはよく女のところから手紙が来た。すると叔父はそれを、少しも匿《かく》そうとはしないで、私に読ませさえした。

私は別に嫉妬《しっと》を感じるようなことはなかった。私はただ、何もかも知り合った友だちのように、叔父を思っていたのだ。が、それでいて、無理に目覚めさせられた若さの寂《さび》しさとでも言おうか、私の心のどこかしらに充《み》たされない寂しさがあった。それが何であるのか解らないながらも、しかも何かしら求めたい気が私のうちに絶えず燃えているのであった。

夏休みももう終わろうとしていた。

八月の二十六日か七日かのこと、私は小松屋にいた。と、そこへ、昼過ぎに祖母が叔母に用事があってやって来た。

その晩、私と祖母とは小松屋の叔父につれられて町の活動《かつどう》を見に行った。活動はもう始まっていた。祖母と叔父とはやっと桟敷《さじき》の後の隅っこに座ることができたが、私の座るところがなかった。で、私はずっと後の方で立ったまま見ることにした。

西洋劇の第一幕が終った。ふと気がついて見ると、私のすぐ左側に、いつの間に来たのか、紺絣《こんがすり》に学生帽をかぶった一人の青年が私と並んで立っていた。

私はちょっとその青年を見て、すぐまた第二幕目の画面に眼を向けた。しばらくすると突然その青年が私に言葉をかけた。

「あの失礼ですが、これあなたのではありませんか。今、僕の足に何かさわったと思ったので手さぐりに探してみるとこれが落ちていたんです」

青年はセルロイドの束髪櫛《そくはつぐし》を指のさきにつまんでいた。私は自分の頭に手をやってみたが、櫛は落ちていなかった。

「いいえ、私のではありません」

「そうですか、困ッちゃったなあ」と青年は独り言のように呟きながら、後ろの窓際まで行ってその閾《しきい》の上にそれを載せたが、また私の側に帰って来て、「この前の幕は何でしたか」と馴々《なれなれ》しく訊《き》いた。

私はちょっと小うるさい気がしたので「何でしたか、私今来たばかりなので」とそっけなく答えた。そして画面を熱心に眺めた。

が、青年はそれには構わず、次ぎから次ぎへと何か話しかけてきた。今だからこそ、私ははっきりと自分の心持ちを解剖《かいぼう》することができるが、私はその時多分にこの青年の目的とするものを感づいていた。が、思いきってそれをはねとばすことができなかった。なぜなら、私にもその頃何かしらわけのわからぬものへの憧《あこが》れが渦巻《うずま》いていたからだった。そこで私はとうとう、二言、三言と話し合っているうちに、その青年を、夙《と》くから知り合っている友達かなんかのように思い出してきた。

そうしているうちに、大胆にもその青年は、いきなり私の手を握りしめた。私はかなりびっくりしたが、別に振り放そうともしなかった。人込みの中で騒ぎたてては面目《めんもく》ないという理窟《りくつ》をその時私は胸の中で考えていたのだが、実は振り放すには余りに惜《お》しいような気もしていたのだ。

青年の手に自分の手を握られながら、私はじっとしていた。すると、青年は今一度、ぎゅっと力をこめて私の手を握りしめたが、今度は何だか四角な堅い紙を私に握らせた。私はそれも黙って受け取った。そして人知れず、こっそりと懐《ふところ》の中に蔵《しま》い込んだ。

一体それは何なのだろうか、はやく私は見たかった。で、帰りがけに、出口の明るい電灯の下で、そっと懐中《かいちゅう》から出して見た。

金縁《きんぶち》小型に花模様のついた女持ちの、にやけた名刺に、青年の住所と瀬川という名が記されてあった。

暑中休暇が終ったので、私はまた浜松に帰って来た。なんだか後髪《うしろがみ》をひかれる思いで帰って来た。

夜だった。家のものは皆どこかへ出かけたと見えて、玄関が締めきってあった。が、私はよく勝手を知っていたので、庭の目隠しの下から手を差し込んで木戸《きど》の鍵《かぎ》を外し、便所の手洗鉢《てあらいばち》の傍《わき》から家の中に這入《はい》った。

暑いので、私はまず戸を開け放った。それから、汗に濡《ぬ》れた着物を脱いだ。汽車の中で何も食べなかったためかお腹が空《す》いていたので、台所の戸棚を開けて食べものを探し、残り物で独り、御飯を食べていると、表通りに日和下駄《ひよりげた》の音がした。叔母が帰って来たのだ。

「まあ、ふみ子が帰って来てたの、私、締めといた家が開いているのでどうしたのかとびくびくものだったんだよ」

「たった今帰ったの……、お腹が空いたから御飯たべているけど、このお肴《さかな》食べても好《い》いんでしょう？」

「ああ好いとも……それで、甲州では皆達者？」

「ええ、皆達者だわ……叔母さんどこへ行って来たの」

「今夜はそれ、秋葉《あきば》さんの縁日《えんにち》だろう。で、別に用はなし、暑くもあるから、みんなで出かけたのよ」

「そうお、お父さんや賢ちゃんは？」

「あの二人は石橋さんとこへ寄るって行った。でも、私はこんななりで行くのはいやだったから先に帰って来たのさ……」

こんなことを話しながら、叔母は着物を着更《きか》えていたが、糊《のり》のついた洗濯したての浴衣《ゆかた》になると長火鉢の前に座って「お茶でもいれようね、ふみや」と火鉢の火をいじり始めた。

その間に私は、食べたものを片づけて洗った。そして初めてゆったりと落ち着いて座った。叔母は、急に何か思い出したように、「ふみ子、いいもの見せようか」と、箪笥《たんす》の上から何か紙に包んだものを取って来て、「今晩買って来たんだよ」とそれを開けて見せた。

彫刻した金《きん》の指環が二つもその中から出て来た。

私は驚いた。驚いてきいた。

「まあ、何かでお金が儲《もう》かったの」

「何、金《きん》じゃないんだよ、ふみ」と叔母は口もとに微笑を含ませて言った。「これ、二つでたった五十銭さ。なに、これでも不断嵌《ふだんは》めていちゃすぐ剝《は》げるけど、着更えした時だけだったらちょっと瞞《だま》かせるからね」

叔母はそれを、両方の薬指に一つずつ嵌めてみて、ほんとに金に見えるかどうかを試

していたようであったが、自分で自分を説き伏せようとでもするように、

「天ぷらでもまんざら馬鹿にゃならんよ、お父さんのあの時計だって眼鏡だって皆天ぷらだけどかれこれもう二年にもなるがまだ色もそう変らないからね」と附け加えた。ああ、叔母もとうとう、父に感化されてしまったのだ。どうしてこの人達は、こんなさもしい見栄坊《みえぼう》なんだろうと、帰って来るなり私はこの人達に不快を感じた。

父たちと自分との隔たりが、ことごとにはっきりとして来るのが、私には悲しかった。そうして私は、こんな生活でなく、自分で自分の生活を持ちたいという慾望に自然と駆られて行くのだった。

活動で逢った瀬川に手紙を書いたのは、それから四、五日経ってからであった。それも、どんな風に書いていいのかわからなかったので、叔父のところへ来ていた女の手紙を憶い出し憶い出し文句もそっくりそのままそれに真似《まね》て書き、封筒の差出人を男の名前にして出した。

すぐに返事が来た。とき色の封筒で、差出人を女の名前にして、中には怪しげな英語がやたらに使われていた。

私はまた学校へ通わねばならなかった。が、いやな裁縫は出来ないし、学科は余り馬

鹿げているし、ますますその学校がいやになった。

そこで私は、半ばやけになって、学校でわざと先生に反抗したり、家では何か手当り次第に本を読んでばかりいた。が、父の家にある本とてはただ、講談本ぐらいのものなので、それにも飽《あ》いて馬鹿らしくなるし、父は小遣《こづかい》をくれないので新しい本を買うこともできないし、私はもうたまらなくなってしまった。

私はそこで、東京へ行かせてくれと父に頼んだ。が、父は無論それを許してはくれなかった。

「馬鹿な、女じゃないかお前は」と父は私を叱《しか》った。そしてまた例の父一流の哲学でお説教を始めるのだった。

「東京なんかに若い女をそう手軽におっぽり出せると思うか、馬鹿な。世間というものはお前の考えているほど、やさしいものじゃないんだよ、早い話が、男がちょっと女に道を訊《たず》ねても、世間の人はすぐそれを色眼鏡《いろめがね》で見るんだ。女が一度そんな噂《うわさ》をたてられてみろ、それこそもうおしまいだ。傷ものだからな。のみならず、お前はどこへでも自由に飛び歩ける独りものとは違うんだ、いわばわしはお前を預かっているんだから、わしの責任上そんなことは許されない」

父は自分達のしたことをもう忘れているのである。また、父たちが勝手にきめたことは、私が承知しようがしまいが、絶対に権威のあることと信じているのである。

だが、私はこうして、いつまでも父の圧制のもとにいなければならないのだろうか。読むものがないので、たまにある講演会に聴きに行くのをさえ禁じられるといったそんな暴圧の下に、私は自分を閉じこめておかなければならないのだろうか。

若い生命は伸びたがる。伸びないではいられない。

私はとうとう、学校をやめることに決心した。そして、教師にも父にも誰にも無断で、そのいやでたまらない裁縫学校から退《ひ》いてしまった。

父は無論、烈火《れっか》の如く怒《いか》った。私はしかし、もう父には従わなかった。いや、父の暴圧には屈しなかった。私は私自身を護らなければならない。そうして私はまた、郷里へと帰った。

祖父たちはしかし、今度は叔父の寺に入りびたりになることを私に許さなかった。私は小松屋に引きとられて、またしても町の裁縫塾へと通わされた。

一つの地獄を逃れて来て、また他の地獄に押し込められたのである。私には、それから逃れる力がなかったのだ。私はまだ一人前の人間ではなかったのだ。私には自分の好きな途に進んでゆくに必要なお金がない。私は私でない生活に縛りつけられねばならないのだ。

こうした境遇に置かれた時、私が自暴自棄《じぼうじき》的な気持ちになったのは咎《とが》めらるべきであろうか。無論私は、咎めらるべきである。私は私自身の生命を冒瀆《ぼうとく》しているのである。けれど、けれど、少くとも私は、こうした生命の冒瀆に対して寛容されてもいいと考える。誰も私を理解してくれず、誰も私に同情してくれないから、私は私自身で自身をいたわってやりたい気がする。

やけになった私は、家のことなどは何もしなかった。子供のお守はおろか、自分の食べた茶碗《ちゃわん》さえろくに洗おうとはしなかった。何一つ身に沁《し》みてする勇気が私にはなくなっていたのである。


瀬川は土地の中学の四年生だったが、退校したのかさせられたのか、とにかく彼は、私が小松屋に来た時分にはもう東京に出て、簿記《ぼき》学校に通っていた。私は彼と文通を続けた。が、それと同時にまた、出来る限りの範囲で叔父のところを訪ねていた。そして瀬川から来た手紙なども、叔父の寺の押入れにある自分の荷物の中に蔵《しま》い込んでおいた。

千代さんの結婚は、のびのびに延びていた。そしてその間、千代さんは相変らず叔父のところを訪ねていた。いつかもまた私は、叔父のところで千代さんと一緒になった。

千代さんはその時、一人の友達をつれて来ていた。日が落ちて夕べになって、食事をすましても、千代さんはまだ袴《はかま》をたたんだり、穿《は》いてみたりして、ぐずぐずと時を過ごした。私は千代さんの心持ちを察して、いつものように千代さんを止めた。

「ねえ、千代さん、もう遅いから今晩は泊っていらっしゃいよ。そうすれば私も一緒に泊って行くから……」

千代さんは無論そうしたかったのであるが、ただ友達と一緒なのでもじもじしていた。すると友達もまた、千代さんの心持ちを酌《く》んで

「ふみ子さんも一緒だから、円光寺でも何とも思わないでしょう。泊っていらっしゃいよ」と、私と一緒に千代さんの泊って行くことをすすめた。

千代さんはしかし、「でも、あなた一人で帰るのは寂しいでしょう」と友達に気兼ねしたが、友達は「いいえ、大丈夫！」と多少不満な顔をしながら一人で帰った。

私はもう、朝鮮から帰った最初の晩のようにぐっすりとは眠れなかった。けれど、むしろまた千代さんに同情もした。

その後叔父は、千代さんに別れのはなむけとして、千代さんが常々《つねづね》欲しがっていた真《しん》珠《じゅ》入りの指環を贈った。そしてそれが、二人の関係を永久に断つことのしるしとなった。

十一月の中頃、千代さんはとうとう、お嫁に行くこととなった。式は東京でするとの

ことであったが円光寺では、少くとも幾人かの村の人々に別れをしなければならぬといって、塩青魚《しおさば》や大根や牛蒡《ごぼう》の煮つけで簡単な式を挙げた。人々は千代さんの幸福を祝うために晴々した顔で集まって来た。

祝宴の手伝いをする村の人達は忙しそうに立ち働いていた。が、肝腎《かんじん》の千代さんの顔は沈みきっていた。

「へん、俺はまだ、こんな糞面白《くそおもしろ》くもない嫁入りを見たことがない。いくら寺だからとて、これじゃまるでお葬式のようだ」

こう円光寺の和尚《おしょう》さんが、千代さんの前で呟《つぶや》いたほど、千代さんは浮き立たぬ顔をしていた。まことにこれは、千代さんのお葬式でなくて何であろう。

その夜、千代さんは、こっそりと起きて長い最後の手紙を、永遠のお訣《わか》れの手紙を、叔父に書いた。翌日、私が円光寺に行くと、千代さんは私を人のいない本堂の脇の暗い部屋につれて行って「ふみさん、これもってってね」と、その手紙を渡した。

千代さんは眼を泣きはらしていた。そして今もまた止めどない涙をながした。私は千代さんに同情した。私達はしっかりと抱き合って泣いた。

だが、その日のうちにもう千代さんは、泣いて腫《は》れぼったくなった顔に白粉《おしろい》をつけて盛装して四、五人の知合いに村外れまで送られて嫁に行った。

お嫁に行った千代さんは、半月ほど経ってから叔父のもとに手紙を寄越した。叔父は無造作にその手紙の封をきって、さらさらと読んでから「ちえッ……人を馬鹿にしてやがらあ」と、しかし別に怒ったという風でもなく、寂しくなったという様子もせず、ただちょっと苦笑をその口もとに浮べながら、手紙を私の前に投げ出した。

私はもう、その文句なんかは覚えていない。が、何でもそれには、新しい家の生活を記して女中のほかに書生《しょせい》がいるとか、看護婦がいるとか、患者が相当にあって暮し向きが豊かであるとか、みんなが自分を奥様と呼んでくれるとかいったようなことが書いてあった。

千代さんは半月前までの煩悶《はんもん》をけろりと忘れて、今はその新しい生活に充分満足しきっているらしい様子であった。

年も押しつまった暮の二十八、九日頃、瀬川は簿記の速成科を終えたといって帰って来た。

瀬川の家は小松屋からものの三町とは離れていないところにあった。私達は朝夕必ず顔を合わせた。でも、どんなに私がふて腐れているとはいっても昼間はやはりお針《はり》に行ったり、家の手伝いもしなければならなかったので、瀬川は大ッぴらには遊びに来られなかった。で、夜になるといつも、小松屋の店の硝子戸《ガラスど》の外に来て口笛《くちぶえ》を吹いたり、暗《くら》闇《やみ》の中に煙草《たばこ》の火をちらつかせたりして私に合図《あいず》をした。すると私は、何とか口実《こうじつ》をつけては家を出た。時には家のものに断って出ることもあるが、大抵の時はそっと裏口から脱けて出た。

冬の夜の寒さは呼吸《いき》をも氷らすばかりであった。けれど若い血潮に燃えている私達にはそんなことは何でもなかった。一つのマントに二人でくるまって、闇の村道を歩いたり、近くの寺の境内《けいだい》をぶらついたりした。時には、がらんとした広い暗い本堂の中に這入って、キッスをしたり抱擁したりした。

こうして私は、約半月もの間、ほとんど毎晩のように、家をぬけ出しては、二時までも三時までも瀬川と一緒にそこいらをうろつきまわったのであった。

こんなふて腐れた生活をしながらも私はなお、私の真実の望みや目的を放棄《ほうき》してはいなかった。

私の真実の望み！　真実の目的！

それはもっといろいろの本を読み、もっといろいろのことを知り、そして私自身の生命を伸びるだけ伸ばしたいということであった。私はしかし貧乏である。私はほかの金持の息子、息女《むすめ》のようにたくさんの金をもらって長い間学校に行くことはできない。それではどうすればいいのであるか。いろいろと考えた末、私は、県の女子師範にでも行って、学校の先生になり、まず経済上の独立を図ってから、おもむろに、自分の好きな学問をしようと思った。なぜなら、師範に行くと官費で勉強ができるので、うちからの補助がごく少くてすむからであった。

こう考えた私は、叔父に頼んで、その足りないだけの学費を貢《みつ》いでもらうことにきめていたのだった。そしてそれだから私は、一生懸命に受験の準備をしていた。瀬川との夜遊びは多少その勉強を妨げはしたものの、その代り、ほかの時間をもっとも有効に利用し、緊張して勉強することができた。

諸学校の入学期がもう近づいていた。私はそこで、学校の規則書を取り寄せて、入学願書を認《したた》めた。

私はその願書をもって叔父を訪ねた。ところが、叔父はいつもには似ず浮かぬ顔をして私を迎えた。私はしかし、それには別に気をとめなかった。何と言っても千代さんがいなくなったので寂しくなったのだろうぐらいに考えたからであった。

私は、取るものも取りあえず叔父に願った。

「あの、私、きょう願書書いて来たの、判を捺《お》してね」

「願書!」と叔父は一層むっつりとして私に言った。「うむ、師範の願書だね。それはしかし僕に少し考えがあるから、当分見合わせて欲しいんだ。そして、僕の考えでは何だな、ふみちゃんはやっぱり浜松のお父さんのとこへ帰ったがいいね」

「どうしてッ?」と私はこのだしぬけの叔父の言葉に、すっかりと面くらって訊ねた。

「どうしてッてと言うこともないがね」と叔父はちょっと笑いを見せたが、じきにまたもとの暗い顔にかえってむっつりとした調子で言った。「とにかくわけは後で解るから、今日はこれでお帰り。僕ちょっと忙しいことがあるから……」

ああ何という私の落胆《らくたん》であったろう。最初私は、叔父が本気にそんなことを言っているのではなかろうと考えていた。けれど、こうはっきりと言われてみると、それは決して冗談でもなく脅《おど》かしでもないということを信じないわけには行かなかった。私の望んでいた、たった一つの活路! それも今は全く絶たれてしまったのだろうか。私はもう涙も溢《こぼ》れなかった。

私はしぶしぶと小松屋に帰ったが――どうしてだろう、何を叔父は考えているのだろう――と考えて一晩じゅう私はまんじりともしなかった。

翌日、叔父は杣口《そまぐち》の祖母をつれて小松屋に来た。そして浜松までの切符を二枚買って、私と祖母とを汽車にのせた。

「どうしたの、祖母《おばあ》さん」と私は汽車の中で祖母にきいてみた。けれど祖母は私に何も言わなかった。

「どうしたのかわしにもわからん。だけど、元栄が二、三日したら来ると言うから、そしたらわかるだろう」

祖母が何も知らないはずがないと、しかし私は考えた。

「じゃあ、どうして祖母さんは私と一緒に来たの」

「どうしてッてことはない。ただ、元栄がお前をつれて行ってくれと言うから来ただ。わしも久しぶりにたかのにも会いたいから……」

私はもう、祖母に何もきかなかった。私はただ、重大な危機が今私にせまっているということだけを感じていた。

私達は父の家に着いた。この前私は、父と喧嘩《けんか》して出て来ているのだから、私一人だったら父は恐らく、何とか文句を言って私を父の家に入れなかったかも知れないところであるが、祖母と一緒だったので何も言わなかった。その上、祖母を迎えた叔母の喜びようは一通りでなかった。

私の心は沈んでいた。私は父とも祖母とも叔母とも話したくはなかった。私はただ独りでいたかった。独りいて独りで考えたかった。そして事実、独り別になって新聞を読んだり考えたりしていた。

祖母は私について何も話したようでなかった。ただ、叔父が後で来るということだけは私の前でも話していた。

やがて叔父が来た。が、叔父はやはり私には何も言わなかった。いや、私の前では、父にも叔母にも何も話さなかった。

父と叔父とは酒をのんだ。祖母もその傍《わき》にいた。私は別室で独りいた。叔父は何か小さな声で父に話していた。私はそれをききつけたいと耳を聳《そばだ》てていたが、ききとれなかった。ただ、時々父が、「そんな馬鹿な」とか「彼奴《あいつ》をここに」とかいったようなことを腹立たしげに叫びかけると叔父にとめられているのがわかった。が、時々もれ聞えて来る断片的な言葉で、私は大体、話の内容を想像することができた。そしてそれを知ると私は、

「何だ、馬鹿にしている」と、猛烈な反抗心にそそられるのを覚えた。自分から、父や叔父のところに乗り込んで行って思いきり罵倒《ばとう》してやりたいような気にもなった。けれど私はそれをじっと耐えた。過ぎ去ったことはどうにでもなれ、これからだ、これからのことが大切だ、と私は考えた。

話がすむと、叔父は泊りもせずに、すぐその日のうちに引きかえして行った。

私は、叔父を玄関に見送った。叔父は私に言った。

「何もかもお父さんに話してあるから、後でよくきいておくれ」

私は父を見た。父はふくれた顔をして私を睨《にら》んでいた。今にも私を蹴《け》とばしたいような有様《ありさま》であった。

叔父を送り出すと、父はもうたまりかねたとばかりに、叔父を送ってまだ玄関の畳《たたみ》の上に座ったまま、立ち上りもしない私を、

「この畜生め！　このばいため！」と、憤怒の声をしぼりながら、突然、私の肩のあたりを蹴った。

不意を打たれた私は、ぎゅっと唸《うな》ってその場に横だおしに倒れた。肩の骨が砕《くだ》けでもしたように私は思った。起き上る勇気もなく、私はただ、ぼんやりと倒れていた。

父は続けた。

「よくもそんなふざけた真似《まね》をしやがったな。よくもこの俺の顔に泥を塗ったな……朝鮮から還されたのも大方そんなことのためだったんだろう。そうだ、そうに違いない。よし、勝手にしやがれ……」

ようやく意識を恢復《かいふく》した私は腹立ち紛《まぎ》れに父に喰ってかかった。

「何をです？　私が何をしたんです？」

すると父は、

「何だと？　何を貴様がしたかと、よく胸に手をあててきけ、わかったか、わからんか、わからなければわからしてやろう」と、再びまた私の足のあたりを蹴った。

「お父さん、何をするんです。およしなさいよ、およしなさいってば……」と、台所の方にいた叔母がこのとき駆け出して来て、父の腕を摑《つか》み、私の上に自分のからだを横たえた。

「何をするんだ。何でこんなやつを庇《かば》うんだ。どけ、どけ」と、父は叔母に怒鳴《どな》った。けれど叔母は岩のようにへいたばりついて動かなかった。

「もういいよ、いいよ。後でわしがまたよく言ってきかすから……」と祖母もおずおずしながら父を宥《なだ》めた。

「勝手にするがいい。俺はもう知らん。勝手にしろ」

父はこう、最後の捨科白《すてぜりふ》を言い残しておいて、もとの部屋に戻って行った。

父が去ると、叔母は起き上って私を起した。叔母は私の袖《そで》をまくしあげて見たり、肩をさすってくれたりした。

「どうもしなかったかい？　怪我《けが》はなかったかい？　ほんとうにお父さんは乱暴で困る」

「いいえ、どうもしません。何ともありません」と、私は自分で、蹴られた方の腕を振ってみて答えた。

叔母は私を、父のいない部屋につれて行った。祖母も私達と一緒に来た。

「おい、たか、酒をもって来い」と、父が叫んだ。

叔母はぶつぶつ言いながら父の部屋に行った。祖母と私とは、沈黙を守って、思い思いの考えに沈んだ。そうして約小半時間も経ったであろう。父は酔った紅《あか》い顔をして町に出かけた。

叔母が再び私達のところに来て座った。私は初めて叔母に訊ねた。

「叔父さんは私のことを何て言ったの？」

「なあに、もともとお父さんがわるいんだよ」と叔母は私と祖母との顔を比べ見るようにして言った。「叔父と姪《めい》とを夫婦にするなんて、そんな道にないことを、お父さんはただ、元栄《もとえい》の寺の財産を目あてに勝手にきめたんだよ。それがうまく行かなかったって、あたりまえじゃないか。それを、お父さんのように怒ったって仕様がないじゃないか、怒る方が間違ってらあね」

「うまく行かなかったってどういうこと？」と私はもう大体はわかっていたけれど、もっとはっきりと知りたかったので重ねて訊いた。

「つまり、元栄はお前との夫婦約束を取消しに来たッてわけさ」と叔母は嘲《あざけ》るような調子で「何でもお前が、不良少年と手紙のやり取りしたとか、夜遊びをしたとか、お転《てん》婆《ば》だとか、そう言ったたくさんなごたくを並べ立ててねえ」と、むしろ私に同情するように、事件の真相をかいつまんで話してくれた。

「ああそう？　ちったあ自分のことも考えてみるがいい」と私はただこれだけを言って黙ってしまった。

私にはもうすべてが明白であった。私はもう、何を訊く必要もなく、何を語る必要もなかった。

四つ五つの時分から、だらしない性生活の教育をうけて来た私である。不自然な性の目覚めに誘《おび》き出された私である。その私が、もう十六にも七にもなって、自分にもわからぬある不思議な力にひかれて、何ものかを憬《あこが》れもとめたことに、何か重大な罪悪でも秘《ひそ》んでいたと、父や叔父は言うのであるか。だが、少しは自分たちのしたことを省《かえり》みるがいいと私は言いたい。

私が父や叔父のしたと同じことを、いや、ほんのそのかおりくらいのことをしたというので、叔父は私をいい加減おもちゃにし、父は私を道具に使った揚句《あげく》、彼らから私は弊履《へいり》の如《ごと》く捨てられ、踏まれ、蹴られたのである。

私が何も知らぬ間に、私がお寺のおかみさんに適当するかしないかを考うることもなしに、ただ、一人は私をおもちゃにするために、一人は私を自分の生活の安全弁にせんがために、勝手に夫と定め、妻と定めたことに、何らの責任がないと言うのであろうか。

小さい時分にその母と一緒に捨て去った子を、ふと十年の後に見て、急にその子の上に親権を振りまわし、物品同様に小さなお寺のだいこくに売る約束を一人で勝手に決めておいて、それが自分の思うようにならぬと言っては、畜生呼《よば》わりをする父に、そもそも、そういったことをした自分に何らの責任や罪悪がないとでも考えているのであろうか。

私は何も弁解の要はない。私は何ももうききたくはない。

「何、かえっていいんだよ。元栄のためにも、ふみ子のためにも、かえっていいんだよ。わしらはとうからこうなるのを願っていたんだけど、どうにもならないでいたんだ。ちょうどいいんだよ」と祖母もこう言って、別に私を叱《しか》ろうとはしなかった。

――哀《あわ》れなる祖母よ、あなたはただ叔父の安全弁として連れて来られたのです。叔父は、あなた方が私と叔父とをくッつけることに反対なのを知っていました。だから、叔父が今、父との約束を反古《ほご》にしようとするとき、父がもし何とか反対することがあってはという心配から、その時の用意にと、叔父の破約《はやく》の味方になってくれるように、ただそればっかりにつれて来られたのです。だが、あなたにはその用がありませんでした。父が例の短気を起して私をこんなに踏んだり蹴ったりしたからです。御心配には及びません。祖母よ、私はもう私の行くさきのことを考えていますから……。

こう私は心の中で言っていた。けれど、口に出しては何も言わなかった。

転期が、私の生活をすっかり変ったものにする変転期が、私を待っている。

こんなことがあったものの、私はまだ父の家から追ん出されはしなかった。私もまた、将来の見透《みとお》しがほんとにつかないから、父の家を自分から捨て去ることもできなかった。そこで私達は、――父と私とは、――到底《とうてい》一致すべくもないちぐはぐな心を抱きながら、今しばらくは同じ家のうちに住まなければならなかった。

ところが、やがて間もなく、とうとう爆発する時が来た。父と私とが永久に別れねばならぬ時が来た。

それは私の弟の賢《けん》のことについて、私と父とが、ほんのちょっとしたことから口論し始めたことによってである。

私は私の弟のことについて、まだ何も話さなかった。で、ちょうどいいこの場合をかりて、弟の賢のことを少しばかり記しておくこととする。

父と母とが別れたとき、私は母の手に育てられ、弟は父のもとで養われるということが、父と母との間で取りきめられたこと、及び弟が三つの時父に引きとられたこと、それは既に私の書き記した通りである。

賢は母の懐《ふところ》から離れた。けれど父の家で、叔母が母の代りに賢を待っていた。そして、これもやはり随分苦しい貧乏な生活の間に育てられたようではあるが、とにかく、叔母がしっかりしていたので、私ほどには困った目にあわされなかったようである。

叔母は非常に賢を可愛がった。「姉さんには義理がある。せめてあの子だけでも可愛がってやらなきゃ申し訳がない」叔母はいつもこう言っていたが、しかし私の眼に映る二人の間柄は、義理といったようなそんな冷たいものでばかりでつながっているのではなかった。何事につけても、叔母は賢を親身に可愛がっていた。我が子同様に、何らの隔《へだ》たりのない真の愛情をもって育てていた。

だから、賢が学校に出るようになった時も、例の無籍者なので出られないとわかったとき、叔母は父の反対をおしきって、自分でさっさと自分の私生児として届けて、無事に入学させたくらいであった。

けれど、賢の教育方針については、父の誤った考え方から、賢は決して幸福ではなかった。賢は私とは違って、身体は大きいが、知らない人には物も言えないほどの内気もので、非常に温和《おとな》しい親切な子であった。学校の出来は、書き方や図画のようなものはよかったが、数学などは劣《まず》かった。数学ばかりではない、総体からいって余り上等の方ではなかった。そこで叔母は、自分達の貧乏な生活にこりごりしてはいたし、今後とても学問をさせるだけの費用が続かぬかも知れないという心配もあるしするので、賢を商人にでもしたいと思っていた。が、父は、賢の性質も考えず、自分達の生活程度のことも考えず、ただ無闇《むやみ》に、賢を大学にでもやって法律を学ばせ、あっぱれ偉いものにしようと考えていた。――父にとっては、法律を知っている人間は世の中で一番偉い人間で、ほかのものはみんな凡《ぼん》くらな一段下な人間のように見えたのである。

そういった計画の下に、父の教育方針は立てられていた。で、学問にはあまり向かない賢を、無理にも向かそうとして、時々自分の前に賢を座らせては、読本《とくほん》を読ませたり、算術をやらせたりしたが、その時、賢がちょっとでも読みつかえたり、問題が解けなかったりすると、頭からがみがみ叱って、はては覚えがわるいとか何とか言って頭をぽかぽかと撲《なぐ》りつけたりなんかするのであった。そしてそんなことから、つい小さい子供の自信を失わしめ、萎縮《いしゅく》せしめて、せっかく上達すべきものをまで上達せしめないようにしていたのだった。

しかもそれでいてなお、例の「佐伯家系図」の前に座らせて、その系図に礼拝させ、太政大臣藤原の何とか卿《きょう》の百二十三代を辱《はず》かしめてはならぬと、氏族《うじぞく》制度時代の旧臭《ふるくさ》い思想を吹き込んだり負いきれぬほどの重荷を負わせたりするのだった。

父は賢に教えるのだった。

「こうした立派な系図に生れたお蔭で、わしはこれまでどんなに貧乏しても、他人に馬鹿にされた覚えはない。早い話がこの浜松ででも、俺よりお金持の人はたくさんあるが、そんな人達もみんなわしを佐伯さん佐伯さんといって何かにつけ俺を上に置こうとする。これはみな、系図のおかげだ。系統はおろそかにしてはいけない」

こうして、何事をも素直に受け納《い》れやすい少年は、いつとは知れず父の思想に感化され、父のような考え方に馴《な》れさせられているのだった。

私は常々からそれを片腹《かたはら》いたく感じていた。が、父が賢に対する仕打ちに対しても常に批評的な眼《まなこ》で見、事実また、それに反対なことを言いもした。そしてそれもまた、父と私とを疎隔《そかく》せしむる理由の一つとなったのである。

賢を大学にやって法律家にし、あわよくば司法大臣か総理大臣にでもしようという考えから、父は、賢をまず中学に入れようとした。そして、ちょうど私が女子師範に這入ろうとしていたと同じ頃、賢に県立中学の入学試験を受けさせたのだったが、賢はとにかく、どうやらその試験に合格した。

父の喜びようったらなかった。

「偉い！　出かした……」父は天にものぼった心地して賢をほめた。

「さすがはわしの子だ。しっかりやれ！　西洋には二十二、三で法学博士になった者さえあるからね」

そうして父は、叔母に命じて赤飯を炊かせ、賢の出世の門出《かどで》を祝った。無論、自分はいつもよりはたくさんの酒をのんで喜んだ。そしてまた、例の通り系図の前に座らせてのお説教だ。賢も父と一緒に系図の前に額をこすりつけて敬虔《けいけん》に礼拝をした。

その翌日、着物を質《しち》に入れたりなんかして若干の金の工面《くめん》をして、賢の入学に必要なものを買いに、父は賢をつれて町に出た。

一週間ほど経って、誂《あつら》えた靴が届けられた。と、父はその靴を手に取って、仔細《しさい》にその出来をながめながら賢に言った。

「ねえ賢、あんたも知っているように八円のと十二円のと二通りあったが、あんたには十二円のを奮発《ふんぱつ》してやったのだよ」

賢は喜び勇んで、その靴を穿《は》いて学校に出かけた。が、おひる過ぎに帰って来るなり、

「お父さんは嘘言ったね」と、さも不満そうに父に喰ってかかった。

「どうして？」

「どうしてって、僕学校に行って見たら、僕の靴、いい方でなくて安い方だったじゃないか」

父は多少どぎまぎして、苦い顔をして答えた。

「いいえ、お父さんは決して嘘は言わない。それはたしかに十二円の分です」

が、賢は承知しなかった。

「だって、梅田君のも鈴木君のも八円だって言ってたが、僕のとそっくりだもの。十二円の分を穿いてるものもあったが、それはずっと拵《こしら》え方が叮嚀《ていねい》で、皮も上等だった」

父はてれ陰しにエヘンと咳払《せきばら》いをして、わざと落ち着き払って答えた。

「いいえ……お父さんはいくら貧乏していてもあんたにだけは肩身の狭い思いはさせません。父さんはちゃんと十二円払いました」

賢はまだ父の言葉を信じかねたが、仕方なしに自分の部屋に這入《はい》って来た。そして肩から鞄《かばん》をおろして、傍《はた》で針仕事をしていた叔母と私とに小声で言った。

「ねえ、お母さん、姉さん、お父さんはあんなこと言うが、僕のはたしかに八円の分だね」

事実、賢の言う通りだった。

父は平生《へいぜい》から、物を見る標準を金に置いていた。品物を買うのにも、まず値段をきいて、それで品物のよいわるいを決めていた。何か自分一人で買って来たときには、妻や子にさえ、真実《ほんとう》の値段は言わずに、二割、三割、時には二倍、三倍もの掛け値を言って話すのだった。

私は父のそのさもしい心性《しんじょう》に平生から反感をもっていた。この場合も妙に癪《しゃく》にさわって仕様《しよう》がなかった。

私は大きな声で、父にきこえよがしに呟《つぶや》いた。

「お父さんみたいにくだらん見栄《みえ》をはる人間ったらありゃしないよ。八円の靴しか買ってやれない癖《くせ》に、十二円のだなんて、家のものにまで嘘を言うんだもの……そんなくだらない嘘を言う代りに、いい靴を穿くばかりが偉いことじゃないっていうことを、なぜ言ってきかさないんだろう……」

と、父は突然立ち上って来て、またしても私を蹴倒《けたお》した。

「だまれ。親に対して何という失敬なことを言うんだ。お前のような親不幸者は俺の家に置くことはならん。出て行け、さあ今出て行け。お前が来たばかりに、うちはしょっちゅうごたつき始めたじゃないか。お前の来る前は、俺の家は至極平和だったんだ。

それだのに、ふん、忌々《いまいま》しい。お前なんかに家の中をかきまわされてたまるもんか。出て行け、出て行け、今出て行け……」

賢は吃驚《びっくり》してぼんやりしていた。

「およしなさいよ、お父さん。そんなひどいことを言うもんじゃないわ」と叔母は傍《はた》から口どめした。

けれど父は承知しなかった。叔母に口どめされるとますますたけり狂って私を罵《ののし》った。

「貴様が朝鮮を追っ放われたのは当然《あたりまえ》だ。朝鮮のものがわるいんじゃない、みんな貴様がわるいんだ。生意気で、強情で、根性がひねくれてさ……そんなことでは誰が世話をみてくれるものか。追ん出されるのは当りまえだ。見ろ、現に親にさえ、あきれられ愛想をつかされてるじゃないか。とにかく、貴様のような親不幸者は家に置けない。第一、賢のしつけにならん。さあ出て行け、今出て行け」

父はもう私の襟髪《えりがみ》を掴《つか》んでいた。襟髪を掴んで、さも憎々しげに部屋じゅうを引ずり廻した。叔母が父の腕にしがみついて、「およしなさいよ、お父さん、およしなさいよ」と泣きながらとめた。そしてその場はとにかく、それでおさまった。

とはいえ、父が「貴様が来てから家はもめだした」と言ったのは事実である。今まで記してきたように、私と父とは何から何まで気が合わなかった。意見も合わなかった。

ことに、叔父の一件から、私達はほとんど敵同志のようになっていた。二つの相容《あいい》れない心は、どちらかがどちらかを斃《たお》さねば止《や》まないような状態にまでなっていた。私はこれを知っていた。私は父のところを去ろうと思っていた。ただ、その時期を待っていただけなのだ。そして今やその時が来たのだ。

父よ、さらば

「お前に今うちを出られては、いかにもわしが苛《いじ》め出しでもしたように親類たちから思われるからもう少し辛抱《しんぼう》していておくれ」と、叔母は頼むように私を引き止めた。けれど私はもう我慢《がまん》ができなかった。私は東京に出る決心をした。東京に出て苦学することにきめた。ただしかし、そうするのにはそうするだけの準備が必要だった。

東京に出てから当分の間は何もできないだろう。その間、衣類のことなんかには構《かま》っていられないだろう。そう考えて私は、せっせと洗濯《せんたく》をしたり、縫い直しものをしたりして、時を待った。

新聞が来ると何よりもさきに職業案内のところを見たり、英語や数学の学校の生徒募集の広告を切り抜いては行李《こうり》の中に蔵《しま》い込んだりもした。

だが、それにしても私は、東京に出てどうすることができようか。どこに誰を頼って行こうとするのであるか。そんなことについて、私は皆目《かいもく》見当がつかなかった。

激情の過ぎ去った後の父は、無論その時ほどには私を憎みはしなかった。けれど、自ら進んでどうしてやろうというような親切は爪《つめ》の垢《あか》ほども持ち合さなかった。たといあったとしても、父にはそれをどうすることもできなかったであろう。

いつまで考えていても、どうするという計画は立たなかった。私はもう、当って砕《くだ》けるよりほかに途《みち》がないと思った。何でもいい、ただ行って見よう。行ってどうかしよう。こう私は腹をきめた。そして、いよいよ明日行こうときめた前の日、私は父にきっぱりと言った。相談したのではない宣言したのだ。

「明日、東京へ行きます」と。

父も叔母も今はもう私を止めなかった。私はその翌朝、ひとり父の家を出た。私の懐中には汽車賃ともでやっと十円ほどあった。一脚の机もなければ、一枚の蒲団《ふとん》もない。一本の雨傘さえ父は私のために用意してくれなかった。やがて自分の上に襲うて来る雨をも風をも寒さをも、すべて私は自分の身をもって防がねばならなかった。しかし私は恐れなかった。私の肉体にははちきれるい緊張があった。

自分にしっくりと合った生活を求めて、どこかにそうした生活があると信じて、私は私の偽《いつわ》りの家を捨てた。

私の十七の春だった。

さらば父よ、叔母よ、弟よ、祖母よ、祖父よ、叔父よ、今までの関係に置かれた一切のものよさらば、さらば、今こそ私たちの訣《わか》れる時が来たのだ。

東京へ！

東京へ！　東京へ！

志《こころざし》を立てて自分の生活を開拓せんとするものにとって、特に、学問で身を立てようとするものにとって、東京ほど魅力のある誘惑はない。家に巨万《きょまん》の富があって、多額な学資の仕送りを受け得る青年子女は言うまでもない。私のように旅費さえ充分でない極《ごく》貧《ひん》のどん底にあるものまでも東京へ、東京へと、東京に引き寄せられる。

東京の生活はそんなにも望ましい理想的なものであろうか。私はそれを知らない。けれど、まだ何も知らぬ青春の子女にとっては、東京こそはその望むところの一切を与えてくれる地上の楽園ででもあるように思われるのである。

東京へ！　東京へ！

ああ憧《あこが》れの東京よ、お前は私に、私の望む私自身の真実の生活を与えてくれるであろうか。私は信ずる。必ずお前がそれを与えてくれるであろうことを。たといどんな苦労が私に課せられるにしても、どんな試練が私を待っていようとも、お前はきっとそれを私に与えてくれるに相違ない。

生れ落ちた時から私は不幸であった。横浜で、山梨で、朝鮮で、浜松で、私は始終苛《いじ》められどおしであった。私は自分というものを持つことができなかった。けれど、私は今、過去の一切に感謝する。私の父にも、母にも、祖父母にも、叔父叔母にも、いや、私を富裕な家庭に生れしめず、至るところで、生活のあらゆる範囲で、苦しめられるだけ苦しめてくれた私の全運命に感謝する。なぜなら、もし私が、私の父や、祖父母や、叔父叔母の家で、何不自由なく育てられていたなら、恐らく私は、私があんなにも嫌悪し軽蔑するそれらの人々の思想や性格や生活やをそのままに受け容れて、遂に私自身を見出さなかったであろうからである。だが、運命が私に恵んでくれなかったおかげで、私は私自身を見出した。そして私は今やもう十七である。

私はもう自立のできる年齢に達しているのだ。そうだ、私は私の生活を自分で拓《き》り開き、自分で創造しなければならぬ。そして、東京こそはまことに、私の生活を打ち建てるべき未墾《みこん》の大曠野《だいこうや》なのだ。

東京へ！　東京へ！

大叔父の家

私はとうとう東京に着いた。着くとすぐに、かねて目星《めぼし》をつけておいた三《み》の輪《わ》の大叔父を訪ねた。

私はしかし、前もって手紙を出して頼んでおいたのではない。第一、生れて一度も手紙の遣《や》り取《と》りなんかしたこともない。けれど私は信じていた。行けばきっと私を受け入れてくれるだろうと。自分で独立して苦学し得るまでのほんの一時《いちじ》の間である、その間ぐらいは大叔父が私を置いてくれないはずはない。そして事実この大叔父の家では、だしぬけに頼って行った私を快《こころよ》く受け入れてくれた。

けれど無論私は、この大叔父一家のものから、私の目的に対して何らの賛成をも助力をもかち得たのではない。毎晩一合の晩酌《ばんしゃく》をやると大叔父は、私を自分の側《そば》に座らせてくどくどと私に説ききかせるのだった。

「なあ、ふみや、よく考えてみるがいいぞ。お前は今、馬鹿に学問をしたがっているが、そうして苦労して勉強して、さて、いよいよ学校の先生になったところで、せいぜい五十円か六十円そこそこの月給しか取れやしないんだよ。そんなことでどうして暮して行けるんだ。そりゃなるほど、独りものの時はそれでいいかも知れん。が、いつまでも独りじゃいられんから、いずれは嫁に行かねばならん。嫁に行けば子供が出来る。子供が出来て見ろ、大きな腹を抱えて学校に通うなんて余り体裁《ていさい》のいいものじゃない。結局、それでは食って行けないっていうことになる。だから俺は思うんだ。いっそ俺のうちにいて、ミシンでも覚えて、堅気《かたぎ》な商人にでも縁《えん》づいた方がどんなに仕合《しあわ》せかも知れないと、な。何といっても今は、金の世の中だ。ちっとやそっとの生学問《なまがくもん》じゃ身が立って行かん」

大叔父のこう言ってくれる心持ちは私にもわかった。この人としてはこれは当然な考え方でもあり、従ってそう言ってくれる心にも感謝する。もっとも、こう言ってくれたからとて私がすぐ「それではどうかそうして下さい」と頼みでもしようものなら、当分私はこの家の女中代りの役を仰《おお》せつかるかも知れないが、でも、とにかく大叔父は今、もし私がそうすると言えば私の世話を見てくれる気持ちでいることだけは確かであるように思う。

だが、私はもう、誰の家にも厄介《やっかい》になるのはいやだ。私は今まで、そうしたことのためにさんざ苦労をしてきている。私の願いは、独立して自分のことは自分でするということだ。この願望《ねがい》は、私以上の私の心から出る不可抗《ふかこう》な願いだ。せっかくだが私は大叔父の忠告に従うわけには行かない。で私は答えた。

「ありがとうございます。だけど私見たような女は、とても商人の妻なんかにはなれそうもありませんから……」

が、大叔父はなかなか私の言い分を通してはくれなかった。

「若いときは誰しもそう思うもんだ。だけど、若いものはいつでも夢見たようなことばかり考えているんだ。まあよく考えてみるがいい」

こういったことを言って大叔父は幾晩も幾晩も、同じことを繰り返し繰り返し、私にお説教をするのであった。私は終《しま》いにはやりきれなくなって言った。

「まあ私に、私の思うようにさせて下さい。私は固い決心をもって来たんですから……」

「そうかね」、大叔父は多少機嫌を損《そこ》ねて言った。「そんならそうと勝手にするがいい。だが、わしにはその世話はできないよ」

「ええ、ようござんす。私はもちろん、おじさんに助けていただこうと思って来たのではないんです。自分で苦学の途《みち》を探します」

「ふむ！　まあ、やってみるがいいさ」

こうして私はやっと、自分で自分の運命を開拓するために、苦学の途を探しに、町に出ることが出来るようになった。

だが、大叔父がこんなにまで執拗《しつよう》に私を引きとめようとしたことにはそれ相当の理由がある。それは彼の、彼自身の生活上の経験から出てきた忠告であって、彼の成功が――その小さな成功が、――自然と彼をこんな風に考えさせたのである。

大叔父は私の祖父から三番目の弟で、若い頃、縁続きに当る隣村の小酒屋《こざかや》に養子にやられた。が、村では思わしくなかったので、家族をつれて東京に出た。そして初めはやはり、多少学問的なことをしてみようと考えてもいたようだが、それも余りうまく行かず、そこで、どうしたはずみからであったかは知らないが、とにかく古着屋を始めたのだった。

大叔父は別に商才というほどのものを持っていたという訳ではなかった。が、いろいろの失敗から素敵なしまり屋になった。また石橋を叩《たた》いて渡るといったほどの用心家《ようじんか》ともなった。そしてそのおかげで幾年かするうちに、どうやら食ったり着たりするのには差し支えないだけの小金《こがね》を溜《た》め、それから少しずつ一歩一歩と今の地位にまで成り上ってきたのであった。

もっともこれには妙なことからの「運」も手伝っているにはいるのだ。大叔父の懐《ふところ》に小金が溜《たま》った時分から大叔父の妻の素行《そこう》がぐれ始めた。そこで、一方では男の顔も保たねばならないし、一方では家計の方にも影響してくるというので、すでに三人の子までなした仲だったが、大叔父は断乎《だんこ》としてその妻を離縁した。そして後妻を迎えた。ところがこの後妻は非常なしっかり者で、家政の遣《や》り繰《く》りにも長じていたので、大叔父の家の生活はますます順調に発達した。

私の来た時分には長男は家を出て日本堤《にほんづつみ》で洋服屋を営み、この生みの母と一緒に暮していた。下二人はこの後妻に育てられたが、後妻が真の我が子のように愛しはぐくんだので、二人はその継母《けいぼ》に好《よ》くなつき、たまに自分達の生みの母が来ても、小母《おば》さん小母さんと言うが、継母にはおッ母さんおッ母さんと慕《した》い寄って来る有様《ありさま》であった。

二人のうちでは、上が女で下が男であった。ところがこの男の方がまだ小さかったので、上の花枝《はなえ》という娘に婿《むこ》をとって後嗣《あとつ》ぎとした。そしてその婿がまた大叔父にも劣らぬしまり屋で、家はますます繁昌《はんじょう》して行くばかりであった。

ところで、この大叔父の家の婿とりの話が面白い。これは後に私が、花嫁である花枝さんから聞いた話であるから嘘であるはずはない。

花枝さんが私に話して言うには……

——その頃私は、ちょうどあなたの今の年、だから数え年の十七でした。小学校を出て、近所の仕立屋に通ってお針の稽古《けいこ》をしていましたが、ある日——それは秋の半ば頃だったでしょう——私が、いつものように昼食《おひる》に帰ると、継母《おっか》さんが言うのです。今日はうちに用があるから、おひるからのお針はお休み……と。で、その通りにしていると、いつの間にか髪結《かみゆい》さんが来て、私に髪を結ってやろうッて言うんです。どうしたんだろうと変に思ったけれど、言われるままに私が鏡台《きょうだい》の前に座ると、髪結さんは、紅いてがらをかけた結綿《ゆいわた》を崩して高島田《たかしまだ》に結い上げたのです。

「どうしてこんな髪に結ったの？」と私が訊《き》くと、髪結さんはただ「おっ母さんがそうおっしゃったから……」とのみで何にも言ってくれませんでした。でも私はまだ別に怪《あや》しみもしないで、きっとお芝居にでもつれてってくれるんだろうぐらいに思っていました。……

ところがまあ、私、なんて子供だったんでしょう。そのうち私は、家の中はいつもと違って綺麗《きれい》に片付いていることや、みんなが総体に、そわそわと忙しそうにしているのに気がつきました。そしてそれに気がついた時分にはもう、近所の肴屋《さかなや》からお刺身やおかしらやお吸いものなどが十人前ぐらいも運んで来ていましたし、つづいて親類のもの

が四、五人やって来るのでした。一体何が起るというんだろうと、私は母に、

「一体どうしたの？　おっ母さん」と訊くと、母は、

「今晩はお前の婚礼なんだよ、さあ早く着物を着更《きか》えなさい」と、いつの間にこしらえたのか紋附《もんつき》や丸帯《まるおび》などを出して来て、私に着せたのです。

その時の私の驚きようったら、狐《きつね》に抓《つま》まれたということがあるが、ほんとにそうでないかしらとさえ思いました。

でも仕方がありません。私はとにかく、親たちの言うがままに、その着物を着て二階の座敷につれて行かれました。するとどうでしょう、昼間父と話していた男が、やはり紋附を着てちゃんと座っているじゃありませんか。そして親類たちは、私とその男とを並べて座らせて、例の三々九度《さんさんくど》の杯《さかずき》というのを取り交わさせて、「おめでとう」と祝ってくれたのです。

どうです、変ってるじゃありませんか。これが私たちの結婚だったのです。しかもその婿さんというのは、継母《おっか》さんの甥《おい》だったんですからね。私はこうして、今に恋というものを知らないんですよ。ふみさん。つまんないわねえ……。

しかもこれは花嫁の花枝さんにだけ起ったことではなかった。そのお婿さんの源《げん》さんにもまた同じだったのである。源さんは洋服裁縫の職人として、かなり立派な腕を持ち、

久しい間長崎で働いていたのであるが、突然、親もとから呼びかえされたので帰って見ると、三日と経たないうちにこの始末だったのである。

つまりここでもまた、本人同志の意志が少しも顧《かえり》みられず、ただ、親達の都合のために結婚させられたのである。

だが、源さんはこの大叔父に気に入られただけあって、花枝さんの婿さんとなってからも、実直と倹約一方であった。親のやっている古物商《こぶつしょう》を営みながら、一方では洋服屋を始め、私の行った頃にはもう、小僧の三、四人も使っているくらいであった。三十になるまでに自分の財産を一万円とか二万円とかにするというのがこの源さんの理想であった。

こんな風な家であった。だから、学問をしたいなどいう私の目的に賛成してくれるはずはなかった。

新聞売子

大叔父の家に厄介《やっかい》になっている間に、私は一つの自活の途《みち》を探しあてた。それは東京に出て来てから約一ヶ月後のことであった。

何かいい苦学の途がないかと、あてもなく市内をぶらついていると、ふと私は、「苦学奮闘の士は来《きた》れ……蛍雪舎《けいせつしゃ》」というビラが電柱のそこここに貼ってあるのを見た。田舎から出て来たての私である。それを見ると私は鬼の首をでも取ったような気がした。苦学奮闘の士は来れ！　と私は口の中で繰り返した。ことに蛍雪舎という名前が気に入った。そして私は早速その蛍雪舎を訪ねて行った。

蛍雪舎は上野広小路《ひろこうじ》に近い上野町の路地の奥にあった。行って見るとそこは新聞取次《とりつ》ぎ業をしているところで、「白旗《しらはた》新聞店」という看板がかかげられていた。

店の入口には硝子戸《ガラスど》が締っていて、三坪ばかりの土間には卓子《テーブル》が二つ置かれており、若い青年がそれに凭《よ》りかかって帳簿かなんかを調べていた。

「ごめんください」と私は多少どぎまぎしながら硝子戸をあけて、中の青年に呼びかけた。

青年は帳簿から眼を離して無愛想に私の顔を見た。

「あの、私、使っていただきたいんですが、御主人はいらっしゃいますでしょうか」

「さあ」と青年はちょっと首を傾《かし》げてから、奥の方に這入《はい》って行った。が、やがてそこへ、でっぷり肥《ふと》った赤ら顔の大きな男が現われた。それがこの家の主人であった。

私はその主人に、苦学をしたいから使ってほしいと願った。主人は黙ってじろじろと私の顔を眺めていたが、これも無愛想に、

「なかなか苦しいですからな。女の方ではとても辛抱ができませんよ」と言った。

どんなに苦しかろうが、そんなことは平気だと、私は心の中で思った。また、こんな都合のいいところはない、ぜひ入れてもらわなければならぬと決心の臍《ほぞ》をかためた。

「どんなに苦しゅうても辛抱《しんぼう》します。使ってみて下さい」

けれど、主人は容易にウンとうなずかなかった。

「女も二、三使って見たが、どうも長続きがしなくてねえ。それに、女が来ると男の方との関係がうるさくて……」

「いいえ」私は熱情をこめて訴えた。「私はもう随分苦しい生活をしてきました。その

ことを思えば何でもできます。それに、ご覧の通り私は男のような女です。男との間に面倒なことなんか起りっこありません」

主人はしばらく考えていたが、やがて決心がついたように、

「じゃ、とにかくやって見るか、いつからでもいらっしゃい」と晴やかな顔を見せた。私はこの主人に義俠《ぎきょう》的な性質のあるのを見た。

「ありがとうございます。ではどうかよろしく」

すると、主人はてきぱきと一切のことをきめて言った。

「今、うちには十人ばかりいるが、みんな男で、この前の家に同居している。が、君は女だからそこに寝泊りするわけには行かんからこちらにいるといいだろう。そこで、食料や間代《まだい》や蒲団《ふとん》代をひっくるめて十五円ずつ君の収入から引くこととしよう。場所も一番よく売れる三橋《みつはし》の売場を君にやろう。そうすりゃ、学校へ行くぐらいの費用は楽に浮いて来る」

私は天にも上ったような気持ちで三の輪の大叔父のところに帰って来た。そして自分の荷物をすっかり纏《まと》めて早速、白旗新聞店に来た。

翌日の夕方から私は売りに出た。

おかみさんが子供をおんぶしながら私をその三橋の売場まで連れて行ってくれた。そして籠《かご》のぶら下げ方から、新聞の折り方から、どんなに客に呼びかけるのだということをまで教えてくれた。それから、最後に今一つの重要な――それはおかみさんにとって――商売上の懸引《かけひ》きについての特別の注意も与えた。

「ね、お客さんがただ新聞をくれって言ったら、何を上げましょうと、訊《き》いちゃいけないのよ、新聞はこうして九通りあっても、そういう時は、黙って急いで東京夕刊を出してね。大概《たいがい》のお客さんはそれをもって帰るが、もしいけないと言ったら、その時初めてお客さんの注文の分を渡すようにして下さい、ね……東京夕刊はうちの特約で、たくさん売らなきゃいかんのだから……」

東京夕刊は他の新聞より歩合《ぶあい》がいいので、なるべく多くそれを売る必要があったのだ。だがこれはなかなか困難なことであった。これはあまり売れ口のよくない新聞なので、明るいうちに、夕刊としての効力のなくならないうちに早くばたばたと売ってしまわなければ、もうお仕舞《しま》いであったからだ。

白旗新聞店に這入ると、すぐ私は入学金その他に必要なだけの金を店主から前借りして、学校に通い始めた。店主は私に、女学校に通えとしきりにすすめた。けれど私自身は女学校にはもうこりごりしていたし、第一女学校に通うくらいなら何もこんな苦労をしなくてもいいと思った。私としては、英数漢の三科目を専門に学んで女学校卒業の検定試験を受けた上、女子医専に進もうと独りできめていたのだ。で、浜松にいた頃取っておいた新聞の切抜きを出して、英語は神田の正則《せいそく》に、数学は研数《けんすう》学館に、漢文は麹町《こうじまち》の二松学舎《にしょうがくしゃ》にといった風に学校を選んだ。

そのうち二松学舎の方だけはどうしても時間の都合がつかなかったので月謝を納めたきりで一日も出なかったが、研数学館では代数の初等科に入り、正則では午前部の一年に入った。

正則にも研数学館にも女の生徒というのはほとんどなかった。が、こうして私がわざと男の学生と一緒になるような学校を選んだのは、私自身の都合からであった。それは、自分の生活が生活なので、女の仲間に這入って衣類の競争なんかに捲《ま》き込まれるわずらわしさから遁《のが》れるためと、今一つは、浜松の女学校で学び得た経験上、女ばかりの学校は程度も低いし、生徒も教師も学問には熱心でないから、そんな仲間入りをしていては進歩が遅いと思ったからである。それに今一つ、そのことから関聯《かんれん》した、男の学校に這入って男と机を並べて勉強するということは、一方で普通の女より一段と高い才能を持っているような気にもなり、他方では、男と競争しても敗《ま》けはしないぞといったような男子に対する一種の復讐《ふくしゅう》的な気持ちも加わっていて、自分にもはっきり意識しない虚栄《きょえい》心《しん》もそれに手伝っていたのである。

白旗新聞店、すなわち、蛍雪舎には、私のような苦学生がいた。藤田という青年と今一人何とかいった青年は東京中学に通っており、背のひょろ高い、何となく生気《せいき》のない吉田は国民英学会の夜学に通い、ずんぐりで吃《ども》りの奥山は電機学校の午後部に通っていた。その他にも名は覚えていないが、錦城《きんじょう》中学に一人、普及《ふきゅう》英語に二人、正則の予備校の受験科に一人といった風に思い思いの学校を選んでいた。そして昼間通学するものは夕刊を、夜間通学するものは朝刊を、といった風にしていたので、同じ家にいても三日も五日も言葉を交わさないようなことすらあった。

こうした苦学生のほかに普通の売子も三、四人はいた。

一人は「腕の喜三郎」という綽名《あだな》で呼ばれている三十二、三歳の男で、紡績工場の職工だった時、機械に挟《はさ》まれて捥《も》ぎとられたとかで右の腕が附け根から無かった。今一人は首にきたなくルイレキが出来ている上に、めっかちで、跛足で、左の手がぶらぶらしてて充分きかない、大分足りない男だった。それからもう一人私の記憶に残っているところでは、紅《あか》い毛を長く伸ばして、頭のてっぺんでぐるぐる捲きにした五十以上に見える爺《じい》さんがいた。爺さんは「長髪《ちょうはつ》」と呼ばれていたが、仕事をしまっての帰りがけには必ず安酒《やすざけ》をあおって来て、ちぐはぐな怪気焰《かいきえん》をあげていた。でもこの人は剽軽《ひょうきん》ではあったが親切者で、若い売子たちに対しては親爺《おやじ》気取りの注意をもってよく面倒を見ていた。そんな関係からみんなに可愛がられていた。

苦学生達は大抵、新聞を歩合で売っていたが、この三人は自分で紙を買い取って売り残りは古新聞の値段の一枚二厘くらいの割で新聞店に引き取ってもらっていた。言うまでもなくそういったいい条件の下では、その代りに場所がぐんと悪いところにまわされていたから、うっかりすると食いはぐれそうですらもあった。

こういった連中の間に一人、特異な存在があった。何でも早稲田の哲学科とかを出たのだそうで、口数の少い、難かしい顔をした、いつも小さな独逸語《ドイツ》の本を読んでいた。平田さんというのがその人で、まあいわば、みんなの取締りのような格だった。紙取りが帰って来ると、紙面にざっと眼をとおして、人の注意をひきそうな事件を見つけては、売子たちの籠の前にぶらさげるビラに、「浅草の七人斬り」とか「深川の大火」とか筆太に書きなぐって、赤インキでベタベタと二重丸を附けるのもこの平田さんの仕事の一つであった。しかもそれが済むと、自分も、絆纏《はんてん》に後ろ鉢捲《はちま》きをして、池《いけ》の端《はた》から湯島《ゆしま》辺にかけて配達して廻《まわ》るのだった。何だかえたいの知れない男だと私は思った。

上野の三橋では鈴を振ることが禁じられていた。で私は、夕刊、夕刊、と大きな声で叫んで、客の注意をひかなければならなかった。初めの間は、それがなかなか出来なかった。声が喉《のど》に引っかかってどうしても出て来なかった。それが大して苦痛でなしに叫び得るようになるまでには十日はたっぷりとかかった。

私は、朝、正則に行って、正午までそこで学び、それからまた三時までは研数学館にいて、帰って来るとすぐ冷飯《ひやめし》をかき込んでは、四時にはもう籠をぶらさげて三橋附近の路傍《ろぼう》に立つのだった。

その頃はもう夏だったので、夕日がかんかんと頭から照《て》りつけるので、体じゅう汗と埃《ほこり》とに汚れるし、その上ひっきりなしにどならなければならないので、咽《のど》が渇《かわ》いてたまらなかった。

私はしかしその苦痛をもじっとこらえた。希望がその苦痛を克服して余りがあった。

ある日のこと、近くのそばやの女中さんが新聞を買いに来て、小銭があったら替えてくれといった。小銭は無論大分たまっていたので、私は快《こころよ》く換《か》えてやった。

女中さんは同情したように私に言った。

「随分お暑いでしょう、並大抵《なみたいてい》じゃありませんわねえ」

「ええ」と私は感謝の念で一ぱいになった心で女中さんに答えた。「暑いばかりでなく喉が渇いて声も出なくなるんですよ」

女中はそこで店に帰ったが、しばらくたつと土瓶《どびん》とお茶碗《ちゃわん》とを持って来てくれた。中にはそばをゆでたどろどろのお湯が一ぱい入っていた。

「ありがとうございます、ありがとうございます」と幾度か礼を言って私はそれを飲んだ。全くいい気持ちであった。それに元気を回復して、私はまた叫びつづけた。そして喉が渇いて来るとまた、橋の袂《たもと》の地べたに置いた土瓶を取り上げて飲んだ。

おかげで私は助かった。しかしその代りまた、三、四円小銭がたまるとはすぐ替えてもらいに来る女中さんの願いをもきかなければならなかった。

そうしたことが約半月ばかり続いた頃であった。夜、店に帰って来ると、おかみさんがいつもの通り私の売上げを調べながら不機嫌な顔をして言った。

「金子さん、お前さんのお金はいつも大きいのはどうしたの？　一円札で一枚や二枚買う人に売っちゃいけないって、ちゃんと言っておいたはずだがね」

私は事情を話した。おかみさんはしかし、その事情を斟酌《しんしゃく》しなかった。そして言った。

「困ってしまうねえ、そんなことでは……小さいお金はうちで要《い》るんだから、これからは自分勝手に、ただで替えてやったりなんかしないで頂戴！」

このことについては、おかみさんがやかましく言うのには理由があった。おかみさんは売子の集めて来た小銭を両替店に持って行って、いくらかの歩合をもらって来るのを自分の内職としていたのだ。私はそれを知らないでいたのである。

私達の労働時間――売る時間――は夕方の四時半から夜中の十二時半までざっと八時間だった。が、その間ずっと立ち通しなのでかなり疲れた。七時頃までは人通りも多いし、ちょうどその頃は夕刊を見たい時分なので、新聞はよく売れた。だからその頃までは忙《せわ》しさに紛《まぎ》れて疲れは忘られていたが、九時十時となると、売れ足が遠くなって来るので、自然と退屈にもなれば、気の張りも弛《ゆる》み、そして疲れが急に出てくるのだった。ぴんと立っていると足は痛くなる体は疲れてぐにゃぐにゃになるといった有様《ありさま》なので、私はよく、後ろの電信柱に凭《よ》りかかって体を休めた。そしてついそのまま居眠りをしたり、ことによるとがっくりと睡《ねむ》りころげかかっては吃驚《びっくり》して眼を覚ましたりなんかした。

急に雨の降り出した日などはもっと辛《つら》かった。客は大抵乗りものに乗って帰っては行く、人の出足は鈍《にぶ》る、途《みち》を歩く人も新聞など買っている余裕はない。だからそうした時にはただに新聞が売れないばかりでなく、よく下駄《げた》の鼻緒《はなお》なんか切らして困っている人を見受けさせられるので例の気性で私はつい気の毒になって、手拭《てぬぐい》を引き裂いて鼻緒をすげてやったりなんかしなければならなかった。

だが、人間というものは面白いもので、私がそうするのは別に何らの成心《せいしん》があってのわけではないのだが——そうせずにはいられないからするのではあるが——相手は馬鹿にそれを徳として無理に籠の中に紙幣なんかを投げ込んで行くのであった。恐らくそれは、ただの感謝の念からのみでなく、若い女の苦学生に対する同情の発露《はつろ》からでもあったであろう。それはこうした特殊な場合でなくても、二銭や三銭の釣銭《つりせん》は取らない人の多かったことによっても知られると思う。

こういった特殊の収入は売子の特権であるということを喜三さんが内緒で教えてくれた。それはまたそうでなくてはならないと私も思った。で、私もそれを自分の小遣銭《こづかいせん》に困っている時などは自分の財布《さいふ》の中に蔵《しま》い込んだこともあるが、さもない時はそのまま黙って主人の前に出した。主人もまた、紙数と売上金とを調べて、そうした余分の金のある時には、それだけ戻してくれた。だが、おかみさんはそうでなかった。三枚五銭売りなんかが多かったため四、五銭でも少く見える時には文句を言ったが、多い時には知らん顔して自分の金庫の中に蔵い込んだ。

私の売場の近傍《きんぼう》ではいろいろの路傍《ろぼう》集会があった。中でも毎週一回は必ず、救世軍《きゅうせいぐん》の路傍説教があり、きまってはいないが、紋附きに角帽《かくぼう》をかぶった三、四人の一団が「仏教救世軍」と記した高張提灯《たかはりちょうちん》を竹棹《たけざお》の先に縛《しば》りつけたのを担いでやって来て「王法為本《おうほういほん》の旗の色」とか何とかいった歌を歌いながら、救世軍の讃美歌や、タンバリンの威勢のいいのに対抗して説教を始めた。時にはまた、社会主義者の一団も来た。この連中は提灯も何も持って来なかったが、来るとすぐ懐《ふところ》からビラを出して、それを傍《わき》の「鳥鍋《とりなべ》」の横の壁板に貼りつけて、代る代る、長い髪の毛を震わせながら、腕を振り、声をからして演説した。時にはこの三つの団体がかち合って喧嘩《けんか》したり、後から後からと先の団体の言ったことを打ちこわすようなことを論じていた。そしてそうした晩は、みんなその方に気を取られるので、新聞は売れなかった。

ある晩私は、新聞が売れないのに気を腐らせて、どうにでもなれといった気で、籠を前の方にぶらさげながらぼんやり立って演説をきいていた。するとそこへ一人の青年がやって来て、

「あなたは白旗から来ているのでしょう」と私に話しかけた。

私は多少どぎまぎしたが、でもはっきりと、

「ええ、そうです」と答えた。

「そうですか、僕、原口というものです。以前、白旗にいたことがあります。白旗さんによろしく言って下さい」

そういって男は私に、一枚のリーフレットをくれた。それには「ロシヤ革命」の何とか書いてあった。

それから四、五日経った後の夜のことであった。その連中がまたやって来て演説した。そして演説がすむと、「社会主義の世の中になったら」とかいったパンフレットを五、六冊ずつ手に持って、立ってきいていたものに買うようにとすすめた。

社会主義者のいうことは、何が何だか私には解らなかったが、でも、何かしら、買わねばならぬような気がしたので「私に一冊下さい」と小さな声で言ってみた。

「へい、四十銭です」とそれを持っていた男が、一冊を取って私に渡した。

すると、いつか原口と自分を名乗った男がそれをききつけて、

「おい、君これは我々の仲間になるべき人間だ。原価でわけてあげよう」とその男に言った。

「うん、そうだ。そうしよう」と前の男もそれに賛成して二十銭でいいと私に言った。

なるほど、間もなく私は「仲間」になった。「仲間」になってから考えてみると、初め私に本を渡そうとしたのは確か、その後米村に殺された高尾さんで、その一団は、後

に巣鴨の労働社に集まった連中だった。

雨の降る日の夕刊売りは全く惨《みじ》めであった。傘をさして雨の中に立っていると、着物の裾《すそ》は泥だらけになるし、肝腎《かんじん》の新聞は濡《ぬ》れてぐしょぐしょになるし、従ってそれは容易に破れたりくっついたりした。天気のいい日には新聞を橋の手摺《てすり》の下に積み重ねておいて、籠には少しばかりしか入れていないのであるが、雨の日はそうは行かないので、初めから全部を籠に入れて肩にかけていなければならない。その上、売れ行きが鈍くていつまでも減らないので、その重さったらなかった。そうして私は、その重みに肩の骨がへし折られるのでないかと思うほど痛いのを感じるのであった。が、まだそれだけではない。片手には重い番傘《ばんがさ》をさしているのであるから、新聞を渡すのにも釣銭を出すのにも一切合財《いっさいがっさい》片手でしなければならぬので、新聞を地に落して泥だらけにしたり、まごついたりして、来合わせた電車に乗ろうとあせっている買い手に「ぐずぐずしないで早くくれなきゃ困るじゃないか」などとけんつく喰わされるようなこともあるのだった。

ある夜、私は、出ばなの小一時間をひどい夕立にやられた、そのために客足がぱったりと止《や》んで新聞は少しも売れなかった。で、もうやがて十時だというのに紙は半分以上も残っているという始末だった。その頃はもう雨も止んでいるのに、夕立に驚いた人々はみんな家に帰ってしまったし、雨の止んだ時分はもう外出には遅いしするので、人通りは常の三分の一もないほどだった。

でも私は、どうかして売らなければならなかった。私は嗄《しゃ》がれた声を張りあげて「ゆうかーん、ゆうかーん」と叫んだ。だけどもうその頃になっては誰も夕刊を必要としないといった風に行き過ぎた。

濡れた電信柱に凭《よ》りかかって私は、前の大時計の針を眺めながら、もうどうせ売れはしない、早く帰りたいと思った。が、その夜に限って私には、時の歩みは遅々《ちち》として進まないのであった。

思い出したように私は「ゆうかーん」と、だるそうな声で往来の人々に呼びかけた。が、やはり、誰も買ってくれる者がなかった。忘れた頃に一人二人立ち寄って一、二枚買って行くが、それも必要というよりはむしろ私の哀れな姿に同情して買って行く人々らしく見えた。

時が経つに従って人足はますます減った。張合《はりあ》いのない気力は体の疲れを一層濃厚にした。

もう見込みがない、いつまで立っていても仕様《しよう》がない。帰ろう、と私は決心した。で、少し早いがそこを引きあげた。

やがて私は家の近くにまで来ていた。大通りを曲って路地に這入《はい》り、家の横手のどぶ板を踏んだ時、その足音をききつけて、二階から主人が叫んだ。

「誰だね、今頃帰って来たのは？」

「私です、金子です」と私は顔をあげて二階の方を見上げた。

二階には誰か客が来ているらしく、主人と客とはビール瓶を中に向い合って座っていた。

「金子君か、まだ早いよ、十一時にもなってやしないじゃないか」と主人はやや調子を柔らげたが、しかし寛容を示さなかった。そしてつづけた。

「まだ一人だって帰って来てはいないよ。それだのにあんないい場所をもっている君が一番さきに帰るなんて法はないよ」

「ええ、ですけど、ちっとも売れないんです。夕方の夕立で人足がすっかり減ってしまったんです」

私は訴えるような気持ちでこう言ってみた。が、主人はなお私の立場に同情してくれそうもなかった。

「そりゃたまには悪い晩もあろうさ。だが、あんないい場所を今頃からあけてもらっては困るよ、売れなくても規定の時間だけは辛抱して立っていてくれなきゃ、今後、場所がわるくなるからね」

不承不承私はまた引き返した。が、人通りはもうめっきり減って数えるほどもなかった。無論私は「ゆうかーん」を叫ぶ勇気はなかった。たまに一声二声叫んでみると、その声は上野の森に咽《むせ》び泣くように反響するのみで、自分の惨《みじ》めさをその反響に映して見るような気がした。

橋の欄干《らんかん》に凭《よ》り掛《かか》って、私はただ涙ながらに時の経つのを待っていた。大時計の上には澄み渡った空に星が二つ三つきらめいていた。

広小路の方から空の人力車が一台やって来て私の前に止まった。若い車夫が梶棒《かじぼう》を静かにおろして私に言った。

「すみませんが新聞を二、三枚くれませんか」

「はい、何を差し上げましょうか」

「いや、何でもいいんです。残っているものを何でも……」

要らないのに同情して買ってくれるのだなと私は思った。新聞も渡さずに私は相手の顔を見まもった。

相手は学生帽をかぶっていたが、徽章《きしょう》を白い紙で捲《ま》いて隠していた。これもやはり自分と同じ苦学生でなければならない。

自分も苦学をしているのだという一種のヴァニティーも手伝って私は急に元気づいた。

「あなた学校へ行っていらっしゃるんですね、ねえ、そうでしょう。どこなの学校は？」

相手はしかし、ただ笑っているばかりで何とも答えなかった。私が二度三度繰り返して訊ねたとき、やっとその男は答えた。

「あなたと同じ学校の、同じクラスですよ」

「ええ？　同じ学校の、同じクラス？」と私は驚いてきき直した。

「そうです。あなたは気がつかなかったかも知れませんが、僕はとうからあなたを知っていました。あなたが学校でよく居睡《いねむ》りをしておられるので、てっきりこれは苦学生だなと僕は思っていたんです。そして、ちょいちょい僕はここで、あなたの夕刊売りの様子を拝見していたんです」

私達はそこでしばらく立ち話しをした。

その男の話したところによると、その男は伊藤といって、近くの救世軍に属する軍人、――すなわち、クリスチャンであった。麻布《あざぶ》の獣医学校の学生だったが、月謝を納められなかったり、病気したりなんかして学校を休んだので、来学年に飛び込む準備をしながら研数学館の代数科に通っているのであった。学校では女といえば私一人であるからすぐ目につくし、その上、彼はこの辺の路傍説教に来るので私の夕刊売り姿を認めることができて、とうから私に注意していたのだった。

夕刊を売り始めてから七日目の晩に、あぶなく私は、苦学生誘拐専門の男に欺《だ》まされようとしたとき、主人に注意されて、その後は男の人に気をつけてはいたが、しかしこの男こそは一目見てもそうした種類の者でないということを私は信じた。こうした男と知合いになり得たことがどんなに幸福だか知れないと思いさえもした。

伊藤は私に忠告した。

「こんな仕事じゃ疲れて仕様がありませんよ。それに、まだ今はいいですが、だんだんと心も荒《すさ》んできますよ。何かほかのことをした方がいいですね。もし何なら僕に相談して下さい。僕もお見かけ通りの無力なものですけど、僕に出来ることだったら何でもしてあげますから……」

悲しいうら寂しい心を抱いている時であった。私は泣きたいほど嬉しかった。感謝に充ちた晴やかな気持ちで私達は別れた。

白旗新聞店は苦学生に勉学の便利を与えるということを表看板にしていた。そして事実ここには、白旗新聞店のために、働くことによって学校に行っている一団の苦学生がいた。苦学生はもちろん私のように、自分ではどうすることも出来ない連中ばかりであったには相違ない。だから、とにもかくにもこうして学校に通えるような機会を与えてくれた白旗氏に対しては感謝すべきであろう。私は別にこれを不当なこととは思わない。だが、白旗氏がもし、「俺がお前達を救ってやっているのだから、お前達は俺のために、俺の言いなりに働かねばならぬ」と言ったとするならば、それは恐らく正当ではなかろう。なぜなら、苦学生が白旗氏によって勉学の便宜を得ているのも事実だが、同時にまた、白旗氏が苦学生によってその生活を支えられているのも事実だからである。そして私の見たところでは、白旗氏はむしろ与うるよりは取る方が多過ぎていたように思う。

というのは、初めのうちこそは私には何もわからなかったが、十日おり、二十日いる間に自然と私は、白旗氏の人格も私の父の人格とそう大して変ったことがなく、白旗氏の家庭も私の家庭も似たり寄ったりなものであるというところを知ると同時に白旗氏にそんなことをさせるものは、一つはその生れつきにもよるか知らないが、少くとも白旗氏においては、苦学生より得る金が多すぎるからであるということを知ったからである。

白旗氏には二人のおかみさんがあった。一人は今白旗氏と共にいるおかみさんで、今一人は、今のおかみさんが来て白旗氏のところから追ん出したいわゆる白旗氏の先妻であった。もっとも先妻といえば既に別れてしまったものかと思うが実はそうでなく、白旗氏は今にそのおかみさんの世話を見ているのであるから、白旗氏はやっぱり二人のおかみさんを持っていると言っていいであろう。

何でも人の話によると、今のおかみさんは、白旗氏が浅草あたりのお茶屋に遊びに行っていた時分に出来合った女で、前のおかみさんを追ん出したと言われるだけになかなかのしっかりものであった。いや、というよりはむしろ、おそろしく神経質な女で、ヒステリイが起った時などは手もつけられないしたたかものであった。

ところが、白旗氏には今また、もう一人、船橋あたりにお馴染《なじみ》の女があって、三日にあげず体じゅうに香水をふりかけては出かけて行くのであった。そしてそういった時には、おかみさんはその腹いせにか、売子の売上げ金のうちから二十円三十円という金を引っ摑んで行って内緒で着物や帯を買って来るという始末であった。現に、私がいた間にも一度そういったことがあって、白旗氏が怒る、おかみさんが白旗氏を女のことでせめるといった騒ぎで大喧嘩が起ったことがある。そしてその喧嘩のはてにおかみさんは気がふれて、二階のテスリから繻子《しゅす》の帯をおろし、それを伝《つた》って表の広小路に出ると、辻車《つじぐるま》にのって一晩じゅう当てもなく向島《むこうじま》辺を挽《ひ》き歩かせた揚句《あげく》、本所《ほんじょ》の知合いの家へころがり込んで、二日二晩、食わず飲まずで、座って立膝《たてひざ》をしたままに、何かぶつぶつ呟《つぶや》きながらお金を数える真似《まね》をしていたということであった。おかげで私は、そういったときに食事のことから三人の子供の世話までさせられたのであった。

が、一方ではこんなことをしているかと思うと、一方前のおかみさんの方は下谷《したや》坂本《さかもと》町《ちょう》の裏長屋に住んでいて、家賃こそ主人の方から仕払ってくれはしたものの、二人の子供を抱えて日々の生活は、白旗新聞店から貰う百枚余りの新聞の売上げですましているのであった。しかもそのおかみさんの持ち場はあまりいいところではなく、全部売ったとしたところで二円にしかならないのであるが、今のおかみさんは、何とか難癖《なんくせ》をつけては、わざと、新聞を届けるのを遅らせたりなんかするのであった。それぐらいならまだいいが、前のおかみさんを、まるで乞食扱いにさえして苛《いじ》めるのであった。

私はこの家に来てからも実に、私自身の家の有様《ありさま》を、そっくりそのまま見せつけられているような気がして悲しかった。しかもこれは、金があっての上のことだから——その金も苦学生が血の汗を流してためた零細《れいさい》な小銭を溜《た》めた金なのだ——なおさら始末がわるかった。

さて、白旗新聞店にいる私自身の生活は？

私は今まで、夕刊売りに出たときのことしか話さなかった。だが、私のここの生活はそれだけではないのだ。

私はまず、午後の四時に夕刊売りに出て、十二時に家に帰って来る。が、私はすぐに眠れるのではない。いずれも十二時頃に帰って来る人達の売上高を私の部屋でその場で調べる。白旗氏自身がそれをやってくれる時には、仕事を部屋の一方に片寄せて私だけを寝させてくれるが、おかみさんの時には決してそうはしてくれなかった。部屋じゅうに新聞が撒《ま》きちらされ、がやがやと騒ぐのだから私が眠られるはずはなかった。仕方がないので私はよく、眠気《ねむけ》ざましのつもりで、台所に行って翌朝の米を磨《と》いだり、朝から食べッ放しのままの食器などを洗って片づけてやったが、おかみさんはそれをいいことにして、いつでも私にそれをさせるようになったのである。だから私がすっかり仕事を終って寝るのはいつも一時すぎか二時頃であった。しかも私は、翌朝必ず七時には起きねばならないのだった。

七時に起きて部屋を掃除したり食事の仕度をしたりしている間にじきに八時になる。ところが私の学校はきっかり八時始まりであるから、八時に家を出ても、電車に乗って三十分もかかる関係上、一時間目は満足に授業を受けられないのであった。それだのに、その上まだ私は、幼稚園にゆく二人の子供のお伴をおかみさんに仰せつけられるのであるから、学校に行ってみると最初の一時間はもちろん、子供たちにむずがられた時などは二時間目までも終っていることがあるのだった。

正則をおひるまで、おひるから三時までを研数学館に、そして家に帰るとすぐ、私は労働に出なければならなかった。汗と埃《ほこり》とにまみれて、夜中の十二時に帰って来てもお風呂にはもう行けなかった。で、せめて日曜だけでもゆっくり休みたいが、そんなわけで、第一自分の体の洗濯やら、溜めておいた汚れた衣類の洗濯などで一日がつぶれた。まあざっとこんな風で、体の休まるひまはまるっきりないと言ってもいいのである。

だからまた勝ちすぎる荷と連夜の睡眠不足のために、学校に行って机に凭《よ》りかかるとはすぐに居睡《いねむ》りが出てきて、どんなに気を張りつめて眠らないようにしようとしてもそれには勝てなかった。そこで教師が何を言っているかもわからなければ、ペンを持つ手に覚えさえなくなってしまうのであった。

私は最初、白旗氏に向って、どんな苦労でもする、どんな辛抱《しんぼう》でもすると言った。今もやはり、それは決して厭《いと》わないつもりではある。けれど、どんなに私の意志がそれを欲しても私の肉体がこれを承知しないのである。

私はとうとう考え出した。

「いくら意地を張っても駄目だ。それは不可能だ。勉強したいばかりに、こうした苦しい生活もするのであるが、これは苦しさを通り越している。勉強ができないようになっている。こんな風では意味をなさない」と。

そう思うと私はもう、いても立ってもいられなくなってきた。

白旗新聞店を出ることを私は決心した。が、考えてみると私は、月謝だの衣類だのに要した金を十二、三円借りていた。だから、出るなら私は、この金を返して行かねばならなかった。といって私には、そんなことのできるはずはなかった。

車夫の伊藤が、「そんなところにいて、人の厄介《やっかい》になっていたのでは、勉強もできなければ、堕落《だらく》もする。それより早くそこを出て、独立で何かやった方がいい」と言って、私のために、借金を返すことと、いい仕事を見つけることを心配してくれてはいる。けれど、自分ひとりのことさえ思うに任せぬ彼のことであるから、それがいつ実現できるのか、まるで夢のような話でなければならぬ。そこで私は、社会主義の話を聞いて懇意《こんい》になった原口に事情を話して金の調達方を頼んでみた。が、原口には誠意がないらしく、「僕にはちょっと工面がつきかねますねえ」と断られた。

仕方なしに私は、時期を待つことにしていた。ところが、私がここを出たいと思っていることを誰にきいたのか——多分私が、この家の生活の苦痛を訴えて、何かもっと他の仕事をしたいと仲間のものに話したので、それが伝わったのであろう、ある日、白旗氏は渋《しぶ》い顔して詰問《きつもん》するように私にきいた。

「金子君、君はここを出たいといろいろ画策《かくさく》しているそうだが、それはほんとうかね」

私としては借金を返すまでは辛抱していようと思っていたのであるが、そしてそれまでは黙っているつもりでいたのだが、こう問いつめられると嘘を言うわけには行かなかった。

「ええ、実はあまり体が疲れて勉強も何もできませんので、借りたお金を返してからおひまをいただこうかと思っていたんです……」

「そうかね、それだから僕は最初からそう言っておいたんだが」と白旗氏は一層むッつりとした顔で「よろしい、出たけりゃ出てくれたまえ。そして、こちらの都合があるから明日にもそうしてくれ給え」と厳に私に言い渡した。

こう言われた限り、もうここに止まることができないと観念して、「はい」と私は答えた。だがそれにしても私は、どうすればいいのであろう。私は無一文《むいちもん》である。何も別に仕事をもってはいない。私は途方に暮れた。

もう明日は出なければならぬ私である。ところがその私を白旗氏は、その晩売れ行きのわるい本郷三丁目の角のところにまわした。そして私はその一晩の間に五十幾銭かの借金を増やした。

私を主人の方から追ん出したのである。で、無論その借金は棒引きにしてくれるのだと私は思っていた。ところが、その後私は、私が白旗氏のところを出るとすぐ、白旗氏は二人挽きの車で三の輪の大叔父の家に乗り込んで、私の悪口を並べた揚句、詳しい計算書を見せて借金の返済を迫ったということを、大叔父のところできいた。何でも白旗氏はその時、大きなカステラの函《はこ》を手土産《てみやげ》に持って行ったので、大叔父は義理に搦《から》まれて、要求されただけの金をその場で払わされたとかで、私はさんざ大叔母に厭味《いやみ》を言われた上、大叔父に謝まらされたのであった。

露店商人

白旗新聞店を出たのはもう夕方であった。

さていよいよそこを出はしたものの、出るだけで準備がまだできていないうちに無理に追ん出されたのであるから、第一その行き場所がなかった上に、生憎《あいにく》と雨がどしゃどしゃと降り出したので、私は全く途方にくれた。松坂屋の入口の石畳の上にしょんぼり立って私は迷った。

が、どう考えて見ても途《みち》がない。やっと思いついたのは、伊藤を通じて一、二度会ったことのある黒門町《くろもんちょう》の救世軍小隊長の秋原さんを訪ねて、とにかく今夜一晩を泊めてもらおうということであった。

傘がないので私は、着物の裾《すそ》を端折《はしお》って、低い日和下駄《ひよりげた》でぴちゃぴちゃと泥をはねながら家々の軒下《のきした》を伝って小隊を訪ねた。

水曜日か木曜日だった。いつもなら戸が締っているのだが、何か集会でもあるのか、電灯があかあかと輝いていた。人の集まっている気配であった。

いささか気おくれがして、私はしばらく、その前に立って躊《ためら》っていた。が、いつまでもこうしてはいられぬので、思い切ってドアを開いて中に這入《はい》って行った。

三十名近くの人がベンチに腰をかけていた。前から二、三番目のベンチにかけていた伊藤はいちはやく私を見つけてやって来た。

「とうとう出されたんです」と私は、伊藤を見るなり言った。

伊藤は私を土間《どま》の隅《すみ》の方につれて行って言った。

「話は後でゆっくり伺いましょう。今晩は神田の本営からK少佐が特別講演に来られるので、臨時集会が開かれているんです。もうやがて始まるでしょう、いいところへ来ました。まあ掛けておききなさい」

私は伊藤に案内されて婦人席の方に腰をおろした。伊藤は小さい聖書と讃美歌集とを持って来て、その夜、講義されることになっている箇所をあけてくれた。そして自分はまた、もとの席へと帰って行った。

私は聖書なんか読むどころでなかった。不安な思いばかりが胸の中を往来した。穴の中へでも引き込まれるような心細さがひしひしとせまってきた。

ほどなく集会が開かれ、祈禱《きとう》があったり、讃美歌が歌われたりしたようだった。私にはしかし、そんなことはすべて素通りした。私はただみんなと一緒に頭を下げ、みんなと一緒に立った。K少佐の説教すらも頭の中に這入ってこなかった。だが、しばらくしているうちに、空気になれてきたのか、いくらか気が落ち着いてきたのか、少しばかりは少佐の言葉も頭の中に這入るようになった。が、その時分にはもう少佐の説教は終っていた。

説教が終ると讃美歌がまた歌われた。そのリズムは大浪《おおなみ》のうねりのように澎湃《ほうはい》として捲《ま》き起って来るような力をもっていた。何かしら自分もその波の上に乗ってどこか広々としたところにつれて行かれるような気に私は襲われた。

自ら感激にせまって言葉もつまるような少佐の祈禱がそれにつづいた。悩める霊に代ってその救いを求める少佐の祈りは必ずきかれなければならぬような気もちを起こさせるのに充分であった。祈禱がすむと、信者たちの「あかし」が始まった。死ぬほどの苦しみを抱いていたものが信ずることによって救われた、という意味のことを店員風の青年が立って証《あか》した。「わしゃ、エス様に救われてほんとに仕合せです」と私の側《そば》にいたお婆さんが言った、みんな口々に「アーメン」とか「ハレルヤ」とか叫んだ。「そうです、おお神よ!」と感激に充《み》ちて叫ぶものもあった。伊藤が進み出て、テーブルの脚のところに跪《ひざまず》いて祈った。それは主として私のために祈り、私の救われんことを願っているようであった。

私は何だか、じっとしてはいられないような気がしてきた。何かしら私の頼るべきものがあって、それが私を手招きしているように私には思われた。そうして私は、何だかわけのわからぬ力に引きつけられて行くのであった。ふと気がついてみると、私はもう、小隊長の足下にまで進んでいた。私は小隊長の脚下の床に突伏《つっぷ》して、ただわけもなく泣いた。

小隊長はまた「アーメン」と叫んで私の腕を握った。そして私を抱き起して、いろいろのことを訊いた。

私は泣きじゃくりながら、問われるままに率直に答えた。小隊長はそれをいちいちノートに書きとめた。それから「皆さん、救われた一人の姉妹《きょうだい》のために祈って下さい」と自分がまず、跪いて声を慄《ふる》わせながら熱心に祈った。それにつづいて、伊藤を初めほかのものも感謝の祈りをささげた。

酔えるものの如く私は感激していた。一切の苦悩を忘れて、みんなと一緒に私も神を讃美していた。そうして私は、いつの間にかクリスチャンの仲間にはいっているのであった。

伊藤は私に、湯島の新花町《しんはなちょう》に間を借りてくれた。それから、彼の知合いの粉石鹸屋《こなせっけん》から三、四円分の品物を仕入れてくれた。私は早速、その粉石鹸をもって夜の露店商人に変った。

場所は神田の鍋町《なべちょう》であった。四時か五時、何でも夕飯の仕度《したく》に豆腐屋のラッパが街にきこえ始まる頃、伊藤の買ってくれた小さいブリキの洗面器に、二分芯《にぶしん》の置《おき》ランプと、五、六枚の古新聞と三十そこその粉石鹸の袋とを、ごた混ぜに入れて縞木綿《しまもめん》の風呂敷《ふろしき》に包んで、私は私の新しい商売へと出かけるのであった。

鍋町から丁字形に、表の電車通りに突き当ろうとする角のところが、私の新しい売店であった。

私の側には、講談倶楽部や子供雑誌や彩色刷の浮世絵などを並べた古本屋があり、その隣にはとうもろこし屋のお婆さんが、箱の上に座りこんで、前に置いた台の上に七輪《しちりん》をのせ、ばたばたと団扇《うちわ》をはたいてとうもろこしを焼いていた。私と向いあった往来の向い側には、古着屋が店を開いており、その隣には袴《はかま》を穿《は》いて口髭《くちひげ》をはやした、大分もう年をとった一人の男が、オットセイの黒焼きだとか、蘇鉄《そてつ》の果《み》だとか称している、えたいの知れないものを台の上にのせて、演説口調で何か能書《のうが》きを並べたてていた。それからずっと、丁字形の縦の線に沿うては、万年筆屋だの植木屋だの、玩具屋《おもちゃや》だのといったいろいろの商売人が店をひろげていた。

私はまず向いの古着屋さんと隣の古本屋さんとに仲間入りの挨拶をした。古着屋さんは見るからにずるそうな男であったが、古本屋さんは人の好《よ》さそうな爺さんであった。

「お前さんがかね、へえ、何売るんだね！」

と、お爺さんは、口もとに微笑を浮べながら怪訝《けげん》そうに私を眺めた。

「粉石鹼をもって来ました」

「ほおう、しゃぼんやさんだね、まあしっかりやりなされ」

こう言ってお爺さんは、珍らしそうに私が店をひろげるのを見ていたが、不案内な私の所作《しょさ》がもどかしいといった風に、私の側《そば》に寄って来て、かれこれと並べ方を教えたり、商売についての注意を与えてくれたりなどした。

夜店で暮している人達である。だから、無論楽な人達ではあるまい。けれどとにかくそうした人たちの店はそれ相当の構えをしていた。ところが、私の店と来たらどうだろう。

私の店には第一、品物を並べる台がなかった。地べたに新聞紙を四、五枚敷いたその上に商品が載せられているのであった。しかも、商品といったところで、例の粉石鹼の袋が三十足らずあるっきりで、その間に小さな暗いランプが申し訳けのように点《とも》されているのだった。何という貧弱な店であろう。余りに目立った貧弱さである。商品の後ろの方に、これもやはり新聞紙を敷いてその上に私は、膝《ひざ》に展《ひろ》げたリーダーを置いたまましょんぼりと座って客を待っているのである。

　隣のお爺さんは面白い親切な人だった。いつも酒で顔を赤くほてらしていたが、酒の気《け》がきれると「姐《ねえ》さんすまないがちょっと見ていてくんな」と私に自分の店を任しておいてどこかへ姿をかくした。その間に爺さんは近くの酒屋へ駈け込んで、コップ酒を呷《あお》って来るのだった。夜も更《ふ》けて客足が少くなった時分には、眼鏡《めがね》越しに皺《しわ》くちゃな眼をしばたたきながら、商売物の浄瑠璃《じょうるり》本か何かを取り上げては、妙な節をつけて小声で語るのが爺さんの癖《くせ》だった。が、それにも飽きると、

「姐さん、お前さんとこの店は馬鹿に陰気臭いね。まるで化物《ばけもの》でも出そうだよ……」

などと人のいい笑いを見せながら「これで少しはたいいてみな」と、古本の上の埃を払うはたきを私の方へ投げてくれるのだった。

　商いがなくていつも退屈している私は自然とお爺さんの話の相手となった。

　私は答えるのだった。

「駄目よ、おじさん。いくら埃をはたいても台がないんだから。品物は往来を通る人

の埃をじかに浴びるんだもの。それに今日なんかはもっとひどいよ、私がここに来て見ると、往来に水を撒《ま》いたと見えて地べたがびしょ濡《ぬ》れさ、仕方がないから私、地べたの乾くまでしばらく待っていたのよ。それでもなお、これご覧、しゃぼんも新聞も、びしょびしょに湿気《しけ》てるから……」

「ふん、なるほど湿気てるね、そんな按排《あんばい》でいいのかい?」

「いけないわよ、おじさん、しけってはいけないって、ちゃんと袋の裏に書いてあるわ」

「じゃ、台を拵《こしら》えたらいいじゃないか」

「そりゃ、言われるまでもなく知ってるさ。だけどおじさんお金がないんだもの。ねえ、おじさん、それよか」と私はお爺さんの掛けている古本の空箱をちらと横眼で見ながら、「その空箱貸してくれない? おじさんの腰掛けている箱を。台にちょうどいいわ」と言ってみた。

するとお爺さんは、驚いたように眼をまるくして、

「ええ、この箱かい、こりゃ困るな。この箱を取りゃお前さんの都合は好《よ》かろうが、俺の方は困る。一晩じゅう立ってるんじゃ、この老人はまいってしまうからな。やれやれそれは……」と言って、ははと笑った。

こうして私達はいいお友達ともなり、いい隣人ともなった。が、それがかえって私を寂しがらせた。せめてこんなお爺さんが自分の祖父か父かであってくれたなら……と、私はこう思うのであった。

店の様子が陰気なので大抵の人は気がつかずに行きすぎたり、気がついてもちらと一《いち》瞥《べつ》を投げるだけで通り越してしまうが、たまには若い男が、何にするのか——多分私をからかうつもりででもあろう、物好きに一つ二つ買って行くことがあった。が、そんな時にも十銭の買物に五十銭や一円の紙幣を出されて困ることが多かった。でもそうした時も、隣のお爺さんと懇意《こんい》になっているので都合がよかった。

「ちょっとお待ち下さい」と私は客に言い置いて、客の渡した金をお爺さんに渡して細かいのに替えてもらうと、たった十銭を自分の手に残したきり、残りはそっくりそのまま客に返してしまうのであった。

そんな風であったから一晩の売上げは五十銭か七十銭、せいぜいのところで一円ぐらいだった。それで三割の口銭《こうせん》と来ているのだから、食って行ける道理がなかった。時には売上げをみな使っても、その日の食いぶちが上って来ないことさえあった。そうしてそんなことから、仕入れの数が自然と減ってきて、ただでも寂しい店が一晩一晩と寂しくなって行くのだった。

それに気づいた隣のお爺さんが遂《つい》に私に言った。

「姐さん、それじゃいけねえな、人間てな変なもので、早い話がたった一帖の紙を買うのにも、出来るなら大きな立派な店で買いたがるものだよ。だから不景気な店はますます不景気になり、繁昌《はんじょう》する店はどしどし繁昌するってな道理だ。で、売ろうと思うにゃやっぱり店を立派にしとかなくちゃね」

全くだった、日が経って、商品が少くなるにつれて、だんだんと売れなくなった。そしてそれと共に、私の懐工合《ふところぐあい》もまただんだんと悪くなった。「ああ二十円の金が欲しいなあ、二十円あったら夜店をやって苦学して行けるんだがなあ」と私は始終思った。

でも、ぶっ続けに立ち通しの夕刊売りに較べると、ずっと楽なので、売れても売れなくても私は、皆の引き上げるまでは夜露を全身に浴びながら、夜の路傍の地べたに座っているのだった。


引き上げは大概《たいがい》十時頃だった。それから私は湯島まで十二、三町をテクテクと歩いて帰るのであるが、家に着くのはほぼ十一時すぎだった。そしてその頃にはもう大抵の場合、家のものは戸を締めて寝ているのだった。

私は、商売道具の風呂敷包《ふろしきづつみ》を片手にぶらさげたまま、片手でそおっと戸をゆすぶって

「おかみさん、おかみさん」と呼び起すのだった。だが、それがあまり幾度も重なると気の毒になって、つい起す勇気もなく、そのまま神田明神の境内《けいだい》にある藤棚の下の、昼間はサイダアや氷を売っているが夜は店をたたんで帰る見晴らし台の上に、ごろりと横たわって寝るのであった。

そうした時、夏でも夜は涼しかったが、その代り、蚊が猛烈に襲撃して来るので、なかなか容易に眠りつけなかった。やっと見出した工夫は、商品を包んだ風呂敷で頭を蔽《おお》い、着物のたくし揚げをおろして、ちぢこまって、足をくるんで寝ることであった。疲れているので、多くの場合はぐっすりと眠りついたが、時々は夜中に急に降りだした雨にたたかれて起されたり、おまわりに見つけられて交番につれて行かれたりなんかもした。

こうした生活はしかしいつまでも続き得るものではなかった。ことに四、五日も続けて雨に降られた時には、一文の儲《もう》けもなくて、三度三度の食事はおろか一日一度の食をさえ取り得ないといった状態になった。そこで今度は少しばかり残った商品をもとでに行商を始めてみた。

だが、これはまた新米の私にはこの上もなく困難な仕事であった。毎日、学校から帰って来るとはすぐ、袴《はかま》を脱いで帯に締《し》め更《か》え、商品を抱えて出かけるのではあるが、さていよいよとなるとどうしても人の家に這入ることができなかった。どの家もどの家もこんな粉しゃぼんなんか買ってくれそうもなく思えたり、這入って行ってけんつく喰わされたらどうしようと考えたりなんかして、どうしても思い切って這入って行くことができなかった。そうして、一日じゅうをただぶらぶら歩いて、脚を棒のようにすりへらすばかりであった。

こんな弱いことでどうするのか、と自分を叱《しか》ってみたり、要するにこれはまだ虚栄心を取り去り得ないからだと自分で自分を励ましてみたりなんかしてみたが、それも何らの効がなかった。夕方になって仕方がなく、死ぬる思いをして、やっとのことで百軒に一軒ぐらいの戸を叩いてはみても大抵はただ断られるばかりであった。

ある暑い日の昼下りのことだった。私は例の汚い縞木綿《しまもめん》の風呂敷包を片手に、傘もささずに、焼けつく日光に直射されながら例の通り、ただぶらぶらと野良犬のように、根津《ねづ》の八重垣町《やえがきちょう》あたりを歩いていた。

この四、五日ほとんど商《あきな》いという商いがなく、従って食事をとるお金もなくなっていたので、私はもう空腹でぺしゃんこになっていた。それで、暑さと空腹とのためにふらふらと眩暈《めまい》さえしそうであった。

私はもう、極《きま》りがわるいの、買ってくれそうにないのと、そんな贅沢《ぜいたく》な考えや、弱気におしひしがれている時ではなかった。

表通りから細い横町に折れて七、八間行くと、ちょっとした庭のある小ぢんまりとした住宅があった。そっと家の中を覗いて見ると、玄関わきの部屋の窓際で、おかみさんらしい女が鏡台の前に座って、髪結《かみゆ》いに髪を結わせていた。ここだ、この家だと私はその中に這入ろうとした。が、やっぱり気おくれがして、しばらくはその入口のところでぐずぐずしていなければならなかった。でも、再びまた自分を叱って、やっとの思いで玄関の硝子戸《ガラスど》をあけて中に這入った。

「ごめんくださいまし」と私はおどおどしながら言った。

「はい」と障子《しょうじ》越しに答えた。

「奥さん、粉しゃぼん買っていただけないでしょうか……安くてよくおちるのですが……」

こう言って私は、包の中から品物を出そうとした。けれど、品物を取り出すひまもなく、きっぱりと突慳貪《つっけんどん》に私は断られた。

「せっかくですが、今手がふさがっていますから」

手が塞《ふさ》がっている？　物貰《ものもら》いと私は間違えられたのだ！　脳天から打ちのめされたような気がして、私はもうふらふらとした。そして解きかけた風呂敷包をも一度結んで、悄然《しょうぜん》と泥棒犬のようにその家を出た。

「まあ、何てうるさいんでしょう、この頃は毎日のように孤児院が来るのねえ。私、初めのうちは可哀相だと思って五銭六銭出してやったが、でもきりがないので、この頃はもう片っ端から断ってやることに決めてるのよ」

「ええ奥さん、それが一番ですよ。可哀相だ可哀相だといってた日にゃ、こちらの口が乾《ひ》あがってしまいますからねえ」

「ほんとに、全くだわ」

そう言って二人が高笑いしているのを、私はその家の外に出たときにきいた。

せっかくの勇気をへし折られて、私の足は一層重くなった。またもや私は、ただ、ぶらぶらと歩いた。が、もう日暮どきであった。私はどうかして食べものにありつかねばならなかった。と、ある横町の路地の奥で、櫛巻《くしま》きの女が洗濯しているのが見えた。その傍《わき》にその女の子供らしい七、八つの男の子がいた。

「ほんとうにお前見たいいないたずらっ児はないよ、さっき着せてやった新しい着物がもうこれだ。見ろ、こんなに車の油なんかつけて、ちっとも落ちやしないから……」

女はこうその男の子を叱《しか》りながら、白地の浴衣《ゆかた》を洗濯板でごしごしとこすっているのだった。

私はつかつかとその側に近寄って行った。夜店で毎晩、わざわざ白布に機械油をしませて綺麗《きれい》に洗い落して見せていたほどである。自信をもって私は、私の粉しゃぼんをそのおかみさんにすすめることができた。

「きっと落ちます、なんなら私が一つためしてみましょうか」とさえ私は言った。

「じゃ一袋おいて行って下さい」と、おかみさんは、懐中《かいちゅう》から財布《さいふ》を出して二十銭だけ奮発してくれた。

「ありがとうございます」と私は、金を受け取るなり、走るようにその路地から大通りに出た。そして、かねて硝子戸越しに目星をつけておいた団子屋へ飛び込んで、二皿の餅菓子を食べた。朝から一食もとらない空腹を充たすには不足だったが、でも、それで幾分かは元気づいた。

行商にもしかし幾分か馴《な》れてきた。今ではもう人の家を訪ねるのにそう気骨《きぼね》は折れなくなったが、その代りやはり売れ行きはよくなかった。一日に三十銭も売れれば上等の方だった。三十銭では三割の口銭で九銭にしか当らない。それで一日の生命がつなげるわけがない。だから私はただ、仕入れたものを売っているばかりで、再びまた仕入れることができないのであった。

歩きづめであるから足駄《あしだ》の歯はぐんぐん減って行くが、新しいのを買うことができなかった。で、私はよく、郊外の大家の近所やごみだめの中に捨てられているお嬢さん方の下駄や時には男の下駄をも、自分のと穿《は》きかえて歩いた。

学校は、時間はあるが月謝の工面がつかぬので正則だけにした。その頃私は二年級にいたが、夏期の特別講習なので朝の七時から出なければならなかった。

私は朝早く起きて聖書の一くだりを読む。そして壁際《かべぎわ》に跪《ひざまず》いてお祈りをすまして学校に出かける。洗面器は売ってしまったので顔を洗うことが出来ないから、顔は途中にある湯島公園の便所の出口の手洗鉢《てあらいばち》で洗った。

金のある時には昌平橋《しょうへいばし》の方にまわってガード下の簡易食堂で朝食をとったが、ない時には順天堂《じゅんてんどう》脇からお茶の水を通る近道から学校に行った。

講習会に出るようになってから、私は一つの恩恵にありつくことができた。それはこの講習会に来た二、三の女生のうちの一人、河田さんが、毎日大きな弁当箱に御飯を一ぱい詰めて持って来てくれたことである。河田さんは戸塚あたりに住んでいるある社会主義者の妹さんであった。

だがそれにもかかわらず私はもうどうにもこうにもならなくなっていた。そこでふと思いついて、冬の衣類を二、三枚風呂敷に包んで質屋《しちや》の暖簾《のれん》をくぐった。

「へえ、いらっしゃい」と、薄暗い店で算盤《そろばん》をはじいていた番頭が顔をあげて私を迎えたが、多分私の身窄《みすぼ》らしい装《なり》を見て物にならないと思ったのであろう、再びまた算盤と帳簿との上に目を注《そそ》いだ。

もじもじしながら、私は質種《しちぐさ》を出して金の融通《ゆうずう》を頼んだ。番頭は小うるさそうにしていたが、私の顔をじろじろと眺めながら言った。

「へえ……どなたかの紹介でもお持ちでしょうか。手前共の方では初めてのお方とは取引きを致しませんのですが……」

「いいえ、紹介は別にもっていませんが、私の住居はすぐそこですから、何なら、ちょっと見届けて下さってもいいんですが……」

だが、番頭はもう私を相手にはしなかった。面倒臭さそうに、帳簿に目を落したまま答えた。

「ええ、ですけど、どうも規則として紹介のない方のは頂くわけに参りませんので……」

仕方なく私はすごすごと帰った。そして今度は、何か売るものがないかと考えて、行《こう》李《り》の中をひっくりかえしてみた。

新聞店にいた頃、古本屋で一円五十銭で買った代数の参考書と、三円いくらした英和辞典とのみが金に代りそうな品物であった。私はそのうち、差し当り必要でない代数の参考書をもって古本屋に行った。私はそれで、少くとも七、八十銭はもらえると思っていた。が、売ってみるとそれはたった二十銭でしかなかった。——その後私は、同じ古本屋で、その本が一円七十銭という札を貼られているのを見て恨めしかった。

とはいえこの際二十銭でも結構であった。私はその金をもらうとすぐ、簡易食堂に走った。そしてガツガツしている私の胃の腑《ふ》を充《み》たした。

簡易食堂で私は、時たま伊藤と一緒になった。

伊藤はやはり、夜間だけ車夫をしていたがあがりは少かった。それでも私の困っている時には自分の食を減らして二十銭三十銭と私に持って来てくれた。学校からの帰りなどに偶然かち会うことがあると、よく二人で一緒に「めし屋」に這入ったりした。

が、そうした場合にも伊藤は、信仰の話しかしなかった。

「あなたの信仰はこの頃どんな按排《あんばい》です」

私に逢って最初に発せられる伊藤の言葉はこれであった。何か込み入った相談でもある時には路傍でも軒下でもいい、伊藤はまず跪いて熱心に祈るのであった。

伊藤は私に、日曜の朝の礼拝には必ず出て来なければならぬと言った。困った時や苦しい時には祈りをせよと言った。「祈りはあなたに力を与えます」と励ました。力を与えてくれるくらいではどうにもならぬ私には、伊藤のこの言葉は余り理解のある言葉ではなかった。けれど私は、いわれるままに教会にも出席し、祈りもした。

私は奇蹟を信じられなかった。けれどそれに対しても伊藤や秋原は、ただ信じろ、信じさえすればわかると言った。なるほど、私にはそれらが信じられないにもかかわらず、私はただ伊藤に信頼して教会にも行けば、祈りもし、また、他人に奉仕するために朝早く起きて、黙って宿の便所の掃除までもした。――それも、伊藤がそうしろと言ったからで……。

こうして私は、神に仕え、人に奉仕した。けれど私はその酬《むく》いを得なかった。私はもう三日も食べないでいた。そこでまた新しい職業を求めてまわったけれど、その職業すらも与えられなかった。しかもそれのみではない。私の払ってあった間代《まだい》がきれたというので、家主から請求にあった。無論私には払えなかった。

私はとうとう、いつか秋原さんから話のあった女中奉公に出ようと決心した。そして、売れ残った自分の荷物をまとめてその家を出た。

出るとき私は、荷物を玄関に置いて「どうも永い間御世話になりました」と、叮嚀《ていねい》に頭を下げて別れの挨拶をした。すると、玄関わきの部屋で夫と二人で食事をしていたおかみさんが、持っていた箸《はし》もおかずに、ちょっと顔を振りむけたままで、「いいえ、どう致しまして、さよなら」と冷たい一瞥《いちべつ》を投げたばかりであった。

眠りを破るのを遠慮して、借りている部屋にも帰らずに露天に寝たり、自分の用さえ足しかねるほど忙しい苦しい身でありながら、しないでもいい便所の掃除までしたそれらの心づくしは、遂に何ものにも価いしなかったのである。基督《キリスト》教の教えるところは果して正しいのであろうか。それはただ、人の心を胡魔化《ごまか》す麻酔剤にすぎないのではなかろうか。人間の誠意や愛が他人に働きかけて、それが人の世界をもっと住みよいものにしない限り、そうした教えは遂に何らかの欺瞞《ぎまん》でなくて何であろう。

女中奉公

秋原さんの世話で私は、浅草聖天町《しょうてんちょう》の仲木《なかぎ》という砂糖屋に奉公することとなった。この家には五十四、五になる夫婦と、若夫婦と、若夫婦の子供が二人に、弟が二人のほかに、店員と女中とが各々《おのおの》一人ずつ、それに私を混ぜて都合十一人の家族が住んでいた。

老主人というのは店を息子に譲って自分は家のことは何一つせず、いつも家を空けて外にいたが五日に一度ぐらいしか戻って来なかった。これは後で知ったことであるが、この老主人は何でも浅草公園附近の待合《まちあい》に入りびたって、似寄《によ》った連中と夜昼ぶっ通しに賭博《とばく》をしたり飲んだりして日を送っているらしかった。しかも、公園近くに妾《めかけ》をかこっているとかで、大抵の時はその方で日を暮すようになっているのだった。

私がこの家に行ってから一月ばかり経ったある日、「久し振りに聖天さまへお詣《まいり》に参りましたのでちょっとお寄りしました」と言って来た二十五、六の女があったが、後で奥さんから私に「あれはお父さんの妾なのよ」と教えられたことがある。疎《あら》い縞《しま》お召《めし》の羽織《はおり》を引っ掛けて、束髪《そくはつ》に巻いていたが、玄人《くろうと》染みた粋《いき》な女だった。

大奥さんというのは病的なまでに潔癖家で、部屋の中の畳の上をさえスリッパを穿《は》かねば歩けないといった方《ほう》であったが、それでいておかしいことには、そのスリッパで便所の板の間をじかに踏む矛盾《むじゅん》を平気でやるのであった。若い時にはちょっと好《よ》かっただろうと思われるほど、今もなお色艶《いろつや》のいい女で、風呂に行っても二時間はたっぷりかかるほどのおめかし屋であった。

たまに大旦那が帰って来ると、火鉢を中に向い合わせに座って、ひっきりなし何か愚《ぐ》痴《ち》をこぼしているのだったが、何でもそれは妾のことについてらしかった。

「うるさいなあ、好《い》い加減におし……」と、大旦那が怒って帰って来たばかりなのにまたも飛び出して行ってしまうのを、私は時々みとめた。

若主人は別にこれという特徴を持たぬ平凡なそして品行方正な男であったが、奥さんはなかなかの器量よしであった。夫婦仲も決してわるい方ではなく、むしろ並以上の睦《むつま》じさであった。

が、姑《しゅうとめ》と嫁との間は余り面白くないらしく、嫁はいつもおどおどと小さくなっていた。それを夫が、陰になり日和《ひなた》になりして庇《かば》っているのは誰の眼にもわかった。で、大奥さんはいつも、それが気に喰わぬといった風にぶつぶつと言っていたが、時にはじっと長火鉢の上におっかぶさったまま、ヒステリカルに泣いたりなんかしていた。

弟の銀《ぎん》ちゃんは二十四、五だったが、家じゅうで一番几帳面《きちょうめん》なしかしけちな男だった。まだ独身で、家でぶらぶらしていたが、人のいないところでは嫂《あによめ》に抱きついたりキスをしたりして、小心な奥さんを困らしていた。妻にはどうしても嫂以上の美人を貰うのだと言って、まだいつ、誰を、という当《あて》もないのに、女持ちの雨傘を買って来たり金縁《きんぶち》の小型の名刺にただ「仲木《なかぎ》」とだけ刷らしたのを、用箪笥《ようたんす》の抽斗《ひきだし》に蔵《しま》い込んでおいては楽しんでいた。

末の伸《しん》ちゃんは神田の私立中学に通っていたが、兄達とはちょっと毛色の違った男であった。やせて背が高くて無口で、苦味走った顔を持っていた、どちらかといえば暗い重苦しい感じを人に与える男だった。あまり勉強家の方ではなく、店員の内緒話によると受持教師の宅へ砂糖を俵《たわら》で贈ったが、それでもなお落第したとかいう話であった。

この家にはどのくらいの財産があったのか知らないが、財産はみんなに分配されているとかで、ただその日その日の食事だけを一緒にしているだけのことであった。

さてこの家に来てはみたものの、東京に出て来た唯一の目的である学校をやめて女中奉公なんかすることの寂しさがひしひしと身に沁《し》みて感じられるし、第一この家の空気が何だか私の膚《はだ》に合わぬといった感じもして、何とはなしに私は憂鬱《ゆううつ》であった。で、私は、別にどうという考えはなかったのだが、ただこの寂しい心を訴えたいばっかりに、この家に来てから間もなく、私は、河田さんのところに手紙を出した。すると河田さんはすぐ、その翌《あく》る日私を訪ねて来てくれた。

来てくれただけで私はもう飛び立つような嬉しさを感じた。しばらくひまをもらって私達は街をぶらぶら歩きながら話した。

手紙では書けなかった事情を私は河田さんに話した。河田さんはその事情をきいて一層私に同情してくれた。そして私に言った。

「あのね、私の兄が近いうちに市内へ出て印刷屋を始めることになっているのよ。で、どう? あなたそこへ来て働いてみては。そうするとあなたは学校に行けるようになると思うけれど……」

無論、私は、できるならそうしたいと思った。ただ、そうすることは、私が社会主義者の仲間に入るということを意味するので、今まで世話になった伊藤にすまないと思った。

「ありがとうございます。私にとっては、それに越したことありません。けれど」と私は、この伊藤のことを話して「そうすると伊藤さんに叛《そむ》くこととなるのが心苦しいんで……」と渋った。

「そうね」と河田さんはしばらく考えていたが、やがて晴やかな顔をあげて言った。

「いいじゃないの？　その伊藤っていう人には、今までの恩恵を——恩恵といったところでその心の恩恵までもというわけには行かないけれど、せめてあなたに施《ほどこ》してくれた物質上の恩恵をでもすっかりお返しして行きさえすれば……そのくらいのことなら、私の方で何とか都合がつきそうに思いますけど……」

私はもう、耶蘇《やそ》教から離れたいと思っていた時だった。それに河田さんのこの提案はまたと得られない機会だとさえ私は思った。で、少し図々《ずうずう》しいとは思ったけれど、万事河田さんにお頼みすることにした。

翌々日河田さんから二十五円の為替《かわせ》が来た。河田さんの親切に感謝しながら、私はそれを郵便局から受け取って来た。そして、せっかくだがお暇《ひま》をいただきたいと大奥さんに願い出た。ところが、手に腫物《はれもの》が出来て切開したばかりの大奥さんは、繃帯《ほうたい》でぐるぐる捲《ま》きにした手を眺めながら困った顔をして、むしろ頼むように私に言った。

「ねえ、おふみさん。今あなたに出られてはうちはどうにもならなくなるんだよ。何しろ、嫁はあの通り体が弱い上に身重《みおも》だし、肝腎《かんじん》のきよ(女中の名)はぐずで間に合わないし、おまけに私の手はこんなのだからねえ……」

そう言われると私も困ったが、同時にまた、河田さんにすまないと思った。

「ええ、それは私も存じていますのですけれど……私にはまたとこんないい工合の仕事が見つかりそうもありませんので……」

大奥さんはしかしどうしても私を放そうとはしなかった。「せめて私の手が癒《なお》るまで、助けると思っていて下さいよ」とまで私に言った。

それをすらも振り放して出るということは私にはできなかった。で、止むを得ずすべてを諦《あきら》めて、その年一ぱいはいるということを承知してしまった。

河田さんの親切を無にしたことを私は心苦しく思った。けれど、どうにも仕様《しよう》がなかったのでせめてこの金だけでも返そうと思った。けれど、河田さんはその金をさえ受け取らなかった。

伊藤は三日にあげず店に来て、信仰友だちである店員の山本や家人の誰彼《だれかれ》に、宗教上の話をして帰って行くのであった。が、その頃は試験が近づいているのにパンに追われて勉強も碌《ろく》にできないことをかなり苦痛に病んでいるらしい様子であった。そこで私は、河田さんから貰《もら》った金を、恩返しだの何だのと鹿爪《しかつめ》らしいことを言わずに、ただ彼に、少し落ち着いて勉強のできるようにと、すっかりそのまま、伊藤にやりたいと思った。

ところが、そう思って待っていると、伊藤はなかなかやって来なかった。

私はもう待って待って待ちくたびれた。そこでそれを、為替にして伊藤に送った。

「わけは後でお話ししますが、私にちょうど要らない金がありますのでお送りします。これだけあれば一ヶ月やそこいらは間に合うと思います。どうぞ、当分の間、仕事を休んで、しっかり勉強して試験を受けて下さい」こういった意味の手紙を書いて、為替を同封して送った。封筒にはもちろん男のように「金子生」と書いた。

二、三日して伊藤が来た。私はいつものように、彼を電車停留所のところまで送って行った。

二人になると伊藤は言った。

「お金ありがとう。だが、あれにはちょっとびっくりしましたねえ。用事があれば僕の来た時話してくれるとして、これからは決して手紙なんか寄越《よこ》さないで下さい。女から来た手紙だなんてことがわかったら、僕の信用がなくなりますからねえ……」

「ええ、でも待ちきれなかったんですもの。それに、だからと思って字も名前も男のように書いたつもりだけど……」

「いや、そのお志はありがたいんです。ただ、手紙なんか寄越さないで……」

「すみませんでした」と私は寂しい気持ちで答えた。そして別れた。

とはいえ、私は決して伊藤を恨んだのではなかった。それどころか、私の心のうちにはますます深く伊藤への信頼が喰い入っていた。で、伊藤が来るたびごとに私は、伊藤を送って出た。夜などは、「あの電灯の下まで」とか、「あの柱のところまで」とか、つい
かなり遠いところまでも話しながら歩いて行くのであった。が、家の人たちは、伊藤をも私をも信じていたから、決して私達を怪《あや》しみはしなかった。

その頃の私は、学校という重荷をちょっと肩からおろして置いただけに、生活には割合楽であった。で、今までとは反対に、私が伊藤を助けることの方が多くなった。
心づけなどに貰《もら》ったお金が一円でも二円でも溜《た》まると私はそれを伊藤にやった。そうでない時には、何かしら伊藤にやるものを考えていた。そして、別に用もないのに十二時一時まで起きているこの家の習慣から、その間に生れて来る自分の時間を利用して、何かしら伊藤のために造っていた。

ある夜私は、例によって伊藤を送り出して行った。ちょっと嵩《かさ》のある風呂敷包を抱えて、裏口から私は伊藤の後を追って行った。と、それを伊藤が見つけて、

「一体、それ何です?」と怪訝《けげん》そうに訊ねた。

「これ? これね、もう大分寒くなったでしょう。で、あなたに座蒲団《ざぶとん》こしらえて上

げたの。それから枕もね」と私が答えて「ねえ、あなたは座蒲団もなし、枕が汚れてるでしょう?」と言うと、

伊藤はびっくりして、

「どうしてあなたは僕の枕の汚れてることまで知ってるのです」と訊き返した。

「どうして知ってるって? それはねえ、この間あなたのところへ、うちの番頭さんが寄って昼寝したでしょう。山本さんは帰って来て、あなたの枕が豚小屋の敷藁《しきわら》よりも汚いって言ってたからよ。座蒲団のないこともその時きいたの」

「それで拵《こしら》えてくれたんですか」

「そうです。ほんとうは、私の襦袢《じゅばん》の袖《そで》ならメリンスでいいと思ったのですけど、紅《あか》い色が這入《はい》っているのでいけないと思って、よくないけれど更紗《さらさ》を買って来てつくったのよ。でも、座りよいように、普通の寸法よりはずっと大きくそして厚くしておきましたわ。枕の方は、あなたの好きな大きさがわからないからいい加減にしておきましたけれど、気に入らなかったら直しますからそう言って下さい」

「ありがとう」と伊藤は幾度も礼を言った。私も何となく晴やかな喜びを感じた。

十一月三十日、忘れもしない、その日の晩だった。

しばらく顔を見せなかった伊藤が、ひょっくりやって来た。がいつもに似ず、伊藤の顔色がわるく元気もなかった。どうしたのだろうと心配しながら、私は急いで家の用をすました。そしていつものようにまた、主家に断って送って行った。

七、八町も歩く間、伊藤は黙っていた。ただ、私の話すことに応答《うけこたえ》するばかりであった。が、そのうちふと、あまり人通りのない暗いところに来ついた時、伊藤はひょいと立ち止って、

「金子さん、僕は懺悔《ざんげ》しなきゃならない」としんみりとした口調で話し始めた。

「僕はあなたを見違えていました。というのは、僕は実は、あなたを不良少女だと思っていたのです。ところが、近頃やっとわかりました。あなたは本当の愛の人だということをです。僕は小隊長とも永らくつき合いましたが、その他にもかなりたくさんの女の信者仲間をもっています。けれどあなたのように、温かいやさしい女らしい気もちをもった人は初めてです。僕はあなたの前に自分の不明を謝します」

この言葉は私を吃驚《びっくり》させた。私はそう言っている伊藤の顔を見た。伊藤は真剣な顔をしていた。だから、無論彼は嘘を言っているはずはなかった。

不良少女！　その言葉をきいたとき、私は鋭い針でちくりとさされた気持ちがした。が、すぐその後で言った「初めて見た温かい女」という言葉には何とも言えぬ恥かしさ

を感じた。嬉しいような悲しいような、妙な気持ちであった。

私は黙って話をきいた。私は何も言わなかった。が、ふと気がついて見ると、今はもう雷門《かみなりもん》もすぎて菊屋橋《きくやばし》まで来ていた。しかも私は、停留所の柱時計が十一時をすぎているし、あたりの店もそろそろ片づけ始めているのを見た。

私は驚いて立ち止まった。

「もう十一時すぎですわ。この辺でおわかれしましょう」

「そうですねえ、大分遅くなりましたねえ」と伊藤はしかし落ち着いた調子で言った。そしていつもは自分から帰れ帰れと言うのに、今日に限ってなかなか別れようとはしなかった。

「実は僕はもう少し話したいことがあるんです。上野のあたりまで歩きませんか。帰りは電車に乗ることにして」

「ええ。じゃ、もっと歩きましょう」と私の心の奥にあるものが、私の理性を押しのけて突嗟《とっさ》の間に答えてしまった。

黙然として、思い思いのことを考えながら、私達はまた歩き出した。そして、上野の不忍《しのばず》の池の畔《ほとり》に来たときに自然と二人の足は停《と》まった。

静かな晩だった。あたりにはもう人影はなかった。池《いけ》の端《はた》の柳《やなぎ》の木の下に蹲《うずくま》って、落ちた木片《きぎれ》で地に何か字を書きながら、伊藤は続けた。

「今も話したように、あなたが湯島にいた頃から、僕は自分を抑えに抑えていたのです……だが近頃はもうどうにもならなくなってしまったのです。あなたを隣人として見ることだけでは満足出来なくなったのです……この意味おわかりですね。……うちで本を読んでいてもいつの間にか思いはあなたの上に飛んでいるのです。一日逢わないでいると寂しくて仕様がないんです。そんなわけで、勉強は少しも捗《はか》どらないし、信仰がぐらつき始めるし、僕はここ一ヶ月ばかり死ぬほど苦しんだのです……」

それはひそかに私の待ち望んでいたものであったに相違ない。私は躍る胸を抑えて黙って聞いていた。

伊藤はまた続けた。

「で、僕はいろいろ考えてみたんですが、結局僕はあなたを忘れて以前の僕に立ちかえらねばならぬと考えたのです……そう決心したのです。それがお互いのためだと思ったからです……最後まで一緒に生活が出来るという目当《めあて》もつかないのに、迂闊《うかつ》なことをするのは大きな罪です。お互いの運命を損ねます。ね、そうでしょう、たしかにそれはよくありません……」

どうしてこんなことを考えるのだろう、と、私はやや失望した。けれど、伊藤はなおつづけた。言葉を強めて、自分で自分を励ますように言いきった。

「それで僕は今晩をかぎって断然あなたと訣《わか》れようと決心しました。そうです、これからは決してあなたを見もしなければ考えもしますまい。今日は十一月も最後の日です。この日を記念としてお訣れするためにあなたに逢いに来たのです、僕の心持ち、わかって下さったでしょうね……これからは僕、決してあなたの家へは参りません。僕は自分に勝って見せます。……では、これで訣れましょう。あなたの幸福を祈ります……」

言い終るとすぐ、伊藤は立ち上った。

私は内心不満であった。何という臆病《おくびょう》な愛の使徒だろうと思った。私は何か言いたかった。けれど伊藤はもう立ち去ろうとしているような風だったので、私も仕方なく答えた。

「そうですか、ではさようなら……」

追い縋《すが》る何ものかを払いのけようとでもするように、伊藤は後をも振り向かずに、すたすたと歩いて行った。

寂しい、悲しい、それでいて、何となく微笑《ほほえ》ましい、そんな気持ちで私はしばらく、彼の後姿を見まもった。彼の姿が見えなくなるまで……。

仲木砂糖店の生活振りはかなりだらしのないものだった。学校に通う伸ちゃんが朝の七時に家を出なければならないので、私達は朝の五時から起きてその用意をしなければならなかったが、伸ちゃんが学校に行って小一時間も経った頃若夫婦が起きて来る、十時頃に銀ちゃんが起きる、最後に十一時頃に大奥さんが起きて顔洗いに狭い台所を小半時間もふさいでしまう。味噌汁が冷えるので三、四度も温めなければならぬ。大奥さんが朝食をすまして大根一本もって聖天さまへお詣りに出かけると、ちゃぶ台をたたむ間もなく若夫婦たちの昼食の仕度をする。こんな風で、私達は、まったく台所仕事ばかりで一日を終るのであった。いや、そればかりではない。朝やおひるはそれほどでもなかったが、夜になるとは洋食だの、丼《どんぶり》類だの、鮨《すし》だの、鍋類だのを取り寄せるのであるが、朝起きが遅いだけに夜食は九時十時から、ことによると十一時十二時頃になってもまだそうしたものを注文に行かねばならないのである。そしてそうしたものを食べながら家人は一時二時までも喋舌《しゃべ》って夜をふかすので、私達の寝る時間とては多くてやっと四、五時間しかないのであった。

それは実際苦しい日課であった。過度の労働と睡眠の不足は、今までのどの仕事にも劣らず私に負いかぶさってきた。それでいて私はなお、主家に忠実ならんことを欲した。私は今、懺悔しなければならぬ。私は真に主家のためを思ったのでなく、ただ、主家に気に入られたいばっかりに同僚のおきよさんにはこっそりと早くから起きて、おきよさんが起きて来た時分にはもう一通り食事の準備も出来ているようにしたり、伸ちゃんのお友達が来ると、自分はただの女中でないということを示すために、わざと学校の話をしたり、数学のノートを見ては「ここ違ってるわ」などと見栄《みえ》を張ったりしたことを。つまり私は同僚をおしのけて自分ばかりいい子になろうとしたのである。伸ちゃんの自尊心を傷つけてまでも自分の優越を誇ろうとしたのである。

自分の今までの生活を顧みて何よりも多く自らを責めるのはこのことである。何というさもしい惨《みじ》めったらしい真似《まね》をしたのであろう。思い出すたびにいつも私はぞっとする。

待ちに待った大晦日《おおみそか》が来た。夜の十二時過ぎにやっとどうやら仕事の片もついたので、私は、自分の荷物を纏《まと》めたり、髪をとかしつけたりして、お訣れの挨拶をみんなの前にした。

大奥さんは、「おかげ様で大変助かりました」と礼を言ってくれて、「これは旦那からのお礼です。もっとあげたいんだけれど、何分、年上のきよが以前からいるんでその釣《つり》合《あい》もあってそうもならないんですから悪《あ》しからず」と半紙に包んで水引きをかけた物を盆にのせて出した。

解き放たれた気持ちで、私は、風呂敷包をかかえて勝手口から出た。電車の停留所までゆくと折よくそこへ赤電車が来た。それに乗って私は、小石川《こいしかわ》の河田さんの家へ行った。

電車には十三、四人しか乗っていなかった。出口の空席の広い所に腰を落ちつけて私は仲木から貰って来た紙包をそっと出して見た。驚いたことには中には五円紙幣三枚しかなかった。

三ヶ月と一週間の不眠不休の労働に対してである。私の期待はまんまとはずれたのである。私は大きな声で自分を罵《ののし》ってやりたい気がした。

給金をきめなかったのは私がわるい。けれどそれは要するに秋原さんの教訓に従ったまでだ。秋原さんは言った。「お金のことなんか言うものではありません。それは卑《いや》しいことです。言わなくても仲木さんの家は立派な商家ですから無茶なことは決してしません。ただ任しておきなさい」と。私は秋原さんの言葉に従って「ただ任して」いたのだ。だが、仲木さんは無茶なことをしなかったであろうか。私は学校に行きたくてたまらなかったのに、また、河田さんからあんなよい機会を与えられたのに、ただ仲木家の都合のために、仲木家のために、自分の望みの一切を捨ててまで働いてやったのではないか。それだのに、仲木家は私に、月五円にも足らぬ報酬をしか与えないのだ。私にそれだけの報酬を与えたものは妾を囲って、待合に入りびたって、賭博ばっかりうっている老人や、おめかしに二時間もかかる老婦人や、朝寝をし、夜ふかしをして、自分達ばかりが贅沢三昧《ぜいたくざんまい》に耽《ふけ》りながら、女中にはほんの四、五時間の睡眠のほか何らの休息をも与えなかった人々なのだ。ああ何という不条理なのだ。何という我儘《わがまま》な傲慢《ごうまん》な態度なのだ。

私は、人を怒るよりも自分を嘲《あざけ》ってやりたいような気がした。そして私は、その紙幣と半紙とをぐちゃぐちゃにひッつかんで袂《たもと》の中にねじ込んだ。

街の放浪者

砂糖屋を出てから、いわゆる「主義者」の間を一、二ヶ所居候《いそうろう》して歩いた揚句《あげく》、とうとうまた三《み》の輪《わ》の大叔父の家へ転がり込んだ。

「言わんことじゃない。新聞売りや夜店商売なんかで学問の出来るはずはない。それも男ならまだしも、女じゃないか。所詮《しょせん》、学問なんか思いきった方がいいよ」

と大叔父は私をたしなめた。けれど、私の執拗《しつよう》な希望には手の下しようもないと諦《あきら》めたか、大叔父は強《た》って私に学校をやめさせようとはしなかった。そこで私は、大叔父の家で家事の手伝いをしながら学校に通えるようになった。

私はまず、朝の五時に起きて、電灯を低く引きおろして勉強をしながら御飯を炊いたり味噌汁を拵《こしら》えたりする。そして皆の膳立《ぜんだて》をすっかり整えてから自分だけ先に食事を済まし、みんなのまだ寝ているうちに学校に行っておひるすぎに帰って来る。帰って来るとはすぐにまた、洗濯や食事の仕度やお掃除などに没頭する。

砂糖屋にいた時の忙がしさとたいした変りはない。けれど、何といってもここは身内の家であるから多少の時間の融通《ゆうずう》はついた。それに小遣銭《こづかいせん》を一ヶ月五円ずつ貰うことにしたから、そのうちで、二円の月謝と二円三十銭の電車賃とを引いて七十銭しか残らなかったけれど、ペンやインキを買うぐらいの余裕はあった。でも、読書慾がますます旺盛になったこの頃の私にとっては、一冊の余分の本も買えないことはかなりの苦痛でもあった。

学校で私は二人の社会主義者を知った。一人は徐《じょ》という鮮人で、口数の少い、温和《おとな》しい、むしろ重苦しい顔をした男だった。私のすぐの左隣の机に座って、時間の合間合間にはいつも黙りこくって『改造』を読んでいた。

徐は朝鮮の富裕な家庭から留学しているのではなく、私と同じに、始終生活におびやかされながら勉強していたので、多分学校に出る余裕もなくなったのであろう。やがて程なく来なくなった。が、その後約一年の後、私が朴《ぼく》と同棲してから、徐も私達のグループになって、一緒に機関紙を出したり、運動したりした。徐はしかし、身体が弱くて、よく病気をするので、その後郷里へ帰ったが、私達の入獄した最初の冬の頃、何でも肋《ろく》膜《まく》か何かで京城《けいじょう》の病院で死んだという知らせがあった。

今一人は、大野某という男で、多分その前年に起った東京市電従業員のストライキの際首になったとかいうことであったが、私の真ん前の机に腰をかけ泣き声を出してリーダアを読んでいた。その頃彼は「信友会《しんゆうかい》」かなんかの組合に属しているとかのことであったが、あんまりしっかりした男でなく、いわば「でも社会主義者」の株《かぶ》に属していた。でも彼はよく、組合の機関紙や、パンフレットやリーフレットを持って来るので、おかげで私は、彼からそうした読み物を貰ったり借りたりすることができて、社会主義の思想や精神を次第にはっきりと摑むことができるようになった。

社会主義は私に、別に何らの新しいものを与えなかった。それはただ、私の今までの境遇から得た私の感情に、その感情の正しいということの理論を与えてくれただけのことであった。私は貧乏であった。今も貧乏である。そのために私は、金のある人々に酷《こ》き使われ、苛《いじ》められ、責《さい》なまれ抑えつけられ、自由を奪われ、搾取《さくしゅ》され、支配されてきた。そうして私は、そうした力をもっている人への反感を常に心の底に蔵していた。と同時に、私と同じような境遇にある者に心から同情を寄せていた。朝鮮で、祖母の家の下男の高《こう》に同情したのも、哀れな飼い犬にほとんど同僚《カムレード》といったような感じを抱いたのも、その他、この手記にこそは記さなかったが、祖母の周囲に起っただけのことでも相当にある、圧迫され、苛められ、搾取されていた哀れな鮮人に限りなき同情の念を寄せたことも、すべてそうした心のあらわれであった。私の心の中に燃えていたこの反抗や同情に、ぱっと火をつけたのが社会主義思想であった。

ああ私は…………………………してやりたい。私達哀れな階級のために、私の全生命を犠牲にしても闘いたい。

とはいえ、私はまだ、どうして私のこの精神を生かして行けるかを知らなかった。私は無力である。何かしたくとも、それをする準備も手がかりもない。私はただ、不平、不満、反抗の精神に充たされた一個の漫然たる反逆児にすぎなかったのだ。

そうした心を抱いて苛々《いらいら》していた時分であった。ある日私が、学校から帰って来て、大叔父の店の横路地を裏口へ曲ろうとすると、

「ふみちゃん、ふみちゃん」と私を呼びとめるものがあった。

誰だろうと思って私は黙って後を振り向いて見た。

瀬川がそこに立っていた。私は吃驚《びっくり》した。胸の動悸《どうき》が激しく打つのを私は感じた。

「まあ！　瀬川さんなの？　どうしたの？」

瀬川は口もとに笑いを含ませながら、落ちついた態度で言った。

「随分待っていたんだぜ、この近所で」

「待っていたって？　まあ、どうして判ったんでしょう、私がここにいるってことが」

「そりゃわかるさ、随分探したんだもの。だが、それはそうと、まあ、こっちへお出でよ。ちょっと話があるんだから」

瀬川にひかれて私は踵《きびす》をかえした。そして、うちから見えない道端《みちばた》の板囲《いたがこ》いのかげで、しばらく立ち話をした。が、別に用があるわけではなかった。ただ彼は私に会いに来たのだった。そして私を彼の下宿に遊びに来させようとしたのだった。

彼が私のここにいるのを知ったのは、ある私立大学の夜学部で、私の寺の叔父と一緒になって叔父からきいたためであった。彼は今、何でも、どこかの役所に勤めているとかであった。

上京して苦学している間、瀬川のことなんかてんで思い出してもみなかったのに、今またこうして会って見ると、やっぱり何か、瀬川にひかれるものがあった。私は彼に、彼の下宿を訪ねることを約束して別れた。

夏休みが近づいて来たとき、浜松の父から四円だったか七円だったか、とにかく些《すこ》しばかりの金を送って来て、夏休みには浜松に帰って来いと言ってきた。で私は、父の家なんかに帰りたくはなかったが、上京してからこの方、あまり疲れすぎているので骨休めにちょうどいいと思って帰って行った。

生活に疲れ果てた身には、少しでも肉体を楽にしておいてくれることはありがたかった。町そのものさえも、東京のあの騒がしさや忙《せわ》しさに較べて眠っているような静かさであった。ことに朝はやく起きて海岸を散歩したり、しめっぽい朝霧《あさぎり》のこめた田や畑の間を散歩したりなんかするときの爽快《そうかい》さは、何とも言いようのない喜びであった。今こそ私は、自由な天地に逍遥《しょうよう》しているのであった。思わず私は、胸をはって、大きな口をあけて、オゾーンを多量に含有している大気を思う存分吸っては吐いて、大地と一つに融け合ったような気持ちになるのであった。

とはいえ、父の家の空気は二年前も三年前も同じであった。父のひとりよがりや、虚《きょ》栄心《えいしん》や、さもしい見栄《みえ》や、けちな量見《りょうけん》は、事ごとに濃厚に表われて、いちいち私をくさくささせるばかりであった。またしても私は、父といがみ合い、口論し、いやないやな葛藤をのみ繰り返すのであった。

で、私はもう、父の家にはいたたまらなくなって、甲州の方へまわってみた。が、ここもやっぱり同じであった。母はまたしても田原家を出て独りで製糸場に通っており、祖母や叔母たちは私が苦学しているのを幸いに、学校を出て小学校の先生にでもなったら母を見てやれなどと私を説くのであった。自分の子を見捨てて自分の生活の安全をのみ求めた母に対して、死ぬほどの苦労をして勉強している、行く末がどうなるかの見透しさえつかぬこの私に義務を負えとせまるのである。

私はもうここにもいたたまらない。私はまた東京へ帰らねばならぬ。

東京に戻って来たのは八月の末であった。それから四、五日経ったある日の夕方、私は、市内に用たしに出かけたが帰りがけ、春日町《かすがちょう》の電車乗換場で雨に降られた。そこで私は、その近所に下宿していた瀬川の宿へと久し振りに飛び込んだ。

私はいつものように案内も乞《こ》わず、ずかずかと梯子段《はしごだん》を上って、瀬川の部屋の障子《しょうじ》をあけた。瀬川は机に向って何か手紙でも書いているようだったが、振り向いて私の姿を見るとちょっと笑顔を見せて「なあんだ、ふみちゃんか、びっくりさせるじゃないか」と私を迎えた。

「雨にふられてひどい目に逢《あ》ったの。そらご覧！　頭から着物からずぶ濡《ぬ》れだから……」と私は瀬川の後ろに立つと、自分の着物をひっぱりながら「何してるの？」と、瀬川の机の方に視線を向けた。

瀬川は机の上の手紙を慌ててかくし、抽斗《ひきだし》の中へ蔵《しま》い込むと、それから机に背を凭《もた》らせて寄りかかりながら「まあ、お座り」と言った。

私はもちろん、行儀のいいお嬢さんのようではなかった。不良少女のようながさつものであった。濡れた着物の裾《すそ》をひらいて膝組みをして座った。

「一体いつ帰ったの？」

「つい四、五日前」

「随分永い旅だね、五十日も六十日もどこをうろついていたんだい？　手紙を出そうにもどこにいるのかわからないしさ、一度ぐらい何とか言って来たってよさそうなものじゃないか」

「だって別に用事もないんだもの」

「用事がない？　ふん、するとふみちゃんはあれだね、用事がなきゃ手紙を出さないんだね、離れてりゃ僕のことなんかけろりと忘れてるんだね」

「さあどうだか？　あるいはそうかも知れないわ、あなたもそうであるようにね……それはそうと、私おなかが空《す》いちゃった、御飯注文して頂戴よ」

もうしかし、下宿の夕食は済んだ後だったので、瀬川は私におそばを取ってくれた。

電灯のつく頃には雨が止んでいたが、私はもう帰らぬことにして腰をおちつけた。そして二人でいろいろのことを話していると、そこへ「ごめんください」と二人の男が這《は》入《い》って来た。

二人とも二十三、四らしく、一人は色が白くて背が高く、も一人は中肉中背で、細面《ほそおもて》で、髪を長くオールバックにし、黒いセルロイド縁の眼鏡をかけていた。

瀬川は二人を私に紹介した。毛の長い方は、かねて瀬川からきいていた鮮人の社会主義者で玄《げん》というのであるが、普通には日本名前の松本で通っていた。今一人の背の高い方は玄の友達で趙《ちょう》さんというのであった。

「この下宿にね、玄という朝鮮の社会主義者がいるんだが、尾行が二人もついていて、そりゃたいしたものだよ」と、いつか瀬川が私に話してきかせたことがあるので、私は特に注意して玄を見た。が、別にたいして変ったところもなし、社会主義者らしい話もしなかった。それに私が来ているのでわるいと思ったのか、ほんのちょっと話したきりで瀬川の部屋を出て行った。

その夜私は、いつものように、一組しかない蒲団《ふとん》で瀬川と一緒に寝た。

翌朝、宿の女中が朝飯の膳を運んで来たが、一人前しかなかった。瀬川はしかし私の分を注文しなかった。自分一人で箸《はし》をとってから、

「ふみちゃん、御飯たべるかい？　食べるなら僕の分残しておくけど……」と言った。

私は何だか不満だった。

「いいわ、私うちへ帰って食べるわ」

こう言って私は、机に凭《よ》りかかりながら雑誌を拾い読みした。瀬川は食事をすましてから窓際に行って外を眺めた。

「ふみちゃん、来てご覧、好《い》い天気だよ」

「そう?」と私は気のない返事をした。そして、さっきから独り考えていたことについて瀬川に言った。

「ねえ、博さん、こんなことしていて……もし子供でも出来たらどうするつもり?」

実際真面目に私はこのことを考えていたのである。「もし子供が出来たら……」私はその結果を怖《おそ》れながら、しかしまた、もう母になったような気がして、そのまだ見ぬ子供を心の中で抱擁《ほうよう》しているのだった。ところが、瀬川は一向そんなことには無関心であるように、ちょっと私の方に振り向いてから、両手をのばして欠伸《あくび》をしながら、懶《もの》うそうに答えた。

「子供が出来たらどうするかだって? 僕はそんなこと知らないよ……」

突然私は、奈《な》落《らく》の底に突き落されたような孤独さを感じた。私はしかし、瀬川はこうは言ったものの、実は何とか本気に考えてくれるものと思って、次ぎの言葉を待った。が、瀬川はもう何も言わなかった。窓わきの壁からヴァイオリンをとって、低い窓の框《かまち》に腰掛けて、さも呑気《のんき》そうに弾き始めた。

私達の間にほんとうの愛があったのでないことは私も知っていた。だから私は決して瀬川ばかりを責めはしないだろう、けれど、それにしてもそうした場合の責任ぐらいは瀬川とても持たなければならぬはずである。それだのに、何という無責任だろう。結局私がおもちゃにされたのだということを初めて痛切にさとった。

寂しさと憤怒《ふんぬ》とに私はもうかっとしていた。つと立ち上って私は瀬川の部屋を出た。瀬川は何か言って私を止めた。けれど私は返事もせずに、そのまま裏階段の下の方にある洗面所に行った。そしてそこで私は、その洗面所に近い部屋に昨夜紹介された玄《げん》のいるのを見た。

玄は荒い棒縞《ぼうじま》の浴衣《ゆかた》を着て、窓際のテーブルに向って何か本を読んでいた。私は何だか、玄の部屋に這入って行ってみたくなった。けれどほんのちょっと会っただけなので、そうも出来かねて、水道の栓《せん》をひねった。

私はそこで顔を洗った。タオルで顔を拭きながら、再びまた玄の部屋の方を見た。玄もその時には本をふせて私の方を見ていた。

「おはようございます。昨晩は失礼しました」と私は声をかけた。

「いや、僕の方こそ……。昨晩は雨でしたが、今日はいい天気ですねえ」と玄は挨拶を返した。

私は彼の部屋の入口のところまで行って、

「あなたの部屋はいいんですねえ、庭が見えて……」と彼の部屋を通して見える庭の植込みを眺めまわした。

「まあお這入りなさい。僕別に用なんかないんですから……」

こう言って玄は、テーブルの脇に今一つの椅子《いす》をもって来て置いた。無遠慮に私は玄の部屋に這入って椅子にかけた。そしてもの珍らしそうに彼の部屋を見まわした。

壁のあちこちに有名な革命家の肖像画だの写真だのがかかっていた。宣伝ビラのようなものもベタベタと貼ってあった。

私は立って、それらのものを念入りに眺めた。そして一つの写真の前に立ったとき、

「おや、この写真、G会の連中でしょう」ときいた。

「そうです、あなた知っていますか、この連中を」と玄はその写真をとって卓子《テーブル》の上に置いた。

「ええ三、四人はね」と私は答えて、写真の上に顔を伸《の》し出し、「これはTさん、これはHさん、これがSさん、それからこれがあなた。ねえそうでしょう?」と一人一人指でさしながら言うと、玄も同じように写真の上に顔をもって来て、私の顔と自分の顔と

をぴったりとくっつけるようにして「そうです、そうです」と返事をしたが、やがて、

「ああ、やっぱりそうでしたか。昨晩見たとき、どうもそうらしいと思ったんですがね、きくのも変だと思って黙っていたんです」と、私を彼らのカムレードと見て嬉しそうな顔をした。

これが糸口となって、玄は明らかに急に打ちとけてきた。私もまた、特に彼が朝鮮人であるということに懐かしさを感じた。親しい友に久しぶりに会ったような楽しい気持ちになった。

私達はそこで打ちとけて話し合うことができた。朝鮮に足かけ七年も住んだことを私は話した。玄は朝鮮での自分の家のことなどを話した。彼の話によると、彼は京城《けいじょう》にあるかなりの地位と財産とを持った家の一人息子と生れて、今は東洋大学の哲学科に席を置いているが、学校には滅多に出たことがなく、いつも、友だちと一緒にぶらぶらと遊んでいるらしい様子であった。

「そうですか、ではあなたは運動ばかりしているんですか」と私が訊くと、

「いいえ、運動といっても僕のようなものはプチ・ブルだとかインテリだとかいって、ほんとうの仲間には入れてくれないんです」と玄は寂しく笑った。

私とてもその頃はまだ、別にこれという団体に属しているのでもなく、真剣な運動に

携わったこともないので、別にこれを軽蔑《けいべつ》しもしなければ、排斥《はいせき》しようという気にならなかった。私はただ私と同じような気持ちを、同じ程度にもっているこの玄の中に自分の友を見出したに喜びを感じただけのことであった。

と、ふと私は、廊下《ろうか》に荒々しいスリッパの足音をききつけた。そして何気なくその方に眼を向けると、瀬川が玄の部屋の入口にまで来て立ち止まって私に言った。

「ふみちゃん、そう誰の部屋へでも出入りしては困るね、帰っといで」

「何ですって？」と私は、さっきからの腹立ちをとうとう爆発させてしまった。そして怒鳴《どな》った。

「大きなお世話です。私の足で私が歩くのに、何でいけないんです。私の勝手だわ。黙っていらっしゃい」

「だって玄さんが迷惑するじゃないか。朝っぱらから邪魔をされては……」

「お黙んなさい」私は一層かッとなって怒鳴りたてた。「玄さん自身が承知してるのに、あなたが何を言う権利があるんです。そんなおせっかいをするより弁当でも持ってさっさと出ていらっしゃい。それが一とうあなたに似合ってるわ」

「覚えていやがれ！」と瀬川も憤怒《ふんど》して、捨台詞《すてぜりふ》を残して置いて去った。

多分たいした恥や苦痛も感ぜずに勤めに出たのであろう、瀬川はそれっきりもう来なかった。

私がこうして瀬川を罵《ののし》っている間じゅう、宿の女中が呆気《あっけ》にとられて聞いていた。私はしかしそれをも何とも思わなかった。人が何と思おうといい、自分は自分のことをすればいいとこの頃の私は考えているのであった。

それから小一時間も、私は玄と話した。瀬川を罵ってやった痛快さに昂奮《こうふん》して、元気に私はべちゃくちゃと喋舌《しゃべ》った。

玄のところを出たのは九時すぎだった。が路地を出外れて一、二町も行くと、後から誰かが私を呼びとめた。

見るとそれは玄だった。背広に着更《きか》えて、ボヘミアンネクタイを結びながら私を追っかけて来たのである。

私は立ちどまって玄を待った。玄は私に言った。

「あなた御飯はもう頂きましたか……実は僕まだ頂いていないんです。下宿の御飯はまずいんでね。それで今、どこかへ何か食べに行こうと思ってるんですが、あなたもつき合いませんか。ひまを取らせはしませんから……」

「そうですか、それはありがとう。実は私もまだ頂いていないんです」

「じゃあ、ちょうどいい、参りましょう」

それから二人は電車通りから離れて坂を上った。郵便局の前に来ると、玄は私を待たせておいて為替《かわせ》の受渡口の前に立った。多分お金を受け取って来たのであろう。洋服の内ポケットの中に手を入れながら玄は戻って来た。

天神わきの小ぢんまりとした洋食屋の二階に私達は上った。朝のうちなのでお客はほかに誰もなかった。

私達はもう、全く旧いお友達のようであった。

翌日学校から帰って来てみると、玄から手紙が来ていた。白い小さい西洋封筒に「速達」と朱書きしてあった。開けてみると上等な便箋《びんせん》に、今夜上野の観月橋《かんげつきょう》まで来て欲しいと綺麗《きれい》に叮嚀《ていねい》に書いてあった。

残暑はまだ厳しかった。橋の上には涼を追うて集まった人々で一ぱいだった。私は鵜《う》の目鷹《たか》の目で、左右の人々に一々眼をくばりながら橋を渡った。けれど玄の姿は一向見当らなかった。嘘を言うはずがないがと不審に思いながら私は橋を一渡りした。と、その最後の橋の袂《たもと》に玄が立っていた。

「あ、ふみ子さん、よく来てくれました」と、玄はいきなり私の手を握った。

私達は公園の中を歩いた。

「僕、すっかりあなたに魅せられてしまったのです」

玄はこう私に言った。

「私もあなたは好きです」

私はこう玄に答えた。

私達はまたある小料理屋に行った。ああそしてまた私は……。

私は私の希望やら、現在の境遇やらを玄に話した。

「じゃ、二人でどこかへ家を持ちましょう」と玄は私に約束した。

それから私は、わけもなく玄に引きつけられて行った。玄に会わない日が少しつづくと寂しくてたまらなかった。そんなときには玄の後を追って彼の行きそうなところを探し歩いた。そしてとうとう玄に行き逢うことができないで疲れ果てて帰って来ることも度々あった。

大叔父の家でも私に警戒し始めた。それからはちょっと私も出にくくなった。

「家はまだ見つからない？」と私はこう玄に会うたびに訪ねた。

「毎日さがしているんだけど」と玄は、貸屋《かしや》新聞をポケットから出して見せたりなんかした。

早く家を持ちたい、早く大叔父の家を出たい、こればっかりが私の願いとなった。

ある日、もう夜の九時過ぎだった。

茶の間に座って冬仕度《ふゆじたく》の縫物《ぬいもの》をしていると玄から電話がかかって来た。

玄は電話で言うのだった。

「ふみちゃん？　ああそう、あのね久能《くのう》さんがひどい病気なのをあなた知っている？　知らないって？　いや、僕も知らなかったのだがね、今ここできくと、もう危いんだって、それでね、僕これから見舞いに行こうと思ってるんだが、あなたも一緒に行かない」

久能女史はもう三十五、六の女社会主義者だった。何でもある思想家との間に二人の子までがあるのに夫を捨てて運動にとび込んでいる女だった。私は今までにも彼女に度々会っていた。彼女は若い社会主義者と一緒に貧しい生活をしながら血みどろな闘争をつづけていた。その女史がいつの間に病気になったのだろう。私は彼女を見舞ってやらねばならぬ。

「そう？　じゃ参りましょう。今行きますから待っててね」

「待っています。じゃすぐ来給え」

そこで私は、大叔父の家に断って急いで出かけた。

「嘘ばっかり。またあの何とかいう男に逢いたくなったもんだから、電話なんかかけさせたんだよ」と、私が仕度をしている間に花枝さんは、わざと私にきこえるように言っているのを私はきいた。

無論私は、玄に逢えるのを嬉しいとは思った。けれど、この際は真実、久能さんのことをばかり考えていた。だから、花枝さんが何を呟《つぶや》こうと私は平気であった。

玄が待っているという玄の友人の下宿へ着いたのはそれから三十分ほど後であった。友人の部屋に通されてみると、その部屋には三、四人の男が寝そべったり足を投げ出したりして何か話していた。

「今晩は、どうもお待たせしました……さあ松本さん出かけましょう」

障子《しょうじ》を開けて閾際《しきいぎわ》に立ったまま私は張りつめた気持ちで玄をせき立てた。けれど玄は立ち上ろうともしないで、ただニヤニヤと笑っていた。かえって友だちの一人が立ち上って来て「そんなこと嘘ですよ、さあお這入りなさい」と私の手をとって中に引き入れた。

「まあひどい！　嘘ですって？」と私は腹をたてて怒ってはみたが、しかし何となく嬉しくもあった。

「じゃどうしたの？　人を電話でなんか呼びつけて？　どうしようっての？」

「あのねえ、ふみちゃん」とその時、玄が口を出した。「今さっきね、盲目の人が尺八《しゃくはち》を吹いて来たのですよ、黙って聴いていると、僕たちはみんな吸い込まれるように寂しくなってね、僕、とうとう泣いてしまったのですよ。まあ這入って下さいな、僕たちみんな淋しくって仕様がないんだから……」

玄はたしかに何か寂しさを感じていたに違いなかった。彼の声にはセンチメンタルな響きがあった。

「仕様がないねえ、坊っちゃんたち……」

こう言って私は部屋の中に這入った。

みんなは私を歓迎してくれた。

「実際寂しい晩だねえ、しかしあなたが来て下さったので大分気分が晴れました」と、部屋主の友人が言って、幾皿となく洋食や支那料理をとって御馳走してくれた。

男たちはビールをのみ、果物を食べた。そして、さんざ喋舌《しゃべ》ったり笑ったり歌ったりした。

早く帰らねばならぬ、と私は気が気でなかった。それでいて私はどうしても、振りきって帰ることもできなかった。十時はいつの間にかすぎて十一時も廻った。けれそ、みんなはなお帰ろうとはせずトランプを始めた。トランプは私の最も好きな遊びなので私はまた引きとめられた。そしてやっと気がついて見ると、電車の軋《きし》りさえ今はもう聞こえなくなっていた。

私はとうとう泊り込んだ。離れのようになっている一間を、玄の友人が、玄と私とのために借りてくれた。

翌朝、眼ざめたとき、真っさきに頭に来たものはうちのことであった。昨夜、うちを出るときに花枝さんの言った言葉が、ぴんと頭に響いてきた。たとい自分ででっち上げた計画ではないにしても、とにかく私は久能さんを訪ねはしなかったのだ。そして事実玄に逢って、帰ることもしなかったのだ。大叔父の家のものが、どんなに私をさげすみ怒《いか》るであろう。それを思うと私は、じっとしてはいられないのを感じた。

私達はまた玄の友人の部屋に集っていた。友人達はまた洋食をとり、それがすむと再びまた昨夜《ゆうべ》の遊びをつづけた。が、私は食事を取る気にもならなければ、遊び仲間に這入ることもできなかった。部屋の中庭に向った窓際に座って、独り私はしょんぼりと考え込んだ。

「ふみちゃん、こっちへいらっしゃいよ。どこか悪いのですか」と、時々彼らは憶《おも》い出したように私に声をかけたが、私が黙ってそれに応じないと、彼らはまた遊びに夢中になった。

私はもう耐えきれなくなった。私は玄に言った。

「あのねえ松本さん、ちょっと座をはずしてくれない？　わたしうちに帰ろうと思うんだけど、些《すこ》し話したいことがあるの」

玄はいやいやながら仲間をはずれて立ち上って来た。私達はまた、昨夜泊った別の部屋に行った。

「ねえ玄さん」と、部屋の中に座ると私は言った。「こうして私、しょっちゅう出歩いたり泊ったりしているでしょう。私もう、うちには居辛《いづら》くてしょうがないの……でねえ、あの話……どうなるの、早くきめてくれないこと？」

二人が知り合ったそもそもから、玄は、静かな郊外に家を借りて同棲《どうせい》しようと言っていたのだ。けれど、その後の玄の様子では、一向そんな気持ちがありそうに見えなかった。私は、玄にほんとうの誠意がないのではないかと疑い出していた。けれど、そう思えば思うほど、私自身が彼に引きつけられて行くのをどう仕様もなかった。そうして、つい幾度か家をあけ、外泊して、何とはなしに家に帰るのさえ心苦しくなっているのだった。

「ああの話ですか」と玄はすぐに応えたけれど、その顔は明らかに当惑げに見えた。

「あの話は……そう、今、家を探しているんですが、そして家もあるにはあるんですが……上野の友だちの借りた家があるにはあるんですが、友だちが郷里《くに》に帰っていて、ラチがあかんので……でも、近いうちには何とかきまります。きめましょう」

やっぱりいつものように捉えどころのない言葉だった。体裁よく遁《に》げを張っているのだということが、私にはよくわかった。

「そう?……」と私はそこで考え込んだ。

今、何と言っても仕様がない。やっぱりこの捉えどころのない言葉を信じて当てもなく待つよりほかに途《みち》はない。けれど、それならそれと、昨夜のことをでも花枝さんの前に繕《つくろ》わねばならない。私はそこで、玄に言った。

「じゃ、それはそれとしてね、昨夜は久能さんとこへ行くって出て来たんでしょう。だからこのまま帰るのは何だか工合がわるいの。それで私、久能さんとこへ行って来たという証拠になるものを何か欲しいんだけど、考えて見ると、この春、私の着物を久能さんが質に入れたのがあるが、久能さんのところへ行って来たというしるしに、それでも持って帰りたいんだけど……」

こういうことは玄にお金をせびることである。それは互いに愛し合っている者同士の間なら何も不思議はない。けれど、玄がもし私をおもちゃにすることだけしか考えていなかったとすれば、私がこうした願いをするのをいい幸いにして、私が肉を売った報償として要求したのだという口実を彼に与えることになる。私はそれがいやであった。が、うちへの手前、この着物は絶対に必要であるような気持ちがして、言っていいのか悪いか判然《はっきり》わからないうちに、ついこう口ばしってしまったのだ。

「ああ、そうですか、判りました、判りました。それがいいでしょう、そうしなさい」と玄は、晴やかにそして軽やかに私の申し出でに応じた。そして、そう言いながらポケットを探っていたが、「ちょっと待って下さい」と立って出て行った。

ちょうどその時、前の廊下を、箒《ほうき》をもった二人の女中が、玄が締《し》めきらずに残して行った障子《しょうじ》の隙間《すきま》から私の方を覗き込むようにして見ながら通りすぎた。通りすぎながら囁《ささや》くように話し合った二人の女中の声が私の耳に響いた。

「ねえ、すみちゃん、あの女一体なんだろう？」

「大かた下宿屋廻りの淫売《いんばい》なんだろう？」

とそこへ玄が戻って来た。そして五円紙幣を一枚私の手に握らせた。涙を呑んで私はそれを受取った。

騒ぎつづけている人達を残して私はその下宿を出た。もう十時すぎだった。ひどくはないが雨が降っていた。傘もなし下駄《げた》もなかったが、質《しち》を受け出さねばならぬので買うわけには行かず、びしょびしょと雨に濡れつつ、低い下駄ではねをあげながら巣鴨《すがも》の久能さんの家まで歩いて行った。

「ごめんなさい」と私は、久能の家の玄関の中に飛び込んだ。

「はい」と答えて出たのはしかし久能ではなかった。

「あの、久能さんは？」

「久能さん？　そんな人知りませんが……」

私は呆気《あっけ》にとられてその家を出た。そして、どうしたのだろうと、近くの「労働社」へ行って訊ねてみた。

労働社にも私の知っている者は一人もいなかった。けれど久能さんの消息だけはわかった。

「久能さんですか、あの人は三木本《みきもと》君と一緒に大阪の方へ行きましたよ」と、労働社同人の一人が教えた。

「そうですか、困っちゃったなあ」と私が言うと、

「何か御用だったのですか、失礼ですがあなたはどなたですか」と相手は言って、ま

あ遊んで行けとすすめてくれたけれど、私は自分の名をも語らずにそこを出た。

久能の行きつけの質屋を私は知っていた。私はその質屋を訪ねた。

「へえ、確かにそれはお預りしました」番頭は私の名指した品物について語り出した。「だけど、お気の毒さまですが、先月で期限がきれましたものですからこちらで処分してしまいました。何しろ、何度かけ合ってもただの一度も利子《りし》さえ入れて下さらないものですから……」

最後に残されたたった一つの救いの綱《つな》がぷッつりときれて、泣くに泣かれぬ絶望の淵に投げ込まれてしまったのを私は感じた。

私は別にその着物が欲しかったのではない。ただ、今の場合、絶対にそれが必要だったのだ。のみならず、久能のやり方は何という不誠実だろう。今まで「主義者」というものを何か一種特別の、偉い人間のように思っていたことのいかに馬鹿らしい空想であったかということを、私は今はっきりと見せつけられたような気がした。美《うる》わしい天上の夢から、汚ないどぶの中へ叩き落されたような幻滅《げんめつ》である。

寺の叔父が病気になって三の輪の大叔父のところへ訪ねて来た。全く衰え果てた哀れな姿で彼はあった。あれほど羞《はず》かしめられた私ではあったけれど、この有様《ありさま》を見てはそんな反感なんかは持ちつづけられなかった。私は叔父をつれて病院まわりをした。が、どこへ行ってももう叔父の恢復《かいふく》を保証してくれるところはなかった。

叔父は空しく帰らなければならなかった。私は彼を飯田町《いいだまち》駅まで送った。

「さようなら、お大切に」

「ありがとう、しっかり勉強おし」

叔父は自分の命旦夕《めいたんせき》に迫っているのを知らないのである。けれど私はこれを知っている「これが最後のお訣《わか》れだ」こう思うと、やっぱり何だか寂しいような気がした。

汽車が出ると、私は踵《きびす》をかえした。もうやがて六時すぎでもあったろう。街にあかあかと電灯がついていた。この寂しさを私はどこかで発散させたかった。そして、なぜともなく幾台かの電車をやり通した。

ぼんやりと立って街の灯《ともしび》を瞶《みつ》めていると、たまらなく男に会いたくなった。もう恋人とはいえぬ男に会いたくなった。そこで私は、近くの自動電話へ駈け込んだ。方々、心あたりへ電話をかけてやっと私は玄のいどころをたしかめた。

「ちょうどいいところでした。僕、話したいことがあるんで会いたかったんです」と玄は、本郷の趙《ちょう》のところへ来てくれと言った。

趙のところへ私は行った。玄は二、三分間前に趙のところに着いていた。

「話ッて何なの？」と私はきいた。

「話というのはですね」と玄は例の通り廻りくどい表現でもって、趙と二人で独逸《ドイツ》へ留学することになったから、おわかれをしなければならぬということを話した。

私はもう諦めていた。

「そうですか、それは結構です」

「おわかれに愉快に遊びましょう」と趙は言って、洋食だの酒だのを取った。

私は別に悲しいとも、悔《く》やしいとも思わなかった。ただ絶望的な気分がぶつぶつと沸《わ》きたっているのを感じた。

無茶苦茶に私はウイスキイを呷《あお》った。どのくらい飲んだのか、とにかく、足腰のたたぬまでも飲んだ。

こうして私は、大叔父の家にもいたたまらなくなった。失った恋に傷ついた胸を抱いて、大叔父の家を私は出た。

仕事へ！　私自身の仕事へ！

大叔父の家を出た私は、日々谷《ひびや》に在ったある小料理屋にころがり込んだ。それは「社会主義おでん」の名で通っている店で、主人は社会主義の同情者でもあり、自分も一ぱし社会主義者顔をしていたので、かえってそれが呼びものとなって、新聞記者だの社会主義者だの会社員だの文士だのといった社会の一部のインテリ連を多く集めていた。

私はここで、昼間客を接待し、夜は学校に通った。店からは学校の月謝と電車賃とを出して貰う約束で……。

今までは昼間の学校に通ったのであったが、夜の学校に転じてから、私は一人の女の友人を見出した。新山初代《にいやまはつよ》さんがそれであった。

初代さんは恐らく私の一生を通じて私が見出し得たただ一人の女性であったろう。私は初代さんによって多くのものを教えられた。ただ教えられたばかりではない。初代さんによって私は真の友情の温かみと力とを得た。今度、検挙されてから、警視庁のお役人が初代さんに「女の友だちで誰が一番好きか」と訊かれたとき、初代さんは一も二もなく私を名指したそうであるが、私もまた、初代さんが一番好きだと言いたい。初代さんはしかし、もうこの世の人ではない。私は今ここまで書いて来て、初代さんに私の手を差し伸べたい衝動《しょうどう》に強く動かされる。けれど、今はもう私ののべる手を受けてくれる手がない。

初代さんは私より二つばかり年上であったが、その頃はやっと二十一になったばかりだった。非常に頭のいい人であったが、同時にまた、よい意味における男性的な性格の持ち主でもあった。意志が鞏固《きょうこ》で、周囲に支配されるようなことがなく、どこまでも自分を立て通すだけの力をもっていた。

初代さんの家庭は裕福だとまでは行かなくても私のようなルンペン的な家庭ではなかった。といっても、初代さんは決して恵まれた生活をその家庭から受けはしなかった。お父さんは酒のみで子供のことなどに構ってくれる人ではなかった上に、初代さんが女学校の二年生のときに死んでしまった。それから間もなく初代さんは肺を病んで、半年以上も郷里である新潟の田舎に帰って静養しなければならなかった。初代さんが生死の問題に悩んで仏教を研究し始めたのはその頃であったらしい。病気はしかし大したことはなかった。そこで再び東京に出て、何でも府立の第二か三を、優等で卒業した。初代さんの素質のよさを知っている人々は、初代さんにもっと上の学校へ進むようにとすすめた。初代さんはけれど、父に死なれ、小さい妹をかかえている母の細腕《ほそうで》にたよって上の学校でもあるまいと、自分で自分を支える生活を求めた。そしてあるタイプライタアの学校に通ってタイピストとなり、その頃、英人の経営していたある会社の事務員となっていた傍《かたわら》、夜は正則《せいそく》に通って英語を勉強しているのであった。

どうして初代さんと友達になったのか、はっきりと私は覚えていない。ただ、夜学校で私達女の生徒が――四、五人はあったろう――教室の前の方に一緒に座らせられた関係上、初めはただ、ものも言わずに会釈《えしゃく》しあうだけであったが、いつか死という問題について初代さんと男生との間で議論を闘わしているのを傍で聞いていた私が、つい口を挿《はさ》んだのが始めであったように思う。

それというのも、私が、初代さんのすることなすことに何らかの魅力を感じていて、いつか近づきになりたいという考えを、夜学で初代さんを見るとすぐ抱き始めていたからであったのは言うまでもない。

この問題について初代さんが言うのであった。

「私は肺病です。だから死についてはかなり深く考えたつもりです。で、私は思うんです。人が死を怖れるのは死そのものを怖れるのではなく、死に移る瞬間の苦痛を怖れるのではなかろうかと。なぜって、人は睡眠を怖れないじゃありませんか。睡眠は意識を喪失する点において、これもやはり一時の死であると言ってもいいのに……」

それをきいていながら私は、かつて朝鮮で死を決したときの感じを今一度はっきりと認識した。私は私の体験から、初代さんのこの議論が間違っていると思って口を出した。

「私はそうは思いませんね。私は私の体験からこう断言することができるんです。人が死を怖れるのは、自分が永遠にこの地上から去るということが悲しいんです。言葉をかえて言えば、人は地上のあらゆる現象を平素はなんとも意識していないかも知れないが、実は自分そのものの内容なので、その内容を失ってしまうことが悲しいんです。睡眠は決してその内容を失ってはいません。睡眠はただ忘れているだけのことです」

無論この議論は両方とも決して正しいとは言えないだろう。が、とにかくこれを機縁《きえん》として私達は話し合うようになった。

「あなたには死の体験があるのですか」と、初代さんは訊《き》いた。

「ええ、あります」と私は答えた。

そうして、そんなことから私達は、学校がひけて帰るときにもその話をつづけた。そして私達はじきに大の仲よしとなった。

今から考えて見て、私は別に、直接には初代さんの思想を学んだとは思わない。けれど、初代さんの持っている本を通して、私は多くのものを得た。長い間私は本を読みたかったが本が買えなかった。ところがこうして初代さんの友だちとなってからは、初代さんのもっている多くの本を借りて読んだ。

『労働者セイリョフ』を感激をもって私に読ませたのも初代さんであった。『死の前夜』を貸してくれたのも初代さんであった。ベルグソンだとかスペンサアだとかヘーゲルだとかの思想の一般を、もしくは少くともその名を、知らせてくれたのも初代さんであった。中でも一番多く私の思想を導いたものは、初代さんの持つニヒリスティックな思想家の思想であった。スティルネル、アルツィバーセフ、ニイチェ、そうした人々を知ったのもこの時であった。

どんよりと曇《くも》った、今にも何か降り出しそうな空模様のした夕方だった。私は四時に店を出たが、学校の始業までにはまだ二時間もあるので、学校の近くの玄《げん》の友人の下宿を訪ねた。

「いらっしゃい」と鄭《てい》は私を見るなりすぐに「いいもの上げようと思って待っていましたよ」と机の抽斗《ひきだし》から一通の手紙を出して私に渡した。

それは玄からの便りで、途中から私にあてたものだった。母危篤《きとく》という電報で、取るものも取り敢えず出立《しゅったつ》した、そんなわけでおわかれもせずに来たが赦《ゆる》してくれという手紙であった。が、それは全く虚構の事実で、帰省はとうの昔からきまっていたのだった。

「ふん」と言って私はその手紙をそこに投げ出したが、もう別に腹も立たなかった。鄭もやはりそれについては何も言わなかった。

むしろ、私が手紙を読み終るのを待っていたとでもいうように、鄭は今度は、三、四枚の印刷物を私に見せた。それは鄭が出そうとしていた菊倍八頁の月刊雑誌の校正刷で、かねてその計画を私にも話してあるものだった。

「そう？　もう出来たの？」と私も鄭と共に喜びを頒《わか》ちつつ、それを手にとって見た。が、内容については私はもう知りぬいていた。鄭が常に書きためていたものを印刷にしただけのもので、私はそれを、原稿のうちに見て知っていたのだ。

ただ一つ私の眼にとまったものは、終りの方の片隅に載せられている短かい詩であった。

私はその詩を読んだ。何と力強い詩であろう。一くさり一くさりに、私の心は強く引きつけられた。そしてそれを読み終ったとき、私はまるで恍惚《こうこつ》としているほどだった。私の胸の血は躍っている。ある力強い感動が私の全生命を高くあげていた。

私はその作者の名前を見た。私の知らない人の名前であった。朴烈《ぼくれつ》というのがそれであった。誰かの変名かしらと私は思った。けれどじきに私はそれを否定した。なぜなら、この詩に値《あた》いする男を私はまだ鮮人の間に見出していなかったから。

「これ誰？　朴烈てのは？」と私は鄭にきいた。

「その人ですか。その人は僕の友達ですがね、しかしまだあまり知られてない、プーアな男ですよ」と、鄭は軽くその作者を扱った。

「そうですか？　しかしこの人には何とも言えぬ力強さがありますよ。私はこんな詩を見たことがない」と、私はむしろ、この作者を認めない鄭を蔑《さげす》むような気持ちで言った。

鄭はそれを余り喜ばない風だった。

「この詩のどこがいいですか」

「どこがってこたあない。全体がいい。いいと言うんじゃない、ただ力強いんです。私は今、長い間自分の探していたものをこの詩の中に見出したような気がします」

「馬鹿に感心したんですね。一度会いますかね」

「ええ、会わして下さいな。ぜひ」

いつの間に降り出したのか、外には粉雪がさらさらと静かな音をたてていた。下の廊下で時計が六時を打った。同宿の学生が何か声高に話しながら、前の階段を降りて行った。

「おや、あなた学校は？」と鄭は私に注意した。

「学校？　学校なんかどうだっていいの」と私は、こともなげに答えた。

鄭は怪訝《けげん》そうに私の顔を瞶《みつ》めた。

「どうしてです。あなたは苦学生じゃないんですか」

「そう、もとは熱心な苦学生で、三度の食事を一度にしても学校は休まなかったのですが、今はそうじゃありません」

「それはどうしてです」

「別に理由はありません。ただ、今の社会で偉くなろうとすることに興味を失ったのです」

「へえッ！　じゃあなたは学校なんかやめてどうするつもりです？」

「そうね、そのことについて今しきりと考えているのです……。私は何かしたいんです。ただ、それがどんなことか自分にも解らないんです。がとにかくそれは、苦学なんかすることじゃないんです。私には何かしなければならんことがある。せずにはいられないことがある。そして私は今、それを探しているんです……」

実際私はこの頃、それを考えているのだった。一切の望みに燃えた私は、苦学をして偉い人間になるのを唯一の目標としていた。が、私は今、はっきりとわかった。今の世では、苦学なんかして偉い人間になれるはずはないということを。いや、そればかりではない。いうところの偉い人間なんてほどくだらないものはないということを。人々から偉いといわれることに何の値打ちがあろう。私は人のために生きているのではない。私は私自身の真の満足と自由とを得なければならないのではないか。私は私自身でなければならぬ。

私はあまりに多く他人の奴隷となりすぎてきた。余りにも多く男のおもちゃにされてきた。私は私自身を生きていなかった。

私は私自身の仕事をしなければならぬ。そうだ、私自身の仕事をだ。しかし、その私自身の仕事とは何であるか。私はそれを知りたい。知ってそれを実行してみたい。

恐らくこれは、初代さんを知ってから、初代さんが私に読ませてくれた本の感化によるのかも知れない。また、初代さんそれ自身の性格や日常の生活に刺戟《しげき》されて、そんな考えを起したのかも知れない。しかし、とにかく私は、近頃こんなことばかり考えていたのである。

「そうです、たしかに僕達の前には、僕達がほんとうにしなきゃならんことがあります」と鄭も真面目になって私に賛成した。

私達はそこで、今までにかつてなかった真面目さで、いろいろなことを語り合った。が、ふと私は思い出した。今夜、美土代町《みとしろちょう》の青年会館に「社会思想講演会」の開かれることを。

私は鄭に別れを告げた。そして学校に行って、初代さんを誘って講演会に出かけた。街路はもう雪で真白かった。


この頃から私には、社会というものが次第にわかりかけてきた。今までは薄いヴェールに包まれていた世の相《すがた》がだんだんはっきりと見えるようになった。私のような貧乏人がどうしても勉強も出来なければ偉くもなれない理由もわかってきた。富めるものがますます富み、権力あるものが何でも出来るという理由もわかってきた。そしてそれゆえにまた、社会主義の説くところにも正当な理由のあるのを知った。

けれど、実のところ私は決して社会主義思想をそのまま受け納《い》れることができなかった。社会主義は虐《しいた》げられたる民衆のために社会の変革を求めるというが、彼らのなすところは真に民衆の福祉となり得るかどうかということが疑問である。

「民衆のために」と言って社会主義は動乱を起すであろう。民衆は自分達のために起ってくれた人々と共に起って生死を共にするだろう。そして社会に一つの変革が来《きた》ったとき、ああその時民衆は果して何を得るであろうか。

　指導者は権力を握るであろう。その権力によって新しい世界の秩序を建てるであろう。そして民衆は再びその権力の奴隷とならなければならないのだ。しからば、××とは何だ。それはただ一つの権力に代えるに他の権力をもってすることにすぎないではないか。

　初代さんは、そうした人達の運動を蔑《さげす》んだ。少くとも冷かな眼でそれを眺めた。

「私は人間の社会に対してこれといった理想を持つことができない。だから、私としてはまず、気の合った仲間ばかり集まって、気の合った生活をする、それが一ばん可能性のある、そして一ばん意義のある生き方だと思う」と、初代さんは言った。

　それを私達の仲間の一人は、逃避《とうひ》だと言った。けれど、私はそうは考えなかった。私も初代さんと同じように、既にこうなった社会を、万人の幸福となる社会に変革することは不可能だと考えた。私も同じように、別にこれという理想を持つことができなかった。けれど私には一つ、初代さんと違った考えがあった。それは、たとい私達が社会に理想を持てないとしても、私達自身には私達自身の真の仕事というものがあり得ると考えたことだ。それが成就《じょうじゅ》しようとしまいと私達の関したことではない。私達はただこれが真の仕事だと思うことをすればよい。それが、そういう仕事をすることが、私達自身の真の生活である。

私はそれをしたい。それをすることによって、私達の生活が今ただちに私達と一緒にある。遠い彼方《かなた》に理想の目標をおくようなものではない。


ある寒い寒い夜のことであった。例の通り私はカンバセーションをエスケープして鄭の宿へ遊びに行った。

いつもの通り私は、案内も乞《こ》わずに鄭の部屋の障子《しょうじ》をあけて、「こんばんは」と声をかけた。鄭と今一人の見知らぬ男が火鉢を囲んで何か小声で話していた。

見知らぬ男はあまり背の高くない、痩《や》せぎすな、真っ黒な房々とした髪をパラリと肩あたりまでのばした二十三、四の男であった。青い小倉《おぐら》の職工服に茶色のオーヴァを羽《は》織《お》っていたが、オーヴァのボタンは千切《ちぎ》れかかって危うく落ちそうにぶらぶらしている し、袖口《そでぐち》はボロボロに破れており肱《ひじ》のあたりがベラベラに摺《す》りきれて穴があいていた。

「いらっしゃい」と鄭は私を迎えた。

見知らぬ男はちょっと私を見たきり、口をつぐんで、火鉢の火に視線を向けた。

「随分寒いわねえ」と、私は、つかつかと部屋に這入《はい》って、火鉢の脇に座った。

「二、三日見えなかったですねえ、どうかしましたか」と鄭は訊いた。

「いいえ別に」と私は答えたが、ふと私はこの身《み》窄《すぼ》らしい服装の客を思い出して、客に言葉をかけた。

「あなたは先達《せんだっ》て、中華青年会館に開かれたロシア飢饉《ききん》救済音楽会のとき、たしかあのステージのわきに立っていらっしゃいましたね、ねえ、そうでしょう?」

「そうでしたか?」と客は答えた。

が、それっきり、いたともいなかったとも言わなかった。そして静かに立ち上った。

「まあ好《い》いじゃありませんか」と私は慌てて止めた。「お話しなさいな。私、別に用がないんですから……」

しかし客はやはり何とも答えないで、どっしりと畳の上に立ったまま、濃い眉毛の下から黒いセルロイド縁の眼鏡越しに、冷やかに私を見下《みおろ》した。

何とはなしに私は、ある威圧《いあつ》を感じた。

と、しばらくしてから「失礼します」とはっきりとした声で言って、部屋を出て行った。

「ああ君、今晩はどこに泊りますか、僕のところへ泊って行っていいですよ」と鄭は思い出したように急いで立ち上って、廊下に客を追いながら叫んだ。

「ありがとう、今晩は駒込《こまごめ》の友人のところへ泊めてもらいます」と、落ちついた寂しい声が答えた。

何となく私はすまないような気がした。私の精神はひきしめられていた。

「鄭さん、あの人、何て言うの？」

「ああ、あの人？　あれはいつかあなたが大変感心した詩の作者朴烈《ぼくれつ》君ですよ」

「あらッ！　あの人が朴烈？」と私は思わず顔をあかめて叫んだ。

「そうです、あの男です」と鄭は落ち着いた調子で答えた。

私はそれから、朴烈についていろいろのことを鄭に訊ねた。鄭の言うところによると、彼は今まで人力車夫や立ちん坊や郵便配達や人夫なぞをしていたが、今は別にこれという職がなく、ただ一晩一晩と親しい友人の処を泊り歩いて過ごしているらしかった。

「それじゃあの人、まるで宿なし犬見たようね、それでいてどうしてあんなにどっしりしているのだろう？　まるで王者のような態度だわ」

「ああして友人のところを廻って食いつなげる間はねえ」と鄭は多少軽蔑的に言ったが、私がそれに不服そうなのを見て、「でも偉いですよ、あの男は。あの男ほど真剣に考え、真剣に行動するものは我々の仲間でもそうたくさんはありませんよ」と言った。

――そうに違いない、そうに違いない。と私は心の中で叫んだ。

何ものか私の心の中で踠《もが》いていた。何ものか私の心の中に生れていた。

彼のうちに働いているものは何であろう。あんなに彼を力強くするものは何であろう。私はそれを見出したかった。それを我がものとしたかった。

私は鄭と別れた。別れて店に帰った。

途中私はまた思った。

——そうだ、私の探しているもの、私のしたがっている仕事、それはたしかに彼の中に在る。彼こそ私の探しているものだ。彼こそ私の仕事を持っている。

不思議な歓喜が私の胸の中に躍った。昂奮して私は、その夜は眠れなかった。

翌日、朝早く私は鄭を訪ねた。そして、朴と交際したいから会わしてくれと頼んだ。

「だが、あの男は始終ふらふらしているから、ちょうどいいように打《ぶ》ッつかることは困難ですよ」と鄭は言った。

「いいんです。私の店に来てくれればいいんです。あなたがそう伝えてくれさえすればそれでいいんです」と私は答えた。

鄭はそれを承諾した。

だが、朴は来なかった。四、五日経って私はまた鄭を訪ねた。

「あなた話してくれましたか」

「ええ、二、三日前の会で会って、話しておきました」

「その時、朴さんは何と言って？」

「そうねえ、朴君はただ――そうですか、と言ったきり何も言いませんでしたよ。あまり乗り気でもなかったようです」

私はやや失望した。私のようなものは相手にせぬというのであろうか、と不安な気持ちになった。だが、私はまだ望みを捨てなかった。私はただ、朴の訪ねて来る日を待った。

十日経った。けれど朴は来なかった。二十日経った。朴はまだ訪ねて来なかった。

――ああ、とうとう駄目か、と私は自分に言った。

私は寂しかった。自分に何らの価値のないことを朴に裏書きされたような気がして、一層寂しかった。仕方がない、自分は自分で生きるために、初代さんのようにタイピストにでもなって、職業を持とう、とさえ、私は決心した。

と、鄭に伝言《ことづけ》を頼んで一ヶ月ぐらいも経ったとき、多分それは三月の五日か六日であった。朴がひょっくり私の店を訪ねて来た。

朴の顔を見ると私の胸はドキドキと躍った。

「おや、とうとう来て下さったのね」と、二組ばかりの酒のみ客を相手にしていた私は、朴を部屋の隅っこの卓子《テーブル》に導きながら小声で言った。

「ちょうど好《い》い。少しゆっくりしていて下さいな、私も出ますから」

こう言って私は、御飯をよそって、煮込み豆腐や大根を持って行って朴に食べさせた。やがてもう、私の学校へ行く時間である。私は二階に上って仕度《したく》をした。朴には少しさきに店を出てもらうことにして……。

いつものように腕に鞄《かばん》をぶらさげて私は店を出た。朴は路地に立って私を待っていた。それから私達は電車通りまで一緒に出た。

が、電車通りまで出ると、朴はふと立ち佇《どま》って言った。

「あなたは神田へ行くんですね。僕は京橋へ用事がありますから、これで失礼します」

そして彼はすたすたと歩き出した。

「ああちょっと」と私は後から追い縋《すが》って言った。「明日もまたいらっしゃいな、おいしいものを用意しときますから」

「ありがとう、参ります」

脇目もふらず彼は去った。何となく私はもの足りなかった。

翌日はおひる頃に来た。

朴の卓子《テーブル》の脇に腰をかけて、ほかの人にはきこえぬように私は言った。

「今晩学校の前に来ていて下さらない？　些《すこ》しお話したいことがあるの」

「学校ってどこですか」

「神田の正則」

「ええ、行きましょう」と彼はきっぱりと答えた。

やっと私は安心した。そしてその夕方を待った。

約束の通り朴は学校の前の裸の街路樹の下に立っていた。

「ありがとう、大分待って？」

「いいや、ほんの今来たばかりです」

「そうですか、ありがとう、少し歩きましょう」

人通りの少いところを選《よ》って私達は歩いた。けれど私達はお互いに何も話さなかった。往来で話すような軽い単純なものを私は話そうとしているのではない。もっと静かな落ち着いたところを私は探していたのだ。

神保町通りに出たとき、大きな支那料理屋を私は見つけた。

「ここへ上りましょう」と私は、つかつかとその階段を上った。朴は黙って私の後について来た。

三階の小さな部屋に私達は落ち着いた。

ボーイが、茶を運んで来た。何か見つくろって二、三品持って来てくれと、私はボーイに言いつけた。

ボーイが去ると、私は、お茶碗の蓋《ふた》をとってみながら言った。

「ねえ、このお茶の呑《の》み方、あなた知ってて? 蓋をとって呑めばお茶滓《ちゃがら》が口の中に這入って来そうだし、蓋をしたまま呑むのも変だし、何だか妙ね」

「どうするんですかね、僕はこんな立派なところへ這入って来たことがないから知りませんが……」と朴は言いながら、やっぱり私と同じように蓋をとってみたり、また、蓋をしてみたりしていたが「しかし、呑むものだから要するに呑めばいいでしょう。何か規則でもあるというのですか」と蓋を少し斜めにしてその間から呑んだ。

「ああ、なるほど、そうすればいいですね、きっとそんなことでしょう」と私も朴の真似《まね》をしてのんだ。お茶の味はあまりいいものではなかった。

ボーイが料理を運んで来る間、私達はただ、雑談を交えながら食事をとった。私はあまり進まなかったが、朴はかなりお腹が空いているらしい食べぶりだった。

私は私の用件を話したかったが、どうも固くなって話し難《にく》かった。でも私はやっとのことでぎごちなく口を切った。

「ところで……私があなたに御交際を願ったわけは、多分鄭さんからおきき下さったと思いますが……」

「ええ、ちょっとききました」

朴は皿から眼を放して私の方を見た。私達の瞳《ひとみ》はそこでかち合った。私はどぎまぎした。が、こうなってはもう、私は私の心持ちを思いきって言わねばならぬ。

私はつづけた。

「で、ですね、私は単刀直入《たんとうちょくにゅう》に言いますが、あなたはもう配偶者がお有りですか、または、なくても誰か……そう、恋人とでもいったようなものがお有りでしょうか……もしお有りでしたら、私はあなたに、ただ同志としてでも交際していただきたいんですが……どうでしょう」

何という下手な求婚であったろう。何という滑稽《こっけい》な場面だったろう。今から思うと噴《ふ》き出したくもあるし、顔が赤らんでも来る。けれどその時の私は、極《きわ》めて真面目に、そして真剣に言ったのだった。

「僕は独りものです」

「そうですか……では私、お伺いしたいことがあるんですが、お互いに心の中をそっくりそのまま露骨《ろこつ》に話せるようにして下さいな」

「もちろんです」

「そこで……私日本人です。しかし、朝鮮人に対して別に偏見なんかもっていないつもりですがそれでもあなたは私に反感をおもちでしょうか」

朝鮮人が日本人に対して持つ感情を、私は大抵知りつくしているように思ったから、何よりもさきに私はこれをきく必要があった。私はその朝鮮人の感情を恐れたのだ。しかし朴は答えた。

「いや、僕が反感をもっているのは日本の権力階級です、一般民衆でありません。殊《こと》にあなたのように何ら偏見をもたない人に対してはむしろ親しみをさえ感じます」

「そうですか、ありがとう」と私はやや楽な気持ちになって微笑した。「だが、もう一つ伺いたいですが、あなたは民族運動者でしょうか……私は実は、朝鮮に永らくいたことがあるので、民族運動をやっている人々の気持ちはどうやら解るような気もしますが、何といっても私は朝鮮人でありませんから、朝鮮人のように日本に圧迫されたことがないので、そうした人たちと一緒に朝鮮の独立運動をする気にもなれないんです。ですから、あなたがもし、独立運動者でしたら、残念ですが、私はあなたと一緒になることができないんです」

「朝鮮の民族運動者には同情すべき点があります。で、僕もかつては民族運動に加わろうとしたことがあります。けれど、今はそうではありません」

「では、あなたは民族運動に全然反対なさるんですか」

「いいえ決して、しかし僕には僕の思想があります。仕事があります。僕は民族運動の戦線に立つことはできません」

すべての障碍《しょうがい》が取り除かれた。私はほっとした。けれど、まだほんとうのことを言い出すほどには機運が向いていないのを感ぜずにはいられなかった。私達はそれからまた、いろいろの雑談をした。すればするほど、彼のうちにあるある大きな力が感じられた。次第に深く引きつけられて行く自分を私は感じた。

「私はあなたのうちに私の求めているものを見出しているんです。あなたと一緒に仕事ができたらと思います」

私は遂に最後にこう言った。すると彼は、

「僕はつまらんものです。僕はただ、死にきれずに生きているようなものです」と、冷やかに答えた。

八時近くでもあったろう。「また会いましょう」と私達はボーイに会計を頼んだ。三円いくらであった。

「僕が出しましょう、今日は僕お金を持っています」と、朴はオーヴァの外ポケットから、裸のバットを三、四本と一緒に、もみくちゃになった紙幣を二、三枚と銅貨や銀貨を七、八箇摑《つか》み出してテーブルの上に置いた。

「いいえ、私が払います」と私は遮《さえぎ》った。「私の方がお金持ちのようです」

そして二人は連れ立ってそこを出た。


私達はそれからたびたび会った。私達はもう、ぎごちない心で話し合う必要はなかった。私達は互いに心と心とで結ばっているような安らかさを感じていた。そしてとうとう、私達の最後の諒解《りょうかい》が成立した。

三崎町《みさきちょう》の小さな洋食屋の二階で、私達は話をきめた。それは夜の七時頃であった。私は、学校に行くには遅し、家に帰るには早かった。そこで二人はまた、ぶらぶらと暗いお濠端《ほりばた》に沿うて日比谷の方へ歩いた。

夜はまだ冷たかった。二人は握り合った手を朴のオーヴァのポケットの中に突き込んだまま、どこというあてもなく、足の向くままに歩いた。

公園には人影《ひとかげ》がなかった。乾干《ひから》びた電車の音だけが夜の静寂《せいじゃく》を破っていた。空には星、地にはアーク灯、それのみが静かに輝いていた。

朴は常になく陽気に語った。

朴の語るところによると、彼は慶尚北道《けいしょうほくどう》の田舎に生れた。家柄は常民で、代々百姓をして生計を立てていた。けれど祖先にはかなり学問もあり、社会的地位もあるものもあったようである。父は朴の四つのとき死んだが、母は非常に慈悲深い女で、小さかった時分、朴は母の足と自分の足とを縛りつけてからでなければ眠れないほど、母を慕《した》っていた。七つの時から村の寺小屋に通い、九つの時から村に建てられた普通学校に通ったが、頭は素敵によかった。で、朴は学問をしたいと思ったが、ちょうどその頃から家運が傾いたので、兄は朴を百姓にさせようとした。そして事実朴も百姓をした。が、学問をしたいという朴の望みは遂に抑えきれなかった。で、十五の時彼はひそかに大邱《たいきゅう》にとび出し、高等普通学校の試験をうけたが、試験は見事パスしたので、兄も見かねて苦しい中から彼に学資を送った。その頃から朴は早稲田の講義録をとり、日本の文学者の書いたものなどを読んだ。そして彼の思想はだんだんと左傾した。

独立運動に参加しようとしたのはその頃であった。けれど彼はただちにその運動の虚構を知った。支配者が変ったところで、民衆には何のかかわりもないと、彼は思った。そして十七の春東京へ来た。

東京へ来てからの彼の生活は苦闘の歴史そのものだった。彼はだんだんと自己に沈潜《ちんせん》して行った。彼はもう、口さきや筆のさきでの運動なんかに興味を失った。彼は彼自身の道を行こうとした。

もっともこれは、この時すべて彼が語ったのではない。彼は余り自己を語らない男である。彼の語ったのは断片的なことばかりだった。その断片的なことを、私が後から人に聞いたところによってつづり上げただけのことである。

私達は事実、過去を語るよりは将来を語った。二人で拓り開いて行くべき道を、淡《あわ》い希望をもって語り合った。

「ふみ子さん、僕は本当に真剣に運動するために木賃宿《きちんやど》に這入《はい》りたいと思うんですが、あなたはどうです」と、朴は不意にこう言い出した。

「木賃宿ですか、いいですねえ」と私は答えた。

「しかし汚ないですよ、南京虫《なんきんむし》がいますよ、あなた、辛抱《しんぼう》ができますか」

「できますとも、そんなこと辛抱できないくらいなら、何もしない方がいいでしょう」

「そうです、たしかにそうです……」

こう言って朴はしばし口を緘《つぐ》んだ。が、しばらくしてまた彼は言った。

「ねえ、ふみ子さん。ブルジョア連《れん》は結婚をするると新婚旅行というのをやるそうですね。で、僕らも一つ、同棲記念に秘密出版でもしようじゃありませんか」

「面白いですね、やりましょう」と私は少しはしゃぎ気分で賛成した。「何をやりましょうか。私、クロのパン略〔クロポトキン『パンの略取』〕を持っているが、あれを二人で訳しましょうか」

朴はしかし、反対した。

「あれはもう訳が出ていますよ。それに、人のものなんか出したくないですね、それよりも貧弱でも二人で書いた方がいいですねえ」

私達はそうした計画に熱中していた。気がついて見ると、いつの間にか私達は公園を出て街の往来に出ていた。そして時ももうかなり進んでいるようであった。

「何時でしょう、九時には私帰らなきゃならんのだけど……」

残り惜しい気持ちで私が言った。

「さあ、じゃ、ここで待ってて下さい。僕ちょっと見て来ますから」

こう言って朴は、電車交叉点前の交番まで時計を覗《のぞ》きに行った。――というのは、私達は二人とも時計というものを持ったことがないから……。

朴はやがて戻って来た。

「九時に十七分前です」

「そう？　じゃ帰らなきゃならないわねえ」と私が言うと、朴が言った。

「もう三十分はいいでしょう。だって、学校が九時に退《ひ》けて電車が十分かかると九時十分でしょう。それなら、まだ二十五分や三十分はいいですよ」

「どうもありがとう、あなたはいいことを教えてくれます」

そこで私達はまた手を繋《つな》ぎ合って再びまた公園の中に行った。そして木蔭のベンチに腰を掛けて、冷たく凍った頬《ほ》ッぺたをくっつけたままじっとしていた。

が、いよいよもう時がなくなったので、名残り惜しげに立ち上った。

公園の出口に近づいた時、私は訊ねた。

「で、今晩はどこへ帰るの?」

「そうですねえ」と朴はちょっと考えていたが「麹町《こうじまち》の友人のとこへでも行って見ましょう」と寂しく答えた。

「そう! だけど、そうして家がなくても寂しくありません?」

「寂しいです」朴は足下《あしもと》を瞶《みつ》めながら沈んだ声で答えた。「こうして達者でいるときは何でもないですが、病気なんかすると心細いですよ。ふだんは親切な人でもそうした時はいやがりますからね」

「そうね、人は冷たいですからねえ、それにあなたは少しきゃしゃ過ぎるようだけど、今までにひどい病気したことがありますか、東京へ来てから……」

「あります。去年の春でした。僕はひどい流感《りゅうかん》にやられましたが誰も看病してくれるものがないので、三日ばかり呑まず食わずに本所《ほんじょ》の木賃宿でうんうん唸《うな》っていました。

その時こそ僕はこのまま死んでしまうんじゃないかと思って心細かったですよ」

ある一つの感情が胸にこみ上げてきた。涙ぐんだ眼をしばたたきながら、私は朴の手をひしと握りしめた。

「まあ、私が知っていたなら……」

しばらくしてから、朴はきっぱりとした調子で、

「ではさようなら、また逢いましょう」と、私の手を振り放して、神田方面行きの電車に飛び乗った。

見送りながら、私は心の中で祈るように言っていた。

「待って下さい。もう少しです。私が学校を出たら私達はすぐに一緒になりましょう。その時は、私はいつもあなたについています。決してあなたを病気なんかで苦しませはしません。死ぬなら一緒に死にましょう。私達は共に生きて共に死にましょう」

手記の後に

私の手記はこれで終る。これから後のことは、朴と私との同棲生活の記録のほかはここに書き記す自由を持たない。しかし、これだけ書けば私の目的は足りる。

何が私をこうさせたか。私自身何もこれについては語らないであろう。私はただ、私の半生の歴史をここにひろげればよかったのだ。心ある読者は、この記録によって充分これを知ってくれるであろう。私はそれを信じる。

間もなく私は、この世から私の存在をかき消されるであろう。しかし一切の現象は現象としては滅しても永遠の実在の中に存続するものと私は思っている。

私は今平静な冷やかな心でこの粗雑な記録の筆を擱《お》く。私の愛するすべてのものの上に祝福あれ！

解説

山田昭次

金子文子の天皇制国家に対する裁判闘争

一九二三年九月一日午前一一時五八分に関東大震災が起こった。その後二日までに五回にわたって余震が発生した。地震が起こると、まもなく「朝鮮人が殺傷・略奪・放火した」とか、「朝鮮人と社会主義者が放火した」という流言が東京や横浜、及びその周辺地帯に発生し、一日の夜から軍隊・警察官・民衆による朝鮮人虐殺事件が起こった。

当時、東京府豊多摩《とよたま》郡代々木富ヶ谷に住んでいた金子文子とその夫朴烈《パクヨル》は、三日の夜に第一師団に所属する下士官によって逮捕され（姜徳相・琴秉洞編『現代史資料 6　関東大震災と朝鮮人』みすず書房、一九六三年、一三七頁）、保護検束の名目で世田谷警察署に逮捕された（布施辰治・張祥重・鄭泰成『運命の勝利者朴烈』世紀書房、一九四六年、一一頁）。保護検束期限の二四時間が過ぎると、警察犯処罰令の「一定の住居又は生産なくして諸方に徘徊する者」の該当者として拘留二九日を即決された（布施ほか前掲書一一頁）。

その後警視庁は一九二三年九月中旬に不逞社《ふてい》の参加者たちを次々と逮捕し、一〇月二〇日には東京地方裁判所検事局は文子や朴烈を含む一六名を治安警察法違反容疑で起訴し、彼らに対する尋問を行い始めた(再審準備会編『金子文子・朴烈裁判記録』黒色戦線社、一九七七年、三〇三〜三〇四頁。小松隆二編『続現代史資料 3 アナーキズム』みすず書房、一九八八年、四四二〜四四四頁)。

不逞社とは、一九二三年四月に文子と朴烈の発案により日本人や在日朝鮮人の青年たち二十余人ほどが参加して成立した集まりで、その目的は「民族的でも無く、社会主義でもなく、只叛逆と云ふ事」に決められていた(再審準備会編前掲書、三三三頁)。例会では無政府主義者の画家望月桂や民衆芸術論者の加藤一夫や文学と政治にまたがって活動をしていた中西伊之助たちを招いてその講演会を開催した。

一九二四年一月二二日に文子は東京地裁で尋問を受けた際に、皇族や政治の実権者の「両者の階級に対し爆弾を投げ様かと考へた事もあり、朴と同棲後其の話合をした事も在った位であります」と語った(再審準備会編前掲書、一八頁)。その後一月二五日に尋問を受けた際に文子は、皇族と政治の実権者に対し爆弾を投げるために朴烈と相談の上、朴がアナーキスト金重漢《キムジュンハン》に上海からの爆弾入手を依頼したことがあったと陳述した(再審準備会編前掲書、二三頁)。その結果、二月一五日に東京地裁検事局は朴烈、文子、金重漢三名を爆発物取締罰則違反の容疑で追起訴し、その他の不逞社員を免訴にした(再審準備会編前掲書、三〇四〜三〇五頁)。

一九二五年五月四日に立松懐清予審判事は文子に対して、「被告の所為は或は此刑法第七十三条の罪に該《あた》るかの様にも思はるゝ。若《も》しさうだとすると、大審院管轄事件として取扱はるゝ訳だが、被告の之迄《これまで》の申立は真実夫《そ》れに相違ないか」と言った(再審準備会編前掲書、一〇〇頁)。刑法第七三条には「天皇、太皇太后、皇太后、皇后、皇太子、又は皇太孫に対し危害を加え又は加えんとしたる者は死刑に処す」と規定されていた。しかも刑法七三条被適用者は裁判所構成法第五〇条第二項によって大審院の審理が「第一審にして終審」と定められていた。従って刑法七三条を適用されて大審院の裁判に廻されることは、確実に死刑を宣告されることを意味した。

立松は既にそれまでにも文子に対して七回も転向を求めていたが、この日も「被告は何んとかして反省する訳に行かぬか」と言ったが、しかし文子はやはり転向を拒否した(再審準備会編前掲書、一〇〇頁)。しかしさすがに文子も死刑が確実な大審院廻しになったことについてはひどく悶え、彼女が執筆した「二十六日夜中」には「約一ヶ月ばかり御飯もろく〳〵咽喉を通らず、皆から痩せたと云はれる程苦しみました」と記されている(再審準備会編前掲書、七四五頁)。

立松が言った通りに検事総長は一九二五年七月一七日に文子と朴烈を刑法七三条及び爆発物取締規則違反の容疑で起訴した。東京帝国大学助教授杉田直樹執筆の一九二六年二月八日付「刑法第七十三条ノ罪幷ニ爆発物取締罰則違反事件　被告人金子文子身神状態鑑定書」によれば、文子はこの年の夏または秋に自伝『何が私をこうさせたか』の執筆を始めた（再審準備会編前掲書、六二五頁、六二七頁）。この自伝によると、立松判事が文子に「過去の経歴について何か書いて見せろ」と命じたので、文子は「命じられたままに、私の生い立ちの記を書いた。それがこの私の手記である」と記している。

立松が文子に生い立ちの記の執筆を命じたことが彼女の自伝執筆のきっかけとなったが、しかし彼女はそれまでの彼女の生き方とその背後にある思想を広く人々に伝えるという積極的な意欲に駆られて執筆したのである。文子はその意志をその手記『何が私をこうさせたか』に次のように書いた。

「この手記が裁判に何らかの参考になったかどうだかを私は知らない。しかし裁判も済んだ今日判事にはもう用のないものでなければならぬ。そこで私は、判事に頼んでこの手記を宅下げしてもらうことにした。私はこれを私の同志《とも》に贈る。一つには私についてもっと深く知ってもらいたいからでもあるし、一つには、同志にしてもし有用だと考えるならこれを本にして出版してほしいと思ったからである。

私として何よりも多く、世の親たちにこれを読んでもらいたい。いや、親たちばかりではない、社会をよくしようとしておられる教育家にも、政治家にも、社会思想家にも、すべての人に読んでもらいたいと思うのである」

つまり『何が私をこうさせたか』は、文子が幼少期から加えられてきた数々の苦難を乗り越えてきた生き方とそれを支えた自己の思想を親たちやその他の多くの人々に伝えようとした遺書であった。

大審院は一九二六年二月二六日に公判を開始し、三月二五日に朴烈と文子に死刑判決を下した。

しかしこの三月二五日に若槻礼次郎《わかつきれいじろう》首相は、朴烈と文子の死一等を減ずることを摂政宮、すなわち後の昭和天皇に上奏した（『時事新報』一九二六年三月二六日）。検事総長小山松吉も司法大臣江木翼《えぎたすく》に三月二五日付で恩赦申立書を提出し、江木はその翌二六日付で若槻首相に「恩赦ノ儀ニツキ上奏」を提出した（国立公文書館所蔵『公文別録　大蔵省、陸軍省、海軍省、司法省、大東亜省　自大正十二年至昭和十九年』）。

四月五日に「恩赦」により朴烈と文子は無期懲役に減刑された。若槻首相は朴烈と文子に対する減刑に関して「聖恩の広大なる事誠に恐懼《きょうく》の至りに堪えません」との談話を発表し、江木法相は減刑は「我が皇室の仁義の広大である事を証するもの」と談話を発表した(『東京朝日新聞』一九二六年四月六日)。しかし文子はこうした策動により自己を従順な臣民にしようとする天皇制国家の策動に断固として抵抗して、渡された減刑状を破り捨てた。朴烈はいったん恩赦状の受け取りを拒否したが、秋山要市ヶ谷刑務所長の途方にくれた顔を見て「君のために、その恩赦状を預かってやろう」と言って受け取った(布施ほか前掲書、二二一~二二三頁)。しかし秋山市ヶ谷刑務所長は朴烈と文子は感謝して受け取ったと記者団に発表した(「あの人この人訪問記――秋山要さん」『法曹』第一〇一号、一九五九年三月、二六頁)。天皇の聖恩の演出がこのように徹底して行われた。

文子は一九二六年四月八日に市ヶ谷刑務所から栃木県下都賀郡栃木町(現栃木市)にある宇都宮刑務所栃木支所に移されたが、宇都宮刑務所栃木支所嘱託医栗田口富蔵の検案書によれば、この年の七月二三日早朝に独房内で編んでいた麻縄で首をくくって自殺した。

文子は自伝の原稿をその添削についての希望も添えて不逞社の仲間である栗原一男に渡していたので、栗原の手によって文子の死後五周年にあたる一九三一年七月に、『何が私をかうさせたか』が栗原の回想「忘れ得ぬ面影」を添えて春秋社から出版された。

最後に文子の遺体の処置について簡単に述べておこう。彼女の遺体は栃木県下都賀郡家中村(現栃木市)合戦場《かっせんば》の刑務所共同墓地に埋葬されたが、裁判で文子と朴烈の弁護に当たった布施辰治弁護士は、文子の同志の栗原一男、古川時雄と共に宇都宮刑務所から文子の死体引取りの許可を得て文子の死体を発掘して火葬場で荼毘《だび》に付し、旧黒友会員たちが遺骨を東京市雑司《ぞうし》が谷《や》の布施辰治宅に運んだ。朴烈の兄朴庭植《パクチョンシク》が文子の遺骨を受け取りに朝鮮慶尚北道尚州から来たが、池袋警察署は遺骨を朴庭植に渡さずに尚州の警察署に送ってしまった。

遺骨は一九二六年一一月五日に朴烈の故郷である慶尚北道聞慶郡麻城面梧泉里の北方約八キロメートルにある同郡聞慶面八霊里の山の中腹に埋葬された。しかしずっと憲兵の目が光っていて「国賊の墓参りなどするのはけしからん」と言って朴家の人々の墓参も許さなかった(瀬戸内晴美『余白の春』中央公論社、一九七二年、二四一頁)。韓国人によって墓の脇に『金子文子女史之墓』と刻まれた墓碑の序幕式が行われたのは、文子の死後四七年目の一九七三年七月二三日だった。二〇〇三年にこの墓は朴烈の旧家の裏に移された。

朴烈は布施辰治ほか前掲書一七頁によれば四月六日に、一九二六年四月一五日付『東京朝日新聞』によれば四月一二日に、市ヶ谷刑務所から千葉刑務所に移された。一九三六年八月には小菅《こすげ》刑務所に移され、さらに一九四三年八月に秋田刑務所に移され、ここで日本の敗戦を迎えて一九四五年一〇月二七日に出獄した。一九四六年一月二〇日に新朝鮮建設同盟を組織して委員長に就任し、同年一〇月三日に在日本朝鮮居留民団(民団)に改組して委員長に就任した。しかし一九四九年四月一〜二日に開催された民団第六回臨時全大会で団長選挙に敗れた。その後、一九五〇年に韓国に帰ったが、朝鮮戦争の際に朝鮮民主主義人民共和国に連行された。一九五六年七月二日に結成された在北平和統一促進協議会の常務委員となった(李泰昊著、青柳純一訳『鴨緑江の冬――北に消えた韓国の民族指導者』社会評論社、一九九三年、三五二頁)。平壌放送によれば、一九七四年一月一七日に享年七七歳で死去した(『毎日新聞』一九七四年一月一八日夕刊)。

獄中手記『何が私をこうさせたか』には何が語られたか

文子は一九〇三年一月二五日に横浜市に生まれた。彼女の手記は横浜で育てられた幼年期の父母の思い出から記された。父は佐伯文一で、文子が生まれたころには横浜の寿警察署の警察官だったらしい。しかし文子の幼年の頃には警察官を辞任していた。その後、どのような職業に従事したのか不明だが、文子の記憶によると、父は幼年期の文子を非常に可愛がった。

しかしその楽しい生活も長くは続かなかった。父が若い女を家に連れ込んできたので、母とのいさかいが起こったからである。その後に両親の関係にさらに深刻な破綻が起こった。一九〇八年の秋か暮れの頃に母の妹金子たかのが婦人病治療のために山梨県東山梨郡諏訪村(現山梨市牧丘町)杣口《そまぐち》の金子家から来て同居したが、父はたかのと肉体関係をもつようになり、母は父に棄てられた。

そこで母は中村という鍛冶職工と同棲したが、中村が会社から解雇されると同棲生活は終わった。母はその後小林という沖仲仕と同棲した。しかし生活に追い詰められて一九一〇年秋に小林の故郷である山梨県北都留郡丹波山村の山間の小部落小袖《こそで》に行ってここに暮らした。文子が七歳の時のことだった。

一九一一年の春に諏訪村杣口の金子家の弟共治がきくのと文子を迎えにきた。長い談判の末、ここで生まれた春子を小林家に残し、きくのと文子を金子家に引き取った。しかしきくのはまもなく中央本線塩山駅近くの雑貨商人古屋庄平に後妻として嫁いでしまった。きくのは文子を連れ子として引き取るつもりだったが、古屋が文子を邪魔にするので、文子を金子家に帰した。

一九一二年秋に朝鮮忠清北道清州郡芙蓉面芙江里に住む文子の父方の祖母佐伯ムツが金子家を訪れた。彼女が同居しているその娘夫妻の岩下家に子がないので、文子を養女として貰い受けに来たのだった。このために文子はムツに連れられて朝鮮に旅立った。

芙江には京釜線芙江駅が開設されていて、一九〇八年現在で日本人の戸数も四〇戸あった。文子の自伝によると、文子がもらわれて行った岩下家は芙江の日本人の中の最も有力な家族の一つで、「そう広くはないが、五、六ヶ所の山林と、鮮人に小作させている田と畑とを持っていて、それからあがる収入で、鮮人相手に高利貸をしているのであった」。つまり、岩下家は朝鮮人民衆から収奪する典型的な日本人植民者だった。

岩下家の家族は岩下敬三郎、その妻は佐伯文一の妹カメ、佐伯ムツの三人だった。この家族の実権を握って采配をふるっていたのは佐伯ムツだった。

文子の自伝によると、文子はこの村の小学校に四年生として入学したが、その時文子は、岩下家の者から次のように言われたという。おそらく祖母が言ったのであろう。

「なあふみや、金子のような貧乏人の子なら差し支えないが、かりにもこれからは岩下の子として学校にあがるんだ。そのつもりでしっかり勉強するんだぞ。百姓の子にまけたり、恥かしいことをするとすぐ名前をとり上げるよ……」

祖母は貧しい人々を見下し、文子が貧しい理髪屋の娘と一緒に小学校に通学することも禁じた。

岩下家の人々は吝嗇《りんしょく》で、文子に対しても小学校で使う紙や絵具もろくろく買ってくれなかった。それのみでなく、文子に十二、三歳の頃から女中同様に勝手仕事や便所の拭き掃除などをやらせた。

岩下家の女性はまた朝鮮人を差別した。岩下家の下男の高は一着しか着衣がないので、洗濯のために一日の休暇の許可を求めたことがあったが、岩下家の二人の女性は一着しか着衣がない高に対してきゃっきゃっと嘲笑った。文子は岩下家の二人の女性のこの高に対する民族差別事件が忘れられず、これを自伝に記した。

文子は祖母と岩下の妻の虐待に耐えかねて自殺を図ったこともあった。ある年の夏に福原という人物の妻の操《みさお》が乳飲み子を連れて岩下家を訪れた。彼女は芙江から十里ばかり離れたところにいる知人を訪ねようとして、文子が乳飲み子をおぶって行くことを求めた。祖母は文子に対して「行っておあげよ、ふみ」と言った。しかし操の姿がちょっと見えなくなった時に祖母は「なに、いやならいやとはっきり言えばいいんだよ。いやなものを無理にやろうとは言わないんだから」と言ったので、文子は「ほんとうは私、行かなくってもいいんなら行きたくないの」と言った。すると祖母は癇癪玉を破裂させて文子を縁側から地べたに突き落とし、さらに履いた庭下駄で踏んだり蹴ったりした。祖母たちはこの日も翌日も文子に食事をさせなかった。

文子は汽車に身を投げて自殺しようと思って駅に近い東側の踏切まで行ったが、汽車は通過した後だったので、彼女は川で投身自殺をしようと考えて、この地を流れる川に向かった。文子は自伝ではこの川を白川と記しているが、朝鮮名は錦江である。文子は錦江に到着して投身自殺しようとした時、世には愛すべきものや美しいものが無数にあることや、母や父や妹、弟、故郷のことを思うと、死ぬことが嫌になり、「そうだ、私と同じように苦しめられている人々と一緒に苦しめている人々に復讐をしてやらねばならぬ。そうだ、死んではならない」と考えた。つまり文子はここで抑圧された自己の苦しみを通じて、抑圧されている朝鮮や日本の民衆と連帯しようとする文子独自の思想を抱き始めた。

文子は一九一九年四月一二日に広島に行く佐伯ムツに伴われて芙江里を去り、山梨の母の実家金子家に戻った。岩下家の世継ぎはムツの兄の子である貞子に決められたので、文子は無用になって金子家に戻されたのであった。

ところが、そこへ当時浜松の下垂町《しもたれちょう》で暮らしていた父がやってきた。父は文子に隣村の寺院に僧侶として住む叔父金子元栄のところに案内しろと言ったので、文子は案内した。父の目的は寺の財産を目当てに文子を元栄と結婚させることだった。

そこで父は文子を浜松の自宅に連れてきて、花嫁修業のためにこの土地の実科女学校の裁縫専科に入れた。しかし文子は裁縫が好きでもないし、また裁縫を教えてくれる良い教師もいなかったので、怠けた。

文子はこうした生活の中で「自分で自分の生活をもちたい」という希望に駆られてき

た。そこで文子は「東京へ行かせてくれ」と父に頼んだが、父は「馬鹿な、女じゃないかお前は」と言って拒否した。しかし文子の自立への歩みが始まり、まず裁縫塾をやめた。文子は「もっといろいろの本を読み、もっといろいろのことを知り、そして私自身の生命を伸びるだけ伸ばしたい」と思った。

そこで文子は官費で学べる女子師範学校に学んで教員になり、まず経済上の独立を図った上で自分が好きな学問をしようと思った。そして足りない学費を元栄に貢いでもらおうと考えた。

学校の入学期が近づくと、女子師範学校の願書を持って元栄を訪ね、願書に判を捺してくれるように頼んだ。元栄はこれを拒否した上で文子の父を訪ねてこの経過を話し、文子との婚約を破棄した。文子の元栄との結婚が不成立となったので、父は元栄が家を去った直後に「この畜生め！　このばいため！」と怒鳴って文子の肩を蹴った。

その頃に文子の弟の賢が県立中学の入学試験に合格した。父は賢のために靴を買ってきて、靴には八円と一二円のものがあったが、奮発して一二円の靴を買ったと言った。しかし弟が中学に入学すると、その靴が八円の靴であることが判明した。それを知った文子は父の見栄はりをなじった。すると父は文子を蹴倒して、ののしった。

父に愛想が尽きた文子は東京に出て苦学する決心をし、父に対して「明日、東京へ行きます」と宣言し、その翌朝に父の家を去って東京行の列車に乗った。

これは彼女が一七歳の春のことだった。文子はこのことについて「運命が私に恵んでくれなかったおかげで、私は私自身を見出した。そして私は今やもう十七である」と自伝に記した。

文子は東京に着くと、台東区三ノ輪に住む大叔父を訪ねた。しかし大叔父は東京で苦学するという文子の意図に賛成せず、堅気な商人とでも結婚することを勧めた。しかし文子はここに来て一カ月ほどした頃に上野の白旗新聞店に住み込み、夕方から夜中まで街頭で新聞を売り、日中に英語は神田の正則学校で、数学は研数学館で学んだ。文子は女学校卒業の検定試験を受けた上で女子医専に進もうと考えていたのであった。

文子は学校で朝鮮人や日本人の社会主義者と知り合い、組合の機関紙やパンフレット、リーフレットを通じて社会主義を知るようになった。ただし自伝では文子は「社会主義は私に、別に何らの新しいものを与えなかった。それはただ、私の今までの境遇から得た私の感情に、その感情の正しいということの理論を与えてくれただけのことであった」と記している。しかし朝鮮の祖母の周囲で圧迫や搾取を受けている朝鮮人に限りない同情を寄せた文子の心に「ぱっと火をつけたのが社会主義思想であった」と自伝に記されている。

文子は玄という朝鮮人社会主義者と知り合った。彼は東洋大学の哲学科に在籍する学生だった。文子は彼と結婚を約束し、玄は家をもつことまで約束した。しかし玄はその約束を放棄して、ドイツに留学してしまった。こうした結果、文子は大叔父の家にも居たたまらくなってその家を出て、日中は日比谷の小料理屋で働き、夜は学校に行った。この小料理屋の主人は社会主義の同情者だったので、新聞記者や会社員、文士と言ったインテリが集まった。

その頃文子は玄の友人の鄭から鄭が発行する月刊雑誌の校正刷りに掲載されている力強い詩に気づいた。文子はその詩に心を強く引きつけられた。その作者は朴烈という人物だった。

文子はある寒い日の夜に鄭の宿を訪れた。そこに一人の客がいたが、「失礼します」と言って部屋を出て行った。鄭は「今晩はどこに泊りますか、僕のところへ泊って行っていいですよ」と言うと、その客は「ありがとう、今晩は駒込の友人のところへ泊めてもらいます」と、落ちついた寂しい声で答えた。文子はここで彼が彼女が感心した詩の作者朴烈であることを知った。当時朴烈はこれという職もなく、一晩ごとに親しい友人の処に泊まり歩いて過ごしているらしかった。それでいてどっしりして王者のような彼の態度に文子は魅力を強く感じ、文子が探しているもの、したがっている仕事が彼の中にあると感じた。彼に会いたい文子は、鄭に朴烈が文子が働いている日比谷の小料理屋に来てくれるよう伝言を頼んだ。それから一ヵ月くらい経った頃に朴が小料理屋を訪ねて来た。夜になってから文子は朴烈と電車通りに出て別れた。その時文子は明日も来て欲しいと頼んだ。朴烈は翌日の昼頃にやってきた。文子は今晩文子が通っている神田の正則学校の前に来てくれるように彼に頼んだ。約束通りに朴は学校の前の街路樹の下で待っていた。文子は朴を連れて神田の神保町通りの中国料理屋に行って食事をしながら朴に配偶者または恋人の有無を訊ね、もしあればただ同志としてでも交際して欲しいと言った。朴は独身だと答えた。すると文子は「お互いに心の中をそっくりそのまま露骨に話せるようにして下さいな」と言い、最後に「私はあなたのうちに私の求めているものを見出しているんです。あなたと一緒に仕事ができたらと思います」と言った。これが文子の求婚の言葉だった。

朴は自分が朝鮮慶尚北道の田舎に生まれ、普通学校に入学し、独立運動にも参加したが、支配者が変わったところで、民衆には何のかかわりもないと考え、十七歳の春に東京に来たことを話した。文子はこの日の別れ際に「待って下さい。もう少しです。私が学校を出たら私達はすぐに一緒になりましょう。その時は、私はいつもあなたについています」と言った。

文子はここで手記を終わらせて、次のように書いた。

「私の手記はこれで終る。これから後のことは、朴と私との同棲生活の記録のほかはここに書き記す自由を持たない」

自伝に記された生活後の文子と朴烈

文子の自伝はここで終わり、その後の文子と朴との共同の生活と闘いには触れなかった。それに、記せば二人に対する刑罰は重くなるばかりだから、触れることはできなかったのであろう。そこで朴烈の経歴と彼と文子の共同の闘いを最小限度記しておこう。

朴烈は一九〇二年三月一二日に朝鮮慶尚北道聞慶郡麻城面の地主の家に生まれたが、朴の家は没落し、一九二一年には隣の郡である慶尚北道尚州郡化北面で小作人となった。

彼はまず書堂(寺子屋)で学んだ後に公立普通学校(四年制小学校)で学び、一九一六年に官立京城高等普通学校師範科に入学した。彼はこの学校に在学中に一九一九年三月一日に起こった三・一運動に参加して同志と共に独立新聞を発行し、檄文を撒いた。

この年の一〇月に彼は東京に来て、新聞配達や製ビン工場職工などをしながら闘いを続けた。彼は一九二〇年一一月に設立された朝鮮人苦学生同友会に幹部として参加し、翌年一〇月頃には無政府主義や社会主義の在京朝鮮人学生や労働者で組織された義拳団に加入した。上海から爆弾を入手して東京と京城で相呼応して使う計画を立てたこともあった。

一九二二年七月に信濃川の支流中津川が流れる新潟県中魚沼《なかうおぬま》郡秋成《あきなり》村(現津南町)穴藤の発電所の建設工事現場で朝鮮人虐殺事件が起こった。朴烈はこの事件の調査に赴き、この年の九月七日に東京市神田美土代《かんだみとしろ》町の朝鮮基督教青年会館で開催された新潟県朝鮮人虐殺問題演説会で報告し、「この悪制度は現在の資本家的社会組織の齎《もたら》す結果なるが故にこの社会制度は根本的に破壊する必要があると私は思う」と言った。

朴は文学者で社会主義者の秋田雨雀《うじゃく》とも交流した。秋田は日記の一九二二年三月七日の箇所で朴を評して「仙人のような、それでいて熱情のある人だ。日本の青年たちよりよほどまじめで人間的だ」と評した(『秋田雨雀日記』第一巻、未来社、一九六五年、二八〇頁)。文子の恋の対象となった朴烈はこうした人物だった。

文子は一九二二年四月末か五月に東京府荏原《えばら》郡世田谷池尻の下駄屋の相川新作の家の二階の六畳間を借りて朴烈との結婚生活を始めた。翌年三月頃には東京府豊多摩郡代々木富ヶ谷の借家に移った。

文子と朴は一九二二年七月一〇日付で黒濤会の機関誌として『黒濤』を創刊した。黒濤会は朴烈や鄭泰成《チョンテソン》、白武《ペクム》、金若水《キムヤクス》などの在日朝鮮人が一九二一年一一月に無政府主義思想に共鳴して創立した団体だった。『黒濤』は日本帝国主義に対して闘う朝鮮人の心を心ある日本人に紹介し、日朝両国の民衆、ひいては世界の民衆の解放に役立てようという趣旨に基づいて刊行された。しかし文子と朴の生活は苦しく、文子は一日中あちこちを歩き回って朝鮮人参の行商をしたが、部屋代の支払いもままならぬ状態だった。

それでも二人は無政府主義に疎遠な人々を糾合してこの主義を宣伝することを目的にして不逞社という集まりを組織した。その最初の集まりを一九二三年四月中旬にこの新居で開いた。集まった人々は在日朝鮮人が一七名、日本人が六名で、すべて二〇歳代の青年たちだった。

朴烈はこれまでにソウルに住む金翰《キムハン》を通じて、日本の支配者や朝鮮人親日派に対する暗殺を目的として中国東北地区吉林に朝鮮人たちが結成した義烈団から爆弾を入手しようとしたが、この計画は実現できず、その後も度々爆弾入手を計画したが、実現できなかった。こうした状況の際に関東大震災が起こり、朴烈と文子は警察署に検束され、さらに起訴されたのであった。

以上について詳しくは拙著『金子文子——自己・天皇制国家・朝鮮人』（影書房、一九九六年）を参照されたい。

なお、韓国慶尚北道聞慶市麻城面梧泉里に二〇一二年一〇月九日に設立・開館された朴烈義士記念館には、朴烈や文子に関する史料が蒐集されている。

金子文子年譜

西暦	和暦	年齢	事項
一九〇三	明治36	0	1・25 横浜市に生まれる。父・佐伯文一、母・金子きくの（戸籍上は「きり」）。両親は婚姻届を出しておらず、文子の出生届も出さず。
一九〇四	明治37	1	2・8 日露戦争開始。
一九〇八	明治41	5	3・8 弟・賢が生まれる。 秋頃、婦人病治療のため滞在していた母の妹・たかのと父・文一が性関係をもち、両親の仲は破綻。父の、母に対する暴力が続く。
一九〇九	明治42	6	文子、無籍者のため学齢期になっても小学校に行けず。 父は、叔母・たかのと生活。棄てられた母は、鍛冶職工・中村と同棲を始め、弟・賢は、静岡に移った父と叔母の元に引き取られる。 母、中村と別れ、沖仲仕・小林と同棲。文子は邪魔者として虐待される。
一九一〇	明治43	7	秋、母と共に小林の郷里、山梨県北都留郡丹波山村小袖に移り住む。 8・29 韓国併合。

一九一一	明治44	8	1　大逆事件で幸徳秋水、管野スガら一二名が処刑。 早春、母と小林との間に、妹・春子生まれる。 春、叔父(母の弟)・金子共治が故郷山梨県東山梨郡諏訪村杣口から母を迎えにくる。母、小林と別れ、文子を連れ実家に戻る。 母、文子を実家に残し塩山駅近くの雑貨商・古屋庄平に嫁ぐ。
一九一二	明治45 大正元	9	秋、父方の祖母・佐伯ムツが金子家を訪れ、文子を娘・カメ(文子の叔母、父の妹)の嫁ぎ先である岩下家に引き取ると申し入れ。 10・14　文子、祖父・金子冨士太郎の五女として入籍。 文子、祖母・佐伯ムツとともに朝鮮忠清北道清州郡芙蓉面芙江里に渡り、岩下敬三郎・カメ夫婦と都合四人で暮らし始める。下男として朝鮮人・高。
一九一三	大正2	10	12・11　芙江公立尋常小学校四年に入学。 プライドの高い祖母、叔母らに、行動を制限される日々。やがて女中のように酷使される。
一九一五	大正4	12	3・25　芙江公立尋常小学校卒業。
一九一六	大正5	13	夏、祖母と叔母の虐待に耐えかね自殺を決意。入水自殺直前、油蟬の鳴き声で翻意する。
一九一七	大正6	14	3・24　芙蓉公立高等小学校卒業。

一九一九	大正8	16	3・1　三一独立運動起こる。感動を覚える。 4・12　岩下家から追い出されるように、山梨の母の実家に戻される。叔父(母の弟)・金子元栄が僧侶をつとめる恵林寺(本文では慧林寺)にしばしば通い、話し込む。 文子、浜松の父の元に引き取られ、裁縫学校に通わされる。父は、自分の生活の安定のために文子を元栄と結婚させようと考える。 夏、塩山まで戻った折、知人と勘違いした男に性暴力を受ける。 文子、映画館で出会った学生・瀬川博と付き合う。
一九二〇	大正9	17	4　父と衝突し、東京へ。東京市下谷区三ノ輪町の、母方の大叔父・窪田亀太郎の家に住む。 下谷区上野町の新聞店に住み込み、新聞売りをする。同時に、正則英語学校と研数学館に通う。 生活が成り立たず、同級生で救世軍に属する斉藤音松(本文では伊藤)の助言により、本郷区湯島新花町小松方に下宿して、粉石鹸の夜店を出す。 8　生活が成り立たず、浅草聖天町の鈴木錠太郎家(本文では仲木家)の女中となり、年末まで勤める。
一九二一	大正10	18	1　本郷追分町の印刷屋で社会主義者の堀清俊方に住み込んで働く。

一九二二　大正11　19

2　堀の生き方に愛想をつかし、三ノ輪の大叔父の元に戻る。
夏、山梨から東京に出ていた瀬川と再会。もし子どもが出来ても責任を持つ気はない瀬川に失望。瀬川と同じ下宿の朝鮮人留学生・玄と付き合うが、玄もまた留学を口実に文子を捨てる。

同じ頃、ニヒリスト・元鐘麟と知り合う。その後、元の紹介で、共産主義者・鄭又影、金若水、無政府主義者の鄭泰成らと交流。鄭又影が見せた月刊誌『青年朝鮮』の校正刷に、朴烈の詩を見つけ、惹かれる。
11　社会主義者・原沢武之助の世話で、麹町区有楽町の岩崎おでんや(通称「社会主義おでん」)に勤める。
1～2　正則英語学校で新山初代と知り合い、交友を深める。
2～3　朴烈と知り合う。
4～5　朴烈と、東京府荏原郡世田谷町池尻の相川新作方に間借りして同棲。
7・10　文子、朴烈、黒濤会機関紙『黒濤』を創刊。
7・29　『読売新聞』、新潟県中津川朝鮮人虐殺事件を報道。朴烈、現地調査。
9・7　東京市神田区美土代町朝鮮基督教青年会館で、中津川の朝鮮人虐殺事件問題につき講演会。朴烈も演説。

			11　朴烈、文子、『太い鮮人』創刊。
一九二三	大正12	20	3　文子、朴烈、東京府豊多摩郡代々幡町代々木富ヶ谷の借家に移る。 4　文子、朴烈、不逞社設立。 9・1　関東大震災起こる。震災後の流言により、朝鮮人、中国人らの虐殺が相次ぐ。 9・3　文子、朴烈、「保護検束」される。 9・16　大杉栄、伊藤野枝が甥とともに虐殺。 10・20　東京地裁検事局、文子、朴烈ら不逞社員一六名を治安警察法違反容疑で起訴。 10・25　文子の予審訊問始まる(予審判事・立松懐清)。
一九二四	大正13	21	2・15　文子、朴烈、金重漢、爆発物取締規則違反容疑で追起訴。他の不逞社員は不起訴に。
一九二五	大正14	22	夏(秋)、文子、自伝執筆開始。
一九二六	大正15 昭和元	23	2・26　大審院での審議始まる。 3・23　東京市牛込区役所に、文子、朴烈、婚姻届を出す。 3・25　大審院、文子、朴烈に死刑判決。 4・5　文子、朴烈、「恩赦」により無期懲役に。

4・6（4・12）　朴烈、市ヶ谷刑務所から千葉刑務所に移される。
4・8　文子、市ヶ谷刑務所から宇都宮刑務所栃木支所に移される。
7・23　文子、宇都宮刑務所栃木支所で縊死。

＊本年譜は、山田昭次『金子文子――自己・天皇制国家・朝鮮人』を元に作成した。金子文子自身の手記では登場人物は仮名の場合もあるが、実名や日付などを調査した同書の内容を反映してある。

編集付記

一、本書の底本には、金子ふみ子『何が私をかうさせたか――獄中手記』(春秋社、一九三一年)を用いた。また、一九九八年刊行の新版(春秋社)を参照した。

一、著者名は、機関紙等での本人の筆名表記、裁判記録等を勘案し、今回「金子文子」と表記した。

一、母、叔母の名についても、裁判記録等に基づき、それぞれ「きくの」、「たかの」と改めた。(春秋社、一九三一年版ではそれぞれ「とくの」、「きくの」)

一、旧字体は新字体に、歴史的仮名遣いは現代仮名遣いに改めた。

一、読みやすさのため、一定の範囲で漢字を平仮名に改めた。また、送り仮名を補った箇所がある。(例、愈々→いよいよ、而かも→しかも、何う→どう、居る→いる、願→願い)

一、底本のふりがなは、整理し付した。

一、読みにくい箇所に、最小限の読点を補った。

一、明らかな誤字、誤記は訂正した。

一、今日の人権意識に照らして、不適切と思われる語句が含まれるが、作品の歴史性に鑑み原文のままとした。

何《なに》が私《わたし》をこうさせたか——獄中手記《ごくちゅうしゅき》

2017年12月15日　第1刷発行

著　者　金子文子《かねこふみこ》

発行者　岡本　厚

発行所　株式会社　岩波書店
〒101-8002 東京都千代田区一ツ橋 2-5-5
案内 03-5210-4000　営業部 03-5210-4111
文庫編集部 03-5210-4051
http://www.iwanami.co.jp/

印刷 製本・法令印刷　カバー・精興社

ISBN 978-4-00-381231-0　Printed in Japan

読書子に寄す

――岩波文庫発刊に際して――

岩波茂雄

真理は万人によって求められることを自ら欲し、芸術は万人によって愛されることを自ら望む。かつては民を愚昧ならしめるために学芸が最も狭き堂宇に閉鎖されたことがあった。今や知識と美とを特権階級の独占より奪い返すことはつねに進取的なる民衆の切実なる要求である。岩波文庫はこの要求に応じそれに励まされて生まれた。それは生命ある不朽の書を少数者の書斎と研究室とより解放して街頭にくまなく立たしめ民衆に伍せしめるであろう。近時大量生産予約出版の流行を見る。その広告宣伝の狂態はしばらくおくも、後代にのこすと誇称する全集がその編集に万全の用意をなしたるか。千古の典籍の翻訳企図に敬虔の態度を欠かざりしか。さらに分売を許さず読者を繫縛して数十冊を強うるがごとき、はたしてその揚言する学芸解放のゆえんなりや。吾人は天下の名士の声に和してこれを推挙するに躊躇するものである。このときにあたって、岩波書店は自己の責務のいよいよ重大なるを思い、従来の方針の徹底を期するため、すでに十数年以前より志して来た計画を慎重審議この際断然実行することにした。吾人は範をかのレクラム文庫にとり、古今東西にわたって文芸・哲学・社会科学・自然科学等種類のいかんを問わず、いやしくも万人の必読すべき真に古典的価値ある書をきわめて簡易なる形式において逐次刊行し、あらゆる人間に須要なる生活向上の資料、生活批判の原理を提供せんと欲する。この文庫は予約出版の方法を排したるがゆえに、読者は自己の欲する時に自己の欲する書物を各個に自由に選択することができる。携帯に便にして価格の低きを最主とするがゆえに、外観を顧みざるも内容に至っては厳選最も力を尽くし、従来の岩波出版物の特色をますます発揮せしめようとする。この計画たるや世間の一時の投機的なるものと異なり、永遠の事業として吾人は微力を傾倒し、あらゆる犠牲を忍んで今後永久に継続発展せしめ、もって文庫の使命を遺憾なく果たさしめることを期する。芸術を愛し知識を求むる士の自ら進んでこの挙に参加し、希望と忠言とを寄せられることは吾人の熱望するところである。その性質上経済的には最も困難多きこの事業にあえて当たらんとする吾人の志を諒として、その達成のため世の読書子とのうるわしき共同を期待する。

昭和二年七月

《日本文学（現代）》〔緑〕

怪談 牡丹燈籠	三遊亭円朝
真景累ヶ淵	三遊亭円朝
塩原多助一代記	三遊亭円朝
小説神髄	坪内逍遥
当世書生気質	坪内逍遥
役の行者	坪内逍遥
桐一葉・沓手鳥孤城落月	坪内逍遥
ウィタ・セクスアリス	森鷗外
雁	森鷗外
阿部一族 他二篇	森鷗外
山椒大夫・高瀬舟 他四篇	森鷗外
渋江抽斎	森鷗外
舞姫・うたかたの記 他三篇	森鷗外
ファウスト 全二冊	森林太郎訳
みれん	シュニッツラー 森鷗外訳
うた日記	森鷗外
大塩平八郎・堺事件	森鷗外
鷗外随筆集	千葉俊二編
森鷗外 椋鳥通信 全三冊	池内紀編注
浮雲	二葉亭四迷 十川信介校注
平凡 他六篇	二葉亭四迷
其面影	二葉亭四迷
今戸心中 他二篇	広津柳浪
河内屋・黒蜴蜓 他一篇	広津柳浪
野菊の墓 他四篇	伊藤左千夫
漱石文芸論集	磯田光一編
吾輩は猫である	夏目漱石
坊っちゃん	夏目漱石
草枕	夏目漱石
虞美人草	夏目漱石
三四郎	夏目漱石
それから	夏目漱石
門	夏目漱石
彼岸過迄	夏目漱石
行人	夏目漱石
こころ	夏目漱石
硝子戸の中	夏目漱石
道草	夏目漱石
明暗	夏目漱石
思い出す事など 他七篇	夏目漱石
文学評論 全二冊	夏目漱石
夢十夜 他二篇	夏目漱石
漱石文明論集	三好行雄編
倫敦塔・幻影の盾 他五篇	夏目漱石
漱石日記	平岡敏夫編
漱石書簡集	三好行雄編
漱石俳句集	坪内稔典編
漱石・子規往復書簡集	和田茂樹編
文学論 全二冊	夏目漱石
坑夫	夏目漱石

漱石紀行文集　藤井淑禎編
二百十日・野分　夏目漱石
五重塔　幸田露伴
運命 他一篇　幸田露伴
努力論　幸田露伴
幻談・観画談 他三篇　幸田露伴
連環記 他一篇　幸田露伴
天うつ浪 全二冊　幸田露伴
子規句集　高浜虚子選
病牀六尺　正岡子規
子規歌集　土屋文明編
墨汁一滴　正岡子規
仰臥漫録　正岡子規
歌よみに与ふる書　正岡子規
俳諧大要　正岡子規
獺祭書屋俳話・芭蕉雑談　正岡子規
金色夜叉 全二冊　尾崎紅葉

三人妻　尾崎紅葉
不如帰　徳冨蘆花
自然と人生　徳冨蘆花
謀叛論 他六篇 日記　徳冨健次郎　中野好夫編
武蔵野　国木田独歩
愛弟通信　国木田独歩
蒲団・一兵卒　田山花袋
温泉めぐり　田山花袋
藤村詩抄　島崎藤村自選
破戒　島崎藤村
春　島崎藤村
千曲川のスケッチ　島崎藤村
嵐 他二篇　島崎藤村
夜明け前 全四冊　島崎藤村
藤村文明論集　十川信介編
藤村随筆集　十川信介編
にごりえ・たけくらべ　樋口一葉

大つごもり・十三夜 他五篇　樋口一葉
高野聖・眉かくしの霊　泉鏡花
夜叉ケ池・天守物語　泉鏡花
草迷宮　泉鏡花
春昼・春昼後刻　泉鏡花
鏡花短篇集　川村二郎編
日本橋　泉鏡花
婦系図 全二冊　泉鏡花
外科室・海城発電 他五篇　泉鏡花
鏡花随筆集　吉田昌志編
化鳥・三尺角 他六篇　泉鏡花
鏡花紀行文集　田中励儀編
俳諧師・続俳諧師　高浜虚子
回想 子規・漱石　高浜虚子
泣菫詩抄　薄田泣菫
有明詩抄　蒲原有明
上田敏全訳詩集　山内義雄　矢野峰人編

- 赤彦歌集 — 斎藤茂吉・久保田不二子選
- 小さき者へ・生れ出ずる悩み — 有島武郎
- 一房の葡萄 他四篇 — 有島武郎
- 寺田寅彦随筆集 全五冊 — 小宮豊隆編
- 柿の種 — 寺田寅彦
- 与謝野晶子歌集 — 与謝野晶子自選
- 与謝野晶子評論集 — 鹿野政直・香内信子編
- 入江のほとり 他一篇 — 正宗白鳥
- 長塚節歌集 — 斎藤茂吉選
- つゆのあとさき — 永井荷風
- 濹東綺譚 — 永井荷風
- 荷風随筆集 全二冊 — 野口冨士男編
- 摘録 断腸亭日乗 全二冊 — 永井荷風・磯田光一編
- すみだ川・新橋夜話 他一篇 — 永井荷風
- あめりか物語 — 永井荷風
- ふらんす物語 — 永井荷風
- 荷風俳句集 — 加藤郁乎編

- 煤煙 — 森田草平
- 斎藤茂吉歌集 — 山口茂吉・柴生田稔・佐藤佐太郎編
- 桑の実 — 鈴木三重吉
- 小鳥の巣 — 鈴木三重吉
- 千鳥 他四篇 — 鈴木三重吉
- 小僧の神様 他十篇 — 志賀直哉
- 万暦赤絵 他二十二篇 — 志賀直哉
- 暗夜行路 全二冊 — 志賀直哉
- 高村光太郎詩集 — 高村光太郎
- 白秋愛唱歌集 — 藤田圭雄編
- 北原白秋歌集 — 高野公彦編
- 北原白秋詩集 全二冊 — 安藤元雄編
- 友情 — 武者小路実篤
- 銀の匙 — 中勘助
- 犬 他一篇 — 中勘助
- 蜜蜂・余生 — 中勘助
- 中勘助詩集 — 谷川俊太郎編

- 若山牧水歌集 — 伊藤一彦編
- 新編 みなかみ紀行 — 若山牧水・池内紀編
- 木下杢太郎詩集 — 河盛好蔵選
- 新編 百花譜百選 — 木下杢太郎画・前川誠郎編
- 新編 啄木歌集 — 久保田正文編
- 啄木詩集 — 大岡信編
- 蓼喰う虫 — 谷崎潤一郎・小出楢重画
- 春琴抄・盲目物語 — 谷崎潤一郎
- 吉野葛・蘆刈 — 谷崎潤一郎
- 卍(まんじ) — 谷崎潤一郎
- 幼少時代 — 谷崎潤一郎
- 谷崎潤一郎随筆集 — 篠田一士編
- 文章の話 — 里見弴
- 萩原朔太郎詩集 — 三好達治選
- 郷愁の詩人 与謝蕪村 — 萩原朔太郎
- 猫町 他十七篇 — 萩原朔太郎・清岡卓行編
- 恩讐の彼方に・忠直卿行状記 他八篇 — 菊池寛

半自叙伝・無名作家の日記 他四篇	菊池寛
父帰る・藤十郎の恋 菊池寛戯曲集	石割透編
室生犀星詩集	室生犀星自選
出家とその弟子	倉田百三
愛と認識との出発	倉田百三
苦の世界	宇野浩二
神経病時代・若き日	広津和郎
羅生門・鼻・芋粥・偸盗	芥川竜之介
地獄変・邪宗門・好色・藪の中 他七篇	芥川竜之介
河童 他二篇	芥川竜之介
歯車 他二篇	芥川竜之介
蜘蛛の糸・杜子春・トロッコ 他十七篇	芥川竜之介
侏儒の言葉・文芸的な、余りに文芸的な	芥川竜之介
芥川竜之介書簡集	石割透編
芥川竜之介俳句集	加藤郁乎編
芥川竜之介随筆集	石割透編
田園の憂鬱	佐藤春夫

厭世家の誕生日 他六篇	佐藤春夫
小説永井荷風伝 他三篇	佐藤春夫
日輪・春は馬車に乗って 他八篇	横光利一
上海	横光利一
旅愁 全二冊	横光利一
宮沢賢治詩集	谷川徹三編
童話集 風の又三郎 他十八篇	宮沢賢治 谷川徹三編
童話集 銀河鉄道の夜 他十四篇	宮沢賢治 谷川徹三編
山椒魚・遙拝隊長 他七篇	井伏鱒二
伊豆の踊子・温泉宿 他四篇	川端康成
雪国	川端康成
山の音	川端康成
川端康成随筆集	川西政明編
詩を読む人のために	三好達治
中野重治詩集	中野重治
藝術に関する走り書的覚え書	中野重治
梨の花	中野重治

夏目漱石 全二冊	小宮豊隆
社会百面相 全二冊	内田魯庵
檸檬《レモン》・冬の日 他九篇	梶井基次郎
蟹工船 一九二八・三・一五	小林多喜二
防雪林・不在地主	小林多喜二
独房・党生活者	小林多喜二
風立ちぬ・美しい村	堀辰雄
菜穂子 他五篇	堀辰雄
富嶽百景・走れメロス 他八篇	太宰治
斜陽 他一篇	太宰治
人間失格・グッド・バイ 他一篇	太宰治
お伽草紙・新釈諸国噺	太宰治
日本唱歌集	堀内敬三 井上武士編
日本童謡集	与田準一編
近代日本人の発想の諸形式 他四篇	伊藤整
小説の方法	伊藤整
小説の認識	伊藤整

中原中也詩集　大岡昇平編
ランボオ詩集　中原中也訳
小熊秀雄詩集　岩田宏編
風浪・蛙昇天 —木下順二戯曲選I—　木下順二
玄朴と長英 他三篇　真山青果
随筆滝沢馬琴　真山青果
新編 近代美人伝 全二冊　長谷川時雨　杉本苑子編
みそっかす　幸田文
土屋文明歌集　土屋文明自選
古句を観る　柴田宵曲
俳諧随筆 蕉門の人々　柴田宵曲
評伝 正岡子規　柴田宵曲
随筆集 団扇の画　柴田宵曲　小出昌洋編
小説集 夏の花　原民喜
原民喜全詩集
いちご姫・蝴蝶 他二篇　山田美妙　十川信介校訂
貝殻追放抄　水上滝太郎

銀座復興 他三篇　水上滝太郎
鏑木清方随筆集 東京の四季　山田肇編
柳橋新誌　成島柳北　塩田良平校訂
島村抱月文芸評論集　島村抱月
石橋忍月評論集　石橋忍月
立原道造・堀辰雄翻訳集 —林檎みのる頃・窓—
野火／ハムレット日記　大岡昇平
中谷宇吉郎随筆集　樋口敬二編
雪　中谷宇吉郎
冥途・旅順入城式　内田百閒
東京日記 他六篇　内田百閒
佐藤佐太郎歌集　佐藤志満編
西脇順三郎詩集　那珂太郎編
山岳紀行文集 日本アルプス　小島烏水　近藤信行編
宮柊二歌集　宮英子　高野公彦編
山の絵本　尾崎喜八
日本児童文学名作集 全二冊　桑原三郎　千葉俊二編

山月記・李陵 他九篇　中島敦
新選 山のパンセ　串田孫一自選
小川未明童話集　桑原三郎編
新美南吉童話集　千葉俊二編
岸田劉生随筆集　酒井忠康編
摘録 劉生日記　岸田劉生　酒井忠康編
量子力学と私　朝永振一郎　江沢洋編
科学者の自由な楽園　朝永振一郎　江沢洋編
書物　森銑三　柴田宵曲
新編 明治人物夜話　森銑三　小出昌洋編
自註鹿鳴集　会津八一
窪田空穂随筆集　大岡信編
わが文学体験　窪田空穂
明治文学回想集 全二冊　十川信介編
梵雲庵雑話　淡島寒月
鷗外の思い出　小金井喜美子
新編 学問の曲り角　河野与一　原二郎編

子規を語る　河東碧梧桐
碧梧桐俳句集　栗田靖編
新編 春の海 —宮城道雄随筆集　千葉潤之介編
放浪記　林芙美子
山の旅 全二冊　近藤信行編
日本近代文学評論選 全二冊　千葉俊二・坪内祐三編
吉田一穂詩集　加藤郁乎編
食道楽 全二冊　村井弦斎
酒道楽　村井弦斎
文楽の研究 全二冊　三宅周太郎
五足の靴　五人づれ
尾崎放哉句集　池内紀編
リルケ詩抄　茅野蕭々訳
ぷえるとりこ日記　有吉佐和子
日本の島々、昔と今。　有吉佐和子
江戸川乱歩短篇集　千葉俊二編
堕落論・日本文化私観 他二十二篇　坂口安吾

桜の森の満開の下・白痴 他十二篇　坂口安吾
風と光と二十の私と・いずこへ 他十六篇　坂口安吾
久生十蘭短篇選　川崎賢子編
墓地展望亭・ハムレット 他六篇　久生十蘭
六白金星・可能性の文学 他十一篇　織田作之助
夫婦善哉 正続 他十二篇　織田作之助
わが町・青春の逆説　織田作之助
歌の話・歌の円寂する時 他一篇　折口信夫
死者の書・口ぶえ　折口信夫
釈迢空歌集　折口信夫・富岡多惠子編
折口信夫古典詩歌論集　藤井貞和編
汗血千里の駒 坂本龍馬君之伝　坂崎紫瀾・林原純生校注
山川登美子歌集　今野寿美編
明石海人歌集　村井紀編
日本近代短篇小説選 全六冊　紅野敏郎・紅野謙介・千葉俊二・宗像和重・山田俊治編
自選 谷川俊太郎詩集
訳詩集 月下の一群　堀口大學訳

訳詩集 白孔雀　西條八十訳
茨木のり子詩集　谷川俊太郎選
第七官界彷徨・琉璃玉の耳輪 他四篇　尾崎翠
大江健三郎自選短篇
M/Tと森のフシギの物語　大江健三郎
辻征夫詩集　谷川俊太郎編
明治詩話　木下彪
石垣りん詩集　伊藤比呂美編
漱石追想　十川信介編
自選 大岡信詩集
日本近代随筆選 全三冊　千葉俊二・長谷川郁夫・宗像和重編
尾崎士郎短篇集　紅野謙介編
山之口貘詩集　高良勉編
原爆詩集　峠三吉
近代はやり唄集　倉田喜弘編
竹久夢二詩画集　石川桂子編

《音楽・美術》〔青〕

- ベートーヴェン 音楽ノート　小松雄一郎訳編
- ベートーヴェンの生涯　ロマン・ロラン 片山敏彦訳
- 音楽と音楽家　シューマン 吉田秀和訳
- モーツァルトの手紙 —その生涯のロマン 全二冊　柴田治三郎編訳
- レオナルド・ダ・ヴィンチの手記 全二冊　杉浦明平訳
- ゴッホの手紙 全三冊　硲伊之助訳
- ワーグマン日本素描集　清水勲編
- 河鍋暁斎戯画集　山口静一・及川茂編
- うるしの話　松田権六
- ドーミエ諷刺画の世界　喜安朗編
- 河鍋暁斎　ジョサイア・コンドル 山口静一訳
- 伽藍が白かったとき　ル・コルビュジエ 生田勉・樋口清訳
- デューラー 自伝と書簡　前川誠郎訳
- 蛇儀礼　ヴァールブルク 三島憲一訳
- 日本の近代美術　土方定一
- 迷宮としての世界 —マニエリスム美術 全二冊　グスタフ・ルネ・ホッケ 種村季弘・矢川澄子訳
- 日本洋画の曙光　平福百穂
- 江戸東京実見画録　長谷川渓石画 進士慶幹・花咲一男注解
- 映画とは何か 全二冊(既刊一冊)　アンドレ・バザン 野崎歓・大原宣久・谷本道昭訳
- 漫画 坊っちゃん　近藤浩一路
- 漫画 吾輩は猫である　近藤浩一路
- 胡麻と百合　ラスキン 石田憲次・照山正順訳

《哲学・教育・宗教》〔青〕

- ソクラテスの弁明・クリトン　プラトン 久保勉訳
- ゴルギアス　プラトン 加来彰俊訳
- 饗宴　プラトン 久保勉訳
- テアイテトス　プラトン 田中美知太郎訳
- パイドロス　プラトン 藤沢令夫訳
- メノン　プラトン 藤沢令夫訳
- 国家 全二冊　プラトン 藤沢令夫訳
- プロタゴラス —ソフィストたち　プラトン 藤沢令夫訳
- 法律 全二冊　プラトン 森進一・池田美恵・加来彰俊訳
- パイドン —魂の不死について　プラトン 岩田靖夫訳
- クセノフォーン ソークラテースの思い出　佐々木理訳
- アナバシス —敵中横断六〇〇〇キロ　クセノポン 松平千秋訳
- アリストテレス ニコマコス倫理学 全二冊　高田三郎訳
- アリストテレス 形而上学 全二冊　出隆訳
- アリストテレス 弁論術　戸塚七郎訳
- アリストテレース 詩学・ホラーティウス 詩論　松本仁助・岡道男訳
- 物の本質について　ルクレーティウス 樋口勝彦訳
- エピクロス —教説と手紙　出隆・岩崎允胤訳
- 生の短さについて 他二篇　セネカ 大西英文訳
- 怒りについて 他二篇　セネカ 兼利琢也訳
- エピクテートス 人生談義 全二冊　鹿野治助訳
- マルクス・アウレーリウス 自省録　神谷美恵子訳
- 老年について　キケロー 中務哲郎訳
- 友情について　キケロー 中務哲郎訳
- 平和の訴え　エラスムス 箕輪三郎訳
- エラスムス=トマス・モア往復書簡　沓掛良彦・高田康成訳
- 方法序説　デカルト 谷川多佳子訳

哲学原理　デカルト　桂寿一訳
情念論　デカルト　谷川多佳子訳
パンセ　全三冊　パスカル　塩川徹也訳
知性改善論　スピノザ　畠中尚志訳
スピノザ エチカ（倫理学）　全二冊　畠中尚志訳
デカルトの哲学原理　附 形而上学的思想　スピノザ　畠中尚志訳
ノヴム・オルガヌム（新機関）　ベーコン　桂寿一訳
聖トマス 形而上学叙説　―有と本質とに就いて　高桑純夫訳
君主の統治について　―謹んでキプロス王に捧げる　トマス・アクィナス　柴田平三郎訳
エミール　全三冊　ルソー　今野一雄訳
孤独な散歩者の夢想　ルソー　今野一雄訳
人間不平等起原論　ルソー　本田喜代治・平岡昇訳
ルソー 社会契約論　桑原武夫・前川貞次郎訳
演劇について　―ダランベールへの手紙　ルソー　今野一雄訳
言語起源論　―旋律と音楽的模倣について　ルソー　増田真訳
ラモーの甥　ディドロ　本田喜代治・平岡昇訳
道徳形而上学原論　カント　篠田英雄訳

啓蒙とは何か　他四篇　カント　篠田英雄訳
純粋理性批判　全三冊　カント　篠田英雄訳
カント 実践理性批判　波多野精一・宮本和吉・篠田英雄訳
判断力批判　全二冊　カント　篠田英雄訳
永遠平和のために　カント　宇都宮芳明訳
プロレゴメナ　カント　篠田英雄訳
人間の使命　フィヒテ　宮崎洋三訳
学者の使命・学者の本質　フィヒテ　宮崎洋三訳
ヘーゲル 政治論文集　全二冊　金子武蔵訳
歴史哲学講義　全二冊　ヘーゲル　長谷川宏訳
ブルーノ　シェリング　服部英次郎・井上庄七訳
自殺について　他四篇　ショウペンハウエル　斎藤信治訳
読書について　他二篇　ショウペンハウエル　斎藤忍随訳
知性について　他四篇　ショーペンハウエル　細谷貞雄訳
キリスト教の本質　全二冊　フォイエルバッハ　船山信一訳
将来の哲学の根本命題　他二篇　フォイエルバッハ　松村一人・和田楽訳
不安の概念　キェルケゴール　斎藤信治訳

死に至る病　キェルケゴール　斎藤信治訳
シュヴェーグラー 西洋哲学史　全二冊　谷川徹三・松村一人訳
世界観の研究　ディルタイ　山本英一訳
体験と創作　全二冊　ディルタイ　柴田治三郎・小牧健夫訳
眠られぬ夜のために　全二冊　ヒルティ　草間平作・大和邦太郎訳
幸福論　全三冊　ヒルティ　草間平作・大和邦太郎訳
悲劇の誕生　ニーチェ　秋山英夫訳
ツァラトゥストラはこう言った　全二冊　ニーチェ　氷上英廣訳
道徳の系譜　ニーチェ　木場深定訳
善悪の彼岸　ニーチェ　木場深定訳
この人を見よ　ニーチェ　手塚富雄訳
プラグマティズム　W・ジェイムズ　桝田啓三郎訳
宗教的経験の諸相　全二冊　W・ジェイムズ　桝田啓三郎訳
純粋現象学及現象学的哲学考案　全二冊　フッセル　池上鎌三訳
デカルト的省察　フッサール　浜渦辰二訳
社会学の根本問題　―個人と社会　ジンメル　清水幾太郎訳
笑い　ベルクソン　林達夫訳

岩波文庫の最新刊

浜田雄介編
江戸川乱歩作品集 I
人でなしの恋・孤島の鬼 他

日本探偵小説の開拓者・乱歩の代表作を精選。第I巻は〈愛のゆくえ〉をテーマに「日記帳」「接吻」「人でなしの恋」「蟲」「孤島の鬼」を収録。(全3巻)
〔緑一八一-四〕 本体一〇〇〇円

大岡信
日本の詩歌
その骨組みと素肌

菅原道真、紀貫之、中世歌謡などを題材に、日本詩歌の流れや特徴のみならず、日本文化のにおいや感触までをも伝える卓抜な日本文化芸術論。(解説＝池澤夏樹)
〔緑二〇二-三〕 本体六四〇円

柳井滋・室伏信助・大朝雄二・鈴木日出男・藤井貞和・今西祐一郎校注
源氏物語(二)
紅葉賀―明石

朧月夜に似るものぞなき――政敵の娘との密会発覚により、須磨・明石へと流れゆく光源氏…。新日本古典文学大系版に基づく原文に、注解・補訳を付す。(全九冊)
〔黄一五-一一〕 本体一三二〇円

廣松渉
世界の共同主観的存在構造

認識するとはどういうことか? 認識論の乗り越えと再生を目指す廣松哲学、その核心を示す主著。鼎談「サルトルの地平と共同主観性」を付載。(解説＝熊野純彦)
〔青N一二二-一〕 本体一三二〇円

……今月の重版再開……

今西祐一郎校注
蜻蛉日記
〔黄一四-一〕 本体九七〇円

時枝誠記
国語学原論(上)(下)
〔青N一一〇-一〕〔青N一一〇-二〕 本体各九〇〇円

久保田淳校注
千載和歌集
〔黄一三二-一〕 本体一〇一〇円

定価は表示価格に消費税が加算されます　　2017. 11.